Gerhard Heufert

Das Vorwerk

Roman

Gerhard Heufert

Das Vorwerk

Roman

Verlag Ch. Möllmann

Die Deutsche Bibliothek – CIP-Einheitsaufnahme
Heufert, Gerhard:
Das Vorwerk. Roman / Gerhard Heufert
– 1. Aufl. – Schloß Hamborn : Möllmann, 2003
ISBN 3-89979-015-4

Erste Auflage 2003

Schloß Hamborn 94, 33178 Borchen
Tel.: 0 52 51 – 2 72 80
Fax: 0 52 51 – 2 72 56
www.chmoellmann.de
Herstellung: Verlag Ch. Möllmann (Inhalt),
Druckerei Möhring & Droll, Lichtenau (Umschlag)

ISBN 3-89979-015-4

„Alles wandelt sich, nichts vergeht.
Es schweift unser Geist, kommt
Hierher von dort, von hier dorthin,
und dieser und jener Glieder
bemächtigt er sich."

Ovid, Metamorphosen (XV)

1

Er wußte nicht, woher sie eigentlich kam, diese schier unaussprechliche Freude. Ganz plötzlich füllte sie alles aus in ihm, tönte in ihm, in die Schneeweite hinaus vor ihm ... Gedanken sind frei ... frei ...! Und von überall her kam dieser Ruf zurück zu ihm. Der Schnee knirschte unter ihm bei jedem Schritt, Takt seiner Gedanken. Bestellt war er ..., bestellt — na und? War er, Johann Straater, ein Feld etwa, das man bestellen konnte? Ein offener Acker? Was mag er wollen denn? Ach — mag er wollen, was er will, der Vogt, der Vogt ... und seine lieben Töchter beide, die tun ihm ja wohl nichts zuleide. Wollte ihn Wenthin zur Rede stellen etwa, hatte er irgendeine unbedachte Äußerung getan? Das war wohl möglich! In der Schenke hatte er manches Mal das große Wort geführt in der letzten Zeit, und wer weiß: Für ein paar Extrascheffel Mehl oder auch ein Fäßchen Bier hätten wohl einige Hungerleider im Dorf sogar den eigenen Bruder wie nichts ans Vorwerk ausgespuckt. Aber wie das? Gerade ihm, dem Mühlenpächter, galt im Dorf so manches Wort an übler Nachrede, der Verdächtigung, sich beim Vogt besondere Vorteile ergattern zu wollen. Pah — Vorteile!
Johann bleibt stehen. Sein eisig spitzer Bart krümmt sich vor Hohn, als er den Kopf zurückwirft, und lachend verfolgt sein Blick jetzt den Flug des Habichts, der drüben seine überlegenen Kreise ins zinkene Weißgrau des Februarhimmels zirkelt. Dann dieses konzentriert flatternde Spähen auf einer Stelle, dieser gezielte Sturz hinab, doch das vorzeitig abbiegende lautlose Fortflattern dann, dem Walde zu, der wie eine dunkel fremde Welt in der Ferne lauert.
Ein Schrei — von weither übers Schneefeld ein Rufen, ein menschlicher Ruf! Johann Straater blickt suchend kurz umher, sieht das Fuhrwerk dann am Ende des vor ihm liegenden Weges auf ihn zukommen, hört die antreibenden Rufe nun deutlicher, kann über

dem Auf und Ab des schnaubenden Pferdes, das mehr und mehr die kaum erkennbare Horizontlinie hinter sich zurückläßt, den peitschenschwingenden Oberkörper einer pelzvermummten Gestalt erkennen. Beim Näherkommen erkennt Johann ihn an der schrillen Stimme.

„Mach Platz, Platz da!" Es ist Hinrich Harders, Bauer, Hufner auch genannt in den Zeiten, von denen hier die Rede ist, diente als Leibeigener beim Vogt auf dem Vorwerk des Herzogs.

„Wer sich nicht plagt, soll auch nicht essen", war ein Spruch, den der Vogt Konrad von Wenthin seinen Hufnern entgegenzuhalten pflegte, und es war dies eben der selbstverständliche Ausdruck seiner Verfügungsgewalt über diese seinem eigenen Leib Zugehörigen. Und Hinrich Harders war einer von denen, die diese Tatsache tagtäglich zu spüren bekamen — in Form von Hunger nämlich, in seinem höchst eigenen Leibe, mitsamt seiner Familie, die Frau, sechs Kinder, Pferd, zwei Ziegen und einen bettlägerigen Krüppel umfaßte.

Sein schmalgerötetes Gesicht, umrahmt von der straffdunklen Lederkappe, scheint zur erschreckten Grimasse erstarrt, die Augen jedoch blitzen böse zwischen Pferd und fremder Gestalt, auf die er mit seinem ächzenden Karren losfährt, hin und her. „Heiliger Laurentius, gelobt seist du, Herr Jesus, Laurentius bitte für uns, unsre armen Seelen. Dies Unheil komme nicht, komme nur ja nicht... bitte für uns!... Wer seid Ihr?", ruft er dann. „Johann — bist du das? Brrr — steh, steh. Johann Straater — sei gegrüßt! Steh, sag ich! Brrr! He — muß dir was zeigen, Straater, wart'. Bist doch auch Medicus, oder?"

Hinrich Harders springt ab vom Karren. „Straater, die Wölfe sind da, die Wölfe... den Thienappel haben sie umgebracht... das Pferd dazu."

Er geht auf Johann zu, geht nah an ihn heran, schaut ihm direkt ins Gesicht. „Die Wölfe, Straater, die Wölfe, verstehst du?", spricht er lautlos, fast mehr zu sich selber als an sein Gegenüber gerichtet. Dann geht er zum hinteren Ende seines Karrens. Straater folgt ihm mit den Augen. Da sieht er, wie es tropft in den Schnee herunter,

vom Karren in den Schnee herunter. Langsam und stetig tropft es, der Blutfleck auf dem festgefahrenen Schneegrund schwillt an. Und als er Harders zum Wagen folgt, sieht er den blutverschmierten Kopf eines Pferdekadavers herabbaumeln, stumpf die aufgerissenen Augen. Aus dem zerfetzten Hals heraus rinnt Blut in dicker träger Spur den Kopf hinab. Die Wölfe hatten es getötet, aber nicht zerrissen, der Körper scheint nämlich unversehrt ansonsten. Neben dem Rücken des Pferdes knickt Hinrich Harders eine steifgefrorene Decke zurück. Die ledernen Bundschuhe an den Füßen des Daliegenden hängen in Fetzen, blutig auch die zerrissenen Beinkleider mit den tiefklaffenden Wunden dazwischen. Kopf und halber Oberkörper sind von der Decke noch bedeckt, und einen Augenblick zögert Straater, bevor er die Decke weiter zurückschlägt... Thienappel ist nur noch an den langen, struppig gelben Haarbüscheln, die unter der hängenden Filzhutkrempe hervorschauen, zu erkennen.
„Das Pferd haben sie liegenlassen, für uns wohl, damit wir auch zu fressen bekommen, haben sich alle auf den Thienappel gestürzt. Warum nur? War doch dürr wie 'ne Vogelscheuche", spricht Harders kopfschüttelnd, schlägt klatschend die Decke wieder zurück über den leblosen Körper.
„Wo hast du ihn gefunden?", fragt Straater.
„Hinterm Kortenkamp, am Rand vom Buschland, dem Klosterwald zu."
„Dann war Thienappel wohl grad beim Holzeinschlag?"
„Jaja, war er. Einen von denen hat er noch erschlagen können mit seiner Axt, schau her, Straater!"
Hinrich Harders geht zum Kutschbock, greift hinunter auf den Boden und hält plötzlich den toten Wolf mit beiden Händen ins Rückenfell gekrallt in die Höhe, so hoch, daß das helle Bauchfell zu sehen ist. „Na schau her, schau dir den Kerl an! Werd ihm das Fell abziehn und dem Weibstück vom Thienappel schenken, damit sie was hat, um ihren Balg zuzudecken, ihren kleinen Winzling, gerade mal paar Monate alt. Aber wird ja eh nichts zum Leben haben in diesem verdammten Winter. Was soll sie tun jetzt? Hätt doch Thienappel besser ihn da erschlagen, ihn da drüben!" Harders deu-

tet bei diesen Worten mit dem Kopf in die Richtung, aus der er kam, „ihn, den fetten Wanst, den Wenthin. Zur Hölle mit ihm!" Er schleudert den Wolf zornig unter den Kutschbock zurück.

„Bin gerade auf dem Weg zu ihm, bin bestellt. Werd ihm erzählen hiervon und fragen, ob er was tun kann für Frau und Kind", sagt Straater, ist bitter entschlossen nun, will weiter, jetzt direkt zu ihm. Nur schnell, ich werds ihm sagen, denkt er, will ihn zur Rede stellen, daß er zu sorgen hat für seine Leibeigenen, gerad jetzt in diesem Hungerwinter. Zu sorgen hat er, jawohl, hat ein Fürsorgerecht sozusagen, für uns, für uns alle!"

„Fragen willst du ihn — fragen? Das ist ja noch toller! Erbarmen wird er sich, sicherlich! Nur fragen muß man ihn, o ja! Da sagst du ein wahres Wort — daß ich darauf noch nicht kam! Ebenso gut könnt' ich zum Papst und ihn fragen, ob er mich heiligspricht. Ich komm doch eben jetzt vom Vorwerk, Straater! Hab ihm die Bescherung gezeigt! Immerhin war ja der Thienappel dabeigewesen, für ihn, fürs Vorwerk zehn Klafter Holz zu schlagen. Läßt man denn so jemand wie den Thienappel allein zum Holzeinschlag gehn, wenn man die Wölfe schon vor der eigenen Haustür heulen hört seit mehreren Tagen? Hat er's etwa nicht gewußt, daß die Wölfe genauso hungrig sind wie wir alle, daß sie immer frecher werden? Und was sagt er, dieser Kerl, als ich aufs Vorwerk gefahren komme, ihm berichte das Geschehnis, ihm vor Maul und Augen halte sein verloren Eigentum? Was hört man von ihm da? Setze Er die Arbeit fort vom Thienappel, damit die zehn Klafter voll werden! In drei Tagen kommt der Herzog. Soll etwa der Wein im Glas gefrieren, der Ochse von Kerzenstummeln gebraten werden? Wie sollen wir ihm die Ehre geben, wenns an allem gebricht? — So spricht er, hörs dir an, Straater, von ‚Ehre' spricht er, die er dem Herzog geben will. Und wer gibt dem Thienappel die Ehre nun? Und jetzt soll ich dran und mir auch noch die Kehle durchbeißen lassen? Soll er doch sehn, wie's vonstatten geht! Allein geh ich nicht ins Holz, und wenns mich hundert Stockhiebe kostet!"

Harders greift nach der Axt, die neben dem Wolf liegt, geht auf Straater zu, ganz nah zu ihm. „Mensch, Straater, kennst du ihn denn immer noch nicht, diesen Hund? Hast doch auch deine Erfahrungen gemacht mit ihm, und warum hat er dich bestellt heute, he? Das weiß doch jeder, worums geht. Daß seine Töchter scharf sind auf deinen Sohn, um nichts anderes gehts! Und du, was sagst du dazu? Hättst es wohl ganz gerne, wie? Würdest ja entscheidend deine Lage verbessern, stimmts?"

„Hör auf, halt dich doch im Zaum, Harders! Du weißt, daß das nicht stimmt! Laß meinen Sohn raus da. Der ist alt genug, kann über sich selbst bestimmen. Den hat der Wenthin noch nicht in seinen Klauen. Und ich, bin ich nicht ebenso schlecht dran wie du, Leibeigener wie du? Und die Mühle, meine Mühle, ja meinst du denn, ich hätts besser als ihr? Das Fünffache hab ich zu zahlen an Grundheuer im Jahr, zehn Mark lübsch. Ihr Hufner zahlt doch nur zweie, oder? Denkst du denn, da hätt ich noch was davon übrig, um mir einen samtenen Wams zu kaufen, oder lederne Stiefel oder ein Mieder für meine Marie? Wem hab ich denn nach der letzten Ernte im Preis was nachgelassen, Harders? Wo ist denn mein letzter Sack Korn geblieben — sag an, Harders! Bei mir ist er nicht geblieben, verteilt hab ich ihn unter euch! Und was den ‚Medicus' angeht: du weißt doch genau, daß wir den alten Aderlasser, der nichts weiter tat als Pisse angucken und sich wichtig tun, Michaelis vor zwei Jahren davongejagt haben. Wenn ich dann manchmal geholfen habe seitdem, auch dem Vieh, blieb mir wohl nichts anderes. Was soll ich denn machen, wenn man sagt, Straater komm, du weißt, was zu tun ist? Medicus bin ich drum noch lange nicht. Dir sag ichs, Harders: habs vom Großvater bekommen, alles über Aderlassen, Pulsfühlen, manches über Pulver und Kräuter. Famulus war der gewesen bei einem Chirurgus zu Lübeck. Und jetzt laß mich gehn, ich will meinen Teil schon noch versuchen beim Vogt!"

Harders, mit gesenktem Kopf, legt den freien Arm um Straaters Schultern, zuckt hilflos ein paarmal mit den Achseln, bringt weiter kein Wort heraus.

„Kannst ausrichten dem Weib vom Thienappel", spricht Johann leise werdend weiter, „daß ich dem Tim Klook Bescheid geben will, wenn ich heut abend zurück bin, daß er noch morgen ein Grab

aushackt, wenns denn überhaupt noch geht bei dem Frostboden. Und ein normales Begräbnis soll er dann auch haben. Vielleicht seh ich ja den Cornelius noch. Soll im Kloster Bescheid sagen."
Hinrich Harders erklimmt den Kutschbock, wirft dabei vor sich hin brummend die Axt auf die Karre, nickt kurz, wie einem alten Bekannten, dem zottigen Wolfskadaver unter seinen Filzstiefeln zu und treibt wortlos sein Pferd zur Weiterfahrt an. Ruckartig setzt sich der Wagen in Bewegung.

2

Diese Begegnung fand statt im Februar des Jahres 1599. Was im Folgenden auf dem Hof des Kätners Thienappel sich abspielte, als die Karre mit den Leichen vorfuhr, brauch im einzelnen nicht berichtet zu werden. Wo ein Elend zum anderen kommt in diesem Hungerwinter, wird schließlich jede Klage überflüssig. Das, was zu tun ist, wird eben getan in einem solchen Fall, und wenn nichts mehr zu tun übrig ist, wird eben gestorben. Bei Grete Thienappel jedoch kann der Tod auch Überleben, kann Aufschub bringen. Pferdefleisch und ein Wolfspelz können eher über den Winter helfen als ein Tagelöhner, der vom Vorwerk nichts nach Hause bringen kann als ein paar verfaulte Steckrüben oder anderes Gemüse ab und zu und zum Sonntag mal ein schmales Stück Pökelfleisch.

In diesem Winter aber hatten alle im Dorf zu leiden. Wer keinen Torfvorrat hatte, um die Feuerstelle glühend zu erhalten, dem blieb nur das feuchtkalte Stroh zum Wärmen, oder aber, heimlich sich etwas Holz aus dem Wald heranzuschleppen. Das taten die meisten, trotzdem der Vogt es verboten hatte. Die Tiere im Dorf brüllten in ihren Ställen. Es gab nichts zu trinken, und um den Schnee zu schmelzen, brauchte es eben Feuerholz. Nur in wenigen Häusern gab es noch einen kleinen Vorrat.

An bessere Zeiten konnte sich Grete Thienappel nicht erinnern. Vor vier Jahren waren sie in dies Holsteiner Dorf mit Namen Steinrade zugezogen. Wie so viele, waren auch sie zwischen die Mühlsteine von Reformation und Gegenreformation geraten. Aus den Niederlanden waren sie als Protestanten geflohen vor den Spaniern, die das Land besetzt hielten, hatten auf einem Schiff nach Hamburg unterkommen können. Dort blieben sie mehrere Jahre in düsteren, armseligen Verhältnissen. Dann waren sie nordwärts gezogen... er fand Arbeit als Tagelöhner auf dem Vorwerk. Es reichte aber nie hin

13

zu einem eigenen Stück Vieh oder Land, wie es die meisten im Dorf, der eine mehr, der andere weniger, besaßen. Die Bessergestellten hatten dem Vorwerk entsprechend mehr an Abgaben und Arbeitsdienst zu entrichten.

Aber die Thienappels hofften ja nur auf eine eigene Kuh, auf mehr nicht zunächst. In den ersten beiden Jahren hatte Grete noch Haus und Wirtschaft des Aderlassers besorgen können, und da hatte sie schon manches Mal ein ordentliches Stück Speck, Wurst oder auch einen Scheffel Mehl in ihrer Schürze heimgetragen. Doch seitdem er aus dem Dorf vertrieben worden war, blieb für sie nur noch die Arbeit mit den Bienen. Ohne den Honig, den sie an die Schenkenwirtin verkauften oder im Dorf gegen andere Lebensmittel tauschten, hätten sie wohl kaum ihr Kind bis jetzt am Leben erhalten können. Früher, vor zwanzig Jahren ungefähr, als es das Vorwerk Barenhorst noch nicht gab, war das Leben im Dorf wohl leichter gewesen. Das hatte sie schon oft erzählen hören. „Unter dem Krummstab des Abtes ließ es sich besser leben", hieß es. Leibeigene waren sie auch damals gewesen, dem Zisterzienserkloster Reynveld zugehörig, und sogar dem Bischof zu Lübeck zehntverpflichtet, doch war sozusagen der Leibeigenschaft die Selbstverständlichkeit einer menschlichen Seele beigegeben worden. Das hieß, daß trotz aller Last, trotz des Gebundenseins ans Kloster den Bauern auch vielfältige Hilfe und Unterstützung in Notlagen gegeben wurde. Dazu kam, daß sie ihrem Glauben leben und regelmäßig zur Meßfeier in die Klosterkirche kommen konnten. Doch jetzt, unter dem Herzog, unter seinem Vogt, galten andere Gesetze, war der Frondiest so drückend geworden wie noch nie zuvor.

Johann Straater war nachdenklich geworden auf seinem Weg, verflogen diese so unsinnige Freude — hineingedrängt in diese beißend weiße Kälte vor ihm, die sich ausbreitet wie ein Leichentuch. Den Blick gesenkt, folgt er dem blutgesiegelten Weg, der Spur, die der Leichenkarren gelegt hat zum Vorwerk hinaus. Die mit Ochsenleder umwickelten Stiefelspitzen stoßen einige Male heftig in die feste Schneedecke, schleudern Schneebrocken ins niedrige Buschwerk am Wegrand. Im Dorf war er für seinen Jähzorn bekannt, aber auch für seine Milde, die mit großer Sicherheit nachfolgte und mindestens einen halben Tag lang anhielt. Wie oft war nur die Dorfschenke der einzige Ort gewesen, dieser verfluchten Zerissenheit zu entkommen! Zwei oder drei Tage hintereinander hatte er manchmal in der Schenke zugebracht, die Nächte im Heuschober nebenan. Sein Eheweib, die Marie, war zwar jedesmal tief betrübt gewesen, aber es half ja nichts! Kam er dann heim, in die Mühle zurück, erfüllt von milder Heiterkeit, hatte es keinen Sinn, ihm Vorhaltungen zu machen. Sie hatte gelernt, die Dinge gehen zu lassen und ihre Seele vertrauensvoll der göttlichen Allmacht anheimzustellen. Sie hatte einen Hang zur Religion.

Nicht so ihr Johann, der oft spuckte auf die Pfaffen. Daß sein Sohn Cornelius bei den Klosterbrüdern gelandet war, schien ihm zwar auf der einen Seite eine unsägliche Verschwendung menschlicher Tugenden, auf der anderen Seite hatte er aber so ein unbestimmtes Gefühl, daß vielleicht doch dieser verschwommen geistigen Angelegenheit etwas abzugewinnen sei, zumal ja immerhin der Cornelius bei den Klosterbrüdern Lesen und Schreiben erlernt hatte. — Johann greift an die Seite und fühlt den Griff seines Messers durch den Schafpelz hindurch. Er spannt unterm Kinn die Lederlappen wieder fester über die Ohren. Es geht auf den Nachmittag zu, diese elende Kälte ließ nicht nach! Er senkt den Kopf, zieht die Krempe seines Filzhutes tiefer über die Augen herab, um dem Wind zu entgehen, der aufgekommen ist und sich gewiß noch verstärken wird. Doch schon ganz anderen Dingen hat er sich mit seinen fast fünfzig Jahren entgegenstellen müssen. Seine kräftig ausschreitende Gestalt spricht von Entschlossenheit, die dunkel aufglänzenden, zusammengezogenen Augen zeugen von Verstandesschärfe, aber auch möglicherweise von Melancholie, Zweifel und Mißtrauen. Die schwarzen, doch schon leicht angegrauten Haare, die unter dem weiten Filzhut dicht in den Nacken, fast bis auf die bepelzten Schultern fallen, zusammen mit dem spitz auslaufenden, starr eisigen Kinnbart, verleihen ihm beinahe einen Anklang von edel ritterlichem Aussehen. Und wenn er dann daheim am warmen Kamin sitzt, den Kopf seiner langen, geschwungenen Tabakpfeife umfaßt hält, ins Feuer schauend vor sich hin raucht und nachsinnt, kann dann auch ein zufriedenes Lächeln seinen Mund umspielen...

Er ist mittlerweile an einer Weggabelung angekommen, nimmt aber nicht gleich die Richtung zur rechten, zum Vorwerk. Er steht still, und sein Blick geht hinüber zur entgegengesetzten Seite, wo die matt aufglänzende Sonnenscheibe über dem fernen Klosterwald schräg durch eine dunkle Wolkenschicht ein gleißendes Strahlenbündel hinab auf die Horizontlinie wirft.

Hinter dem Wald liegt das Kloster, drüben wird wohl auch der Junge jetzt sein, denkt er. Und die Erinnerung an die vielen Male, als er mit ihm diesen Weg zum Kloster Reynveld gefahren ist, umfängt ihn. Viele Jahre, wohl zwanzig und mehr, waren seitdem vergangen. Zur Arbeit auf dem Gut der Klosterbrüder war er seinerzeit verpflichtet gewesen, besaß die Mühle noch nicht. Sein Sohn, damals ungefähr sechs Jahre alt, freute sich jedesmal riesig, wenns zu den Mönchen ging, die ihn verwöhnten, ihn mitnahmen in ihre Klosteranlagen und Bibliotheken...

Dann kam das Jahr 1582. Das Kloster, schon vorher dem dänischen König Friedrich II gehörig, wurde zum Besitz des Herzogs von Sonderburg-Plön geschlagen, einem Bruder des Königs, samt allen Ländereien und leibeigenen Bauern. Dem Herzog war es zu verdanken, daß es auch im weiteren noch nicht vollständig verweltlicht dastand. Eine kleine Anzahl von Mönchen war verblieben und kümmerte sich hauptsächlich um die Bibliothek mit ihren vielen wertvollen Handschriften und um die Karpfenzucht. Der Herzog gab sich den Anschein von Kunstbeflissenheit, als wäre die Bibliothek der einzige Grund, das Kloster im Wesentlichen nicht anzutasten. Oder hielt er sich etwa ans Säkularisierungsverbot des Kaisers? Wohl kaum! Wahrscheinlich dachte er eher so: Sollen die paar Mönchlein doch wirtschaften für mich!

Johann Straater lacht bitter auf, wendet sich nun entschieden ab und setzt seinen Weg rechterhand fort, der kaum merklich aufwärts auf eine weit ausgebreitete Anhöhe mit einem dürren Birkenwäldchen zur linken führt. Dahinter liegt das Vorwerk Barenhorst.

16

3

Die Krähen, die lärmend über dem Innenhof des Vorwerks den
grauen Winterhimmel mit ihren so aufdringlichen Rufen durch-
kreuzten, sich hinabließen aufs kahle Geäst, auf Treppengiebel und
Dachfirste des hufeisenförmig angelegten Gemäuers, dann wieder
aufstiegen, um in einem wüst wilden Zug die Höhe des klotzigen
Turmes zu umrunden, waren in heller Aufregung. Drunten im Innenhof war allerhand los. Rufe schallten hin und her, Hundegebell,
Türen wurden auf und zu geschlagen, Scheunentore quietschten in
den Angeln, Pferde standen angebunden, schnaubend und ungeduldig aufwiehernd, vor den Stallungen. In der Mitte beim Brunnen
warfen riesige Harzfackeln ihre knisternden Flammen und Rauch-
spur in die Luft. Ein kleines Fuhrwerk mit zwei großen Rädern
wurde an der Deichsel von einem gedrungen aussehenden Mann
gehalten, der eifrig mit dem freien Arm jemand herbeiwinkte und
rief: „Spann Er doch endlich an, Jacob, her mit ihm!"
Der Innenhof maß wohl an die fünfzig Meter in der Länge und in
der Breite, war umstanden auf einer Seite von Scheunen und Vor-
ratsschuppen, ihnen gegenüber von Stallungen und anschließendem
Turm, der festungsartig, mit wuchtigen Zinnen obenauf, tiefen Eindruck jedem Herannahenden schon von weitem machte. Gelangte
man am Turm vorbei in den Innenhof, so stand man in einiger
Entfernung den Wohn- und Verwaltungsgebäuden gegenüber, mit
den seitlichen Gebäuden zu der Hufeisenform miteinander verbun-
den. Erhaben gewichtig in der Mitte das doppelstöckige Wohnhaus
vom Vogt, mit beidseitig vorgelagerten Erkern unterhalb des Trep-
pengiebels. Rechts und links davon zwei kleinere, etwas zurück-
liegende Gebäude, wesentlich gedrückter aussehend mit ihren fla-
chen Walmdächern und den kleinen Dachgauben zur Innenhofseite
hinaus.

Da öffnet sich die Tür des Haupthauses, und mit fliegendem Pelz, den er sich überwirft in diesem Moment, die Treppenstufen schon hinabspringend, eilt mit großen Schritten, von einer Hundemeute umsprungen, der Vogt Wenthin, gestikulierend und den Umstehenden Befehle zurufend zum bereitstehenden Fuhrwerk, an dem mittlerweile angespannt ist. Auf den Wink des Vogtes kommt ein Mann mit Spießen und Speeren gelaufen, läßt sie klirrend auf den Wagen fallen. Auch zwei Äxte werden gebracht und mehrere Musketen aus einem der Nebengebäude. Der Vogt begutachtet eine der Musketen, nimmt sie prüfend in die Hand und zielt auf eine der Krähen im Baum hinter den Stallungen. Dann lacht er laut auf und wendet sich, die Waffe wieder herunternehmend, an den kleinwüchsig gedrungenen Menschen, der gerade ein kleines Pulverfäßchen aufs Fuhrwerk hinaufwuchtet.

„Zaches, wir werden ihnen gehörig das Fell versengen, jagen ihnen die Kugeln um die Ohren, daß sie ihre Nasen nicht mehr hochrecken können. Dreck fressen sollen sie, ersaufen im Sumpf!" Der kleine Bucklige nickt dazu, lachend nimmt er eine der schweren Äxte auf und läßt sie krachend ins Bretterholz des Fuhrwerks niedersausen. „Halt ein, Zaches — laß den Wagen heil, soll uns doch noch dienen, wohl auch noch Wildsau oder Hirsch heimkarren! Sieh zu, ob alles bereit ist! Du fährst den Wagen, der Rest zu Pferd!"

„Vater, Vater, warte noch!", ruft es da wie aus einem Mund, denn die beiden Töchter, Lena und Sophia, kommen aus dem Haus gelaufen, drängen sich an ihn, und Sophia, die ältere, umarmt ihn bittend: „Bleib doch, Vater... bitte! Was willst du zu den Wölfen nun hinaus? Deine Leute sollen ohne dich gehn, was machen wir nur, wenn du nicht zurückkommst, ach bleib doch hier!"

Wenthin macht sich frei, nimmt zunächst Sophias, dann Lenas Kopf zwischen seine beiden Hände und küßt sie nacheinander kräftig auf die Stirn. „Geht", sagt er dann, „bereitet schon das Nachtmahl. Ich will bald zurück sein. Die Wölfe müssen fort von hier, das steht fest! Machen mir den Arbeitswillen meiner Leute zuschanden, gehen an den Vorrat für Mensch und Vieh, töten gar wohl manchen, der besser hier sorgen könnt, auch für euer Leben. Soll ich dem

Herzog denn ein Armenhaus vorweisen, leere Stallungen und leere Töpfe? Ihr wißt, wie gern er euch anschauen wird, der Herzog, aber wärs ihm wohl auch recht, wenn ihr so dürftig wie ein jedes Bettelweib einhergingt?"

Bei diesen Worten legt sich seine ohnehin krause Stirn noch mehr in Falten, und mit seinen mächtigen Pranken versucht er, beiden blonden Frauen behutsam übers Haar zu streichen. Lena, die jüngere von beiden, mit dem strohblond welligen Haar, blickt ihrem Vater direkt in die Augen: „Wer war denn das auf dem Karren vorhin, Vater? Wen haben sie getötet, die Wölfe, doch wohl nicht von den unsrigen jemand?"

„Von den unsrigen? Nein nein, mein Kind, ein Mann aus dem Dorf, ein Tagelöhner", beschwichtigt Wenthin und mit einem Blick auf die gesattelten Pferde, die bei den Fackeln stehen: „Auf, Leute — wir wollen los! Bis bald, meine Töchter."

Doch er kommt nicht dazu, sein Pferd zu besteigen. „Schaut, wer da kommt!", ruft der Zwergenwüchsige, den der Vogt „Zaches" genannt hat, der aber eigentlich Zacharias heißt.

„Straater, Johann Straater, Ihr wart bestellt, ja richtig — ich vergaß." Wenthin scheint ungeduldig, verärgert, zieht die Stirn kraus. „Kommt ein andermal", ruft der Vogt ihm zu, „die Wölfe warten!"

Er müht sich in den Steigbügel, setzt sich ächzend aufs Pferd, wobei seine dicke Pelzmütze mit den herunterbaumelnden Ohrenklappen ihm ein wenig in die Stirn rutscht. Er schiebt sie zurecht. „Ach Straater", fällt ihm dann noch ein, „Euer Sohn, wo steckt eigentlich Euer Sohn? Bringt ihn mir her! Ich will ihn zum Kanzleischreiber machen. Euer Sohn ist doch ein gelehrter Mann, oder? Sagt ihm, ich laß ihn zum Besuch des Herzogs in drei Tagen bitten! Wir hoffen auf eine gelehrte Unterhaltung. Lena, Sophia, kümmert euch um ihn hier, seinen Vater, gebt ihm zu essen und zu trinken. Er soll doch nicht schlecht von uns denken, ist uns willkommen."

Straater kommt nicht dazu, etwas zu antworten. Der Vogt greift sich eine der Fackeln und jagt, seinem Pferd laut zurufend, aus dem Vorwerk hinaus. Eine kleine Schar weiterer Reiter, ebenfalls mit

Fackeln in den Fäusten, und das Fuhrwerk mit Zaches auf dem Kutschbock folgen ihm nach.

Überrascht und etwas verlegen steht Johann Straater da. „Komm Er doch ins Haus, bitte, wir hoffen einiges zu hören von ihm", redet Sophia ihn an und geht voraus, dem Hause zu. Lena läuft neben ihr her, beginnt zu kichern und pufft ihrer Schwester mit dem Ellbogen in die Seite, schubst Sophia auch, als sie die schwere Eingangstür öffnet, ins Haus hinein.

„Hör auf damit, Lena! Was soll unser Gast denken?" Sophia scheint ebenfalls belustigt, schalkhaft blitzen ihre Augen. „Nur immer herein in des Vogtes Stube, in die Höhle des Löwen — so sagt man doch, oder?", albert Lena mit übertriebenem Tonfall, „Johann heißt Er mit Vornamen, hörte ich. Nun, Johann, setze Er sich. Was möchte Er essen? Vielleicht ein wenig Fisch? Hier ein Teller mit Bratenfleisch! Wie wärs mit einem Glas Burgunder dazu?"

Johann kann sich nicht äußern, zuckt nur kurz mit den Achseln, schaut sich um. Er bestaunt ziemlich oberflächlich den Kronleuchter, der weit und schwungvoll ausladend über dem runden Eichentisch von der Decke hängt, einige dunkle Bilder an den Wänden, helle blitzende Dielen unter seinen Füßen und einen großen kupfernen Kessel über der Feuerstelle im Kamin. Was hat das nun für einen Sinn, hier mit den albernen Töchtern zu sitzen und den Affen zu spielen? Er will heim, oder in die Schenke! Es ist schon spät, und er drängt sich zur Tür.

„Straater, nein nein, bleib Er noch", rufen ihm beide hastig zu. „Erzähl Er uns doch von seinem Sohn", bittet Sophia, „was tut er, was macht er? Hier, Johann, sein Essen und Trinken, greif Er zu, nur zu! Er wird doch Hunger haben! Der Cornelius las uns beiden vor, so manches Mal, aus seinen Büchern las er, jedesmal als wir ihn trafen, im Klostergarten oder bei den Teichen. Gern und oft fuhren wir zum Kloster, der Vater ließ uns gehn. Bis dann eines Tages die Mönche uns nicht mehr einließen, erzählten, er sei nicht mehr da, auf eine ferne Universität verreist. Was ist nun, Johann, wo steckt er, der Sohn? Sag Er's uns doch!"

Johann schluckt den Bissen Fleisch herunter, nimmt einen Schluck

Rotwein. Ihm ist unwohl, sollen sie ihn doch in Ruhe lassen! „Ich weiß nicht, wo er steckt", bringt er dann aber doch heraus, „daß er auf einer Universität war oder noch ist, mag wohl angehen. Hab ihn selbst lang nicht mehr gesehn."

„Versteh Er doch", beharrt Lena, ihn ernsthaft anschauend, „wie viel er uns bedeutet hat, hier in dieser Wüstenei, wo nur Pferdeschweiß, Stallgeruch uns umgibt und grobe Sprache herrscht, die nichts kennt als Befehlen und Gehorchen, Schimpfen, Fluchen und Gespucke von morgens bis abends. Wir wollen auch weiterhin Bücher lesen mit ihm, und daß Euer Sohn uns das Lesen voll und ganz beibringt, das möchten wir! Vieles haben wir ja schon gelernt von ihm."

Johann Straater bleibt sprachlos. Die Gabe des Lesens war in diesem Landstrich, in diesen Zeiten, nur den wenigsten gegeben. Das war eben so und nicht weiter verwunderlich. Aber daß die beiden Frauen, die da so geziert mit ihren feingliedrigen Händen, dem wunderschön welligen Haar, vor ihm sitzen, mit den besten Kleidern und feinsten Stiefelchen angetan, daß die nicht von sich aus haben lesen können, daß sie Cornelius gebraucht haben dazu, dies ist nun doch eine Überraschung für ihn. Was hilfts? Er jedenfalls kann den beiden nicht weiterhelfen, er muß nun wirklich sich auf den Heimweg machen, es dunkelt schon bald. Er kann auch nicht damit rechnen, daß noch einer der Hufner zurück nach Steinrade fährt. Sie sind ja noch alle auf der Jagd. Johann erhebt sich etwas linkisch, die Wärme und der Rotwein haben ihn benommen gemacht.

„Lebe Er wohl, Straater, und Er weiß, was Er seinem Sohn von uns ausrichtet, wenn Er ihn sieht?"

Er nickt, und als er draußen steht, greift er nach einer der Fackeln und macht sich auf den Weg dem Dorfe zu.

4

Es sah nicht so aus, als ob im Kloster heute noch irgend etwas Aufregendes geschehen würde. Wann jemals geschah aber auch überhaupt etwas hier, an diesem gottverlassenen Ort? Bruder Clemens zieht den Überhang seiner Kapuze tiefer ins hager verfrorene Gesicht, bückt sich und hebt noch einige verstreut liegende Buchenscheite auf den schon hochgefüllten Handkarren, der in der Türöffnung des Holzschuppens steht. Zwar sind für die Zeit nach der Non, dem nachmittäglichen Chorgebet, alle Klosterbrüder von Abt Lambertus zu einem Konvent in den Kapitalsaal gebeten — dafür ist dort der Ofen anzuheizen, und auch Bruder Philippus braucht Holz für die Backstube, doch was war da schon an Interessantheiten zu erwarten? Gestern abend kam Lambertus von seiner Reise zurück, erschöpft und mit stillem Gesicht zwar, aber daran war man gewöhnt in diesen ernsten Zeiten. Auch Bruder Stephanus, der Novize, der den Abt auf seiner Reise begleitet hat, konnte nur mit einem leeren Achselzucken seinen Brüdern zu verstehen geben, daß er vom Ausgang dieser Reise nichts wisse. Gut jedenfalls, daß beide unbeschadet zurück waren! In Zeiten, in denen Mönche als vogelfrei galten und eine Mönchskutte bei vielen Zeitgenossen unberechenbare Verhaltensweisen hervorrufen konnte, war das wahrlich keine Selbstverständlichkeit! Bruder Stephanus stand ihm auch sonst, im Alltag des klösterlichen Lebens, helfend zu Seite, denn der Abt ging schon an die zweiundachtzig Jahre. — Bruder Clemens ergreift hastig einen Holzscheit vom Karren, schleudert ihn fluchend einer Ratte entgegen, die gerade ansetzte zur Flucht nach draußen, jetzt blitzartig kehrtmacht und sich unter einem Holzstoß verkriecht.

Ja sicher, es wird so sein, wie immer nach solchen Reisen, sinniert Clemens, mahnende Worte von seiten der Kongregation, das gei-

stige Leben wieder bestimmter, geregelter aufzunehmen, die seel-
sorgerischen Pflichten nicht zu vernachlässigen, die Liturgie öfter
zu feiern, und so fort, und so fort. Er, so muß er denken, während
er den Handkarren anzieht, der sich mit einem Ruck und quiet-
schend in Bewegung setzt, gehört gewiß nicht zu denen, die tagelang nur in der Bibliothek sitzen, den Tag vergrübeln oder sich unaufhörlich miteinander besprechen müssen. Sein Tag ist ausgefüllt,
und seine Mitbrüder scheinen kaum noch zu bemerken, wie selbstverständlich sie seine Dienste, in der gewärmten Bibliothek zum
Beispiel, in Anspruch nehmen. Vieles blieb an ihm hängen, ange-
fangen beim Anfeuern der riesigen Kachelöfen in Wärmestube,
Bibliothek und Refektorium am frühen Morgen, Mithilfe bei Bruder Philippus in Küche, Backstube und Vorratsräumen, Versorgen
etwaiger kranker Klosterbrüder im Spital, wozu natürlich auch die
Bereitung von Heilkräuteressenzen gehörte, bis hin zum Pförtner-
dienst! Letzteren jedoch, muß man sagen, übte Bruder Clemens nur
vertretungsweise aus, während der Abwesenheiten von Stephanus,
dem Novizen, dem dieses Amt normalerweise obliegt. Äußerst gern
aber vertrat Clemens ihn jedesmal, und viel zu selten, so fand er,
war das hellklingende Glöckchen zu hören gewesen..., wurde es
von Besuchern in Schwingung gebracht durch den fransigen Strick,
der neben der eisenbeschlagenen Tür durch einen Schlitz im hervor-
springenden Mauerwerk vom Dachreiter herabbaumelte. Meistens
standen dann Bettler, Aussätzige vorm Tor, pockennarbig Zerlumpte, hoben nur die verkrusteten Hände mit der Lazarusklapper ihm
entgegen, denn Vertrauen in die Gabe menschlichen Sprechens war
ihnen verlorengegangen. Wer kannte ihre Schicksale, vermochte
ihre Augen denn noch emporzuheben? Früher waren auch schon
entflohene Leibeigene, auch von weither, ans Tor gekommen, ehemalige Hufner und Kätner, welche sich versteckt hielten in den
Wäldern, aus Angst vor plötzlich auftauchenden Soldaten, die sie
ohne Umschweife, direkt von Hof, Weib und Kindern fort in ihre
Truppen zwingen wollten. Bruder Clemens gab ihnen meist Brot
oder getrockneten Fisch, ließ sie aber nicht herein in den Klosterhof, denn jederzeit war es ja möglich, daß Soldaten, welcher Her-

kunft auch immer, auch hier auftauchten plötzlich. Und wer weiß, was geschähe — fänden sie flüchtige Bauern in den Klostermauern! Nein — in den umliegenden Wäldern waren diese Menschen besser aufgehoben als hier. Abends wurde vom Pförtnerbruder in einer Nische des Mauerwerks ein Licht entzündet, welches jedem Hilfesuchenden ein Zeichen geben sollte.

Früher, ja — waren es fünfzehn oder zwanzig Jahre seitdem? — da war es sowieso anders gewesen! Da bimmelte das Glöckchen unaufhörlich, da war ein Kommen und Gehen gewesen der Menschen aus den umliegenden Dörfern, die fast täglich zur heiligen Messe kamen, aber auch um zu arbeiten, das umliegende Land zu roden, Sumpfgebiete trockenzulegen, beim Versorgen der Karpfenteiche mitzutun, und es galt als eine Selbstverständlichkeit, daß sie auch mit Essen in einem für sie bestimmten Raume versorgt wurden.

Auch durchreisende Bürger oder Kaufleute aus den Städten, mit gewichtig daherkommenden Pferdegespannen und glänzenden, feisten Gesichtern, läuteten nicht umsonst an der Pforte. Sogar Fürsten, Herzöge und Landgrafen samt Gesinde waren ein ums andere Mal eingekehrt, unterwegs in politischen Angelegenheiten anscheinend, traten nämlich alle mit äußerst angespannt wichtigen Mienen auf, die sich dann jedoch auf eine merkwürdige Weise auflösten, waren sie erst einmal von der Kargheit der mönchischen Lebenskultur zu einer aufdämmernden, tief und aufrichtig empfundenen naiven Religiosität angerührt. Erhobenen Gefühls brachen sie dann wieder zu ihren Geschäften auf.

So war es gewesen, sicher, daran bestand kein Zweifel..., und Bruder Clemens verhält ein wenig den Schritt, um ganz kurz einen schrägen, fast wehmütigen Blick aufs stumme, verfrostete Glöckchen zurückzuwerfen. Ach ja..., aber nun, wie steht es nun? Das kleine Flämmchen, welches noch geblieben war von damals, flackerte im Luftzug der Zeit, drohte wohl manches Mal zu erlöschen. „Per aspera ad astra" *(Durch Rauhes zu den Sternen)*, kommt es aber dann von seinen Lippen, und er zieht seinen Karren kräftig voran, als ziehe er das ganze Elend, die stumme Trübsal der ganzen Welt hinter sich her, als läge es nur an ihm, trotz alledem das Schicksal der Welt unbeirrt voranzubringen.

Nicht ganz so melancholisch war Clemens in den wärmeren Zeiten des Jahres gestimmt. Da war er dann meistens im Klostergarten zu finden. Hier lag seine eigentliche, seine „ordentliche" Aufgabe. Betrat man als Besucher den äußeren Klosterhof, so konnte es geschehen, daß man erstaunt stehen bleiben und aufhorchen mußte. Ein lateinischer Wortschwall, keineswegs von liturgischem Gleichmaß, überraschte das Ohr, an- und abschwellend von jenseits einer brüchigen, schulterhohen Mauer, über die man in äußerst gleichmäßigem Arbeitstakt die Spitze einer Unkrauthacke wieder und wieder auftauchen sah. Bruder Clemens neigte ganz und gar nicht zu Selbstkasteiungen, versah dafür aber seine Gartenarbeit um so energischer — mit dem ganzen Einsatz seiner Person, getreu dem grundlegenden Wahlspruch des Benedictus: „Ora et labora!" *(Bete und arbeite!)*, oder sollte man in seinem Fall nicht besser von einer leicht geänderten Gewichtung zugunsten eines „Labora et ora!" sprechen? Seine Neigung zu Selbstgesprächen brachte es mit sich, daß man ihn unter seinen Mitbrüdern nicht unbedingt als einen philosophischen Kopf ansah, er daher auch in geistlichen Disputen in wohlwollender Weise milde belächelt wurde, wenn es etwa geschah, daß Clemens mit einer übereilt dahergesprochenen lateinischen Redewendung aus seinem reichhaltigen Zitatenschatz eine verfahrene Gesprächssituation zu entwirren dachte. So auch jetzt kann er sich nicht ein „O tempora, o mores!" *(O Zeiten, o Sitten!)* verkneifen, während er leicht gebeugt mit seinem Handkarren in Richtung Backstube schlurft — so gesprochen gegen die Fenster der Bibliothek, hinter denen gerade die gestikulierende scharfgeschnittene Gestalt des Bruder Antonius entlangstreicht. Clemens bleibt stehen und schaut zu den Fenstern hinauf. Seine hagere Gestalt, so verloren im weiten Klosterhof, den Hals emporgereckt, erhält eine eigenartige, sich immer mehr verlängernde Krümmung, die auch durch die helle Mönchskutte nicht mildernd verdeckt werden kann. Er horcht. Es muß gesagt sein: Auch hier entspricht Bruder Clemens in nur sehr unvollkommener Weise der Benediktregel

„…stets neige der Mönch sein Haupt und schlage die Augen nieder."

In diesem Moment tritt neben der Bibliothek, aus dem schmalen Gang, der in den inneren Klosterbereich mit Kreuzgang und Brunnen führt, eine Gestalt heraus und eilt mit großen Schritten, verschränkten Armen, quer über den Hof der Klosterpforte zu. Es ist Bruder Hieronymus. Er hält den Kopf mit der Kapuze gesenkt. Sein Blick hat nur ganz kurz und nachlässig die sonderbar emporgereckte Gestalt des Bruder Clemens gestreift. Keine Andeutung eines Grußes kam von seinen Lippen. Clemens wundert sich nicht darüber, blickt ihm nur mitleidig nach, um dann, nachdem er seine Hände aufmunternd aneinandergerieben hat, seine Karre weiter fortzuziehen. „Beatus ille, qui procul negotiis" *(Glücklich jener, der fern von Geschäften)*, fällt es ihm leicht und leise von den Lippen. Er versteht sie nicht mehr, seine Brüder. Die einen ereifern sich dort nebenan in der Bibliothek, und wenn er mal zugegen war bei solchen Gesprächen, fand er die Situation nicht uninteressant, verstand aber kaum etwas und wußte hinterher nicht viel davon zu sagen. Der andere ging einsame Wege, sprach seit vielen Jahren kein Wort mehr. Zwar sah man ihn bei allen Chorgebeten, bei jeder Liturgie, und er fehlte auch nie bei den Essenszeiten im Refektorium, zog auch in der üblichen gemeinsamen Prozession mit seinen Brüdern psalmodierend zu den Messen in die Kirche ein, doch da er stets den Kopf gesenkt hielt, wußte man nicht, ob er sich am Sprechgesang beteiligte oder nicht. Von den Lesungen aus den heiligen Schriften während der Essenszeiten, die wöchentlich zwischen den Mönchen wechselten, hielt er sich, nach der Einwilligung des Abtes, ausgeschlossen. Auch sonst ging Bruder Hieronymus seine eigenen Wege, seine tatsächlich ganz und gar und in wörtlichstem Sinne eigenen Wege. Wie auch jetzt wahrscheinlich, da Bruder Clemens ihm nachschaut, als die Pforte hinter ihm zufällt, geht er sie, diese Wege, in seinem Heckenlabyrinth nämlich, vor Jahren von ihm angelegt vor den Klostermauern. Tag für Tag wandelt er nun drinnen umher, und wer weiß denn noch, was in ihm vorgehen mag? Nachdenklich biegt Clemens um die Ecke und hält auf die Backstube zu, ihm schräg gegenüber an der Klostermauer gelegen... Die Sache mit dem Labyrinth und Bruder Hieronymus aber, die war wohl eine Geschichte für sich, eine dunkel verworrene, eine unglückselige Geschichte, fieberhaft, voll Leid und Tod — trotzdem sei sie hier berichtet.

5

Eine Leiche aufzufinden ist nicht jedermanns Sache, und schon gar
nicht für einen arglosen, frommen, nachdenklichen Mönch, wie
Hieronymus einer war. Für den „Herrn der Teiche", von seinen
Mitbrüdern so genannt, war dieses Geschehen unfaßbar, undenkbar
— für den Gang der Weltgeschichte jedoch sicher völlig belanglos.
Wie konnte das aber sein? Was galt denn schon der Tod einer kahl-
geschorenen Kammerfrau mit einem Schandmal auf der Stirn? Was
sonst gab es zu denken darüber? Wer schließlich und endlich kann
sagen, es genau zu wissen, wer wann und wo ins Fadenkreuz der
großen Geschichte gerät? Von welcher Geschichte eigentlich ist
hier die Rede?
Jetzt jedenfalls strebt Hieronymus wieder ihrer Grabstätte zu, er
geht sie jetzt also wieder, die Windungen seines Labyrinths, sucht
sein Verlorenes, Entsprechendes, in den verschlungenen Pfaden der
Erinnerung. Und was hört man? Er spricht leise, dann und wann,
einzelne Worte hört man, die sich aber dann in ein leises Lachen
verlieren, das ebenso abrupt wieder abreißt und in ein heiseres Flüstern übergeht. Zu verstehen ist nichts davon. Er verliert sich in ein
anderes Leben, in sein früheres Klosterleben, welches seinem jetzigen dazugerechnet werden muß. Er schweigt, folgt einer Kehrtwen-
dung der engen Heckenführung, sieht sich unwillkürlich erinnert —
am Rand eines seiner Teiche stehen. Da schaut er den Karpfen zu,
wie sie lautlos träge, blauschwarz oder grünlich aufschimmernd für
einen Augenblick den ruhig daliegenden Wasserspiegel in sanft wel-
lende Bewegung versetzen, mit den dicken Lippen pulsierend alles
Entgegenkommende in sich hineinsaugen, dann mit der hellen, wie
nachwinkenden Schwanzflosse schemenhaft in die dunkle Tiefe ent-
gleiten. — Er verschwindet im Labyrinth. Nur das wischende Ent-
langstreifen seiner Mönchskutte am Gezweig der Thujahecke ist zu

hören. Daß er sie, seine Ruth, eines Tages so finden würde, nur mit einem Schandmal bekleidet, von einer Schweinsblase über Wasser gehalten, war für ihn ein Fehlgriff des Schicksals, ein gnadenloses Versehen, ein Störfall göttlicher Allmacht sozusagen. Und er begehrte auf gegen Gott! Alles war Gleichklang gewesen, noch keine Dissonanzen. Was an hergebrachten Regeln und Mustern zur Verfügung stand, wurde fraglos gelebt und getätigt. Alle Begriffe waren überzeugend, überwältigend. Es gab keine Fragen. Bei allen? War das wirklich bei allen so gewesen? Wer wußte das schon genau zu sagen? Nun aber waren sie da, die Fragen! Wie ein gestreckter Froschleib, Arme und Beine weit ausgebreitet, so hatte sie auf dem Wasser gelegen, gehalten von dieser lächerlichen Schweinsblase. Fünfzehn Jahre schon vergingen seitdem! Fünfzehn Jahre, in denen die von ihm gepflanzte hüfthohe Thujahecke der Labyrinthgänge zu einer übermannshohen, dichten und mächtigen Mauerhecke aufgeschossen war. Für Hieronymus aber war nichts vergangen, nichts gehörte einer abgetanen Historie an. Denn hier, in diesen Gängen, kam er ihr wieder nahe auf den Wegen der Erinnerung, und immer wieder neu stand er vor der Entscheidung: Vergessen? Sich rückwärts wenden, dem Ausgang, dem Nadelöhr des Vergessens zu oder voran, immer vorwärts? Diesem Tode zu, der da stand und wartete, mit dem Ruf aber auch nach Wandlung ihn stetig an sich zog? Das Labyrinth als eine unausgesprochene Frage. Im stetigen Richtungswechsel seiner Windungen, dem Alptraum stetiger Verengungen und weitschweifender Abirrungen, lag eine quälende Unruhe, die durch nichts beruhigt werden konnte, so schien es. Er versuchte die Worte dieser Frage zu finden, dann sie aussprechen zu lernen. Um eine Antwort kümmerte er sich noch nicht. Ruths Grab im Zentrum des Labyrinths. Was eigentlich war geschehen?

Jeder hatte es gleich gewußt, und besonders Hieronymus wußte es, wem diese greuliche Mordtat anzurechnen war. Solch abscheulicher Wahnwitz, ihm diese Frau, seine liebliche Ruth, wie ein erjagtes Stück Wild in einen seiner Karpfenteiche niederzulegen! Sicher — Wenthin zielte auf ihn damit, wollte ihn treffen, verhöhnen, denn natürlich war diesem elenden Menschen das Verhältnis zwischen

Ruth und ihm nicht unbekannt geblieben. In der Dorfschenke, auf den Feldern bei der Arbeit, in den Hütten und Katen, überall redete man offen über die Mordtat, nur auf dem Vorwerk Barenhorst wurde natürlich kein Wort gesprochen darüber. Diesen Wüstling, der auf solche Art ausgedehnten Land- und Menschenbesitz verwaltete, wagte gewiß niemand zur Rechenschaft zu ziehen, oder ihn wenigstens zur Rede zu stellen. Der Herzog? Der war gierig nach neuen Besitztümern, reiste unaufhörlich umher, um alte Adelssitze und Gutshöfe auszuspähen und aufzukaufen. Wer aber sonst konnte solches wohl tun, dem Vogt erhobenen Hauptes entgegentreten, ihn offen all seiner Schandtaten anklagen?

Der einzige Mensch, der dazu in der Lage gewesen wäre, war seine Ehefrau Elvira. Doch sie, den Mönchen, der Meßfeier, dem Kloster überhaupt, in aufrichtigem Wohlwollen zugeneigt, war ein halbes Jahr zuvor gestorben. War das mit rechten Dingen zugegangen? Natürlich nicht: Gift — so munkelte man! Johann Straater, der ans Krankenlager gerufen wurde, sprach diesen Verdacht aus. Jawohl — ausgesprochen hatte er ihn, in der Schenke, vor allen Leuten! Und sogar der Zaches, dieser windige schräge Gesell, dieser Zwiebelkopf, war dabeigesessen. Zaches — wer kannte sich aus mit diesen schäbigen Vorwerk-Narren! Dem Johannes Straater jedenfalls hatte die Frau von Wenthin, im Umkreis zwischen Vorwerk, Kloster und umliegenden Dörfern nur liebevoll „Frau Elvira" genannt, noch kurz vor ihrem Tod etwas ins Ohr gehaucht, das wie „Belladonna" geklungen hatte. Und „Belladonna", so wurde auch die Geesche, dieses alte Kräuterweib, diese Giftmischerin genannt. Diese schöne, so verständige Frau, Elvira von Wenthin — vom Gift der Wolfs- oder Tollkirsche um ihr opferreiches armes Leben gebracht! Dies war im März des Jahres 1584 geschehen. Jeder ahnte — niemand anders als Er konnte der Urheber gewesen sein. Und warum? Sein Söhnchen, der langerwünschte, ersehnte Erbe war tot in seiner Wiege aufgefunden worden, einen plötzlichen Kindstod war er gestorben. Vogt Wenthin raste vor Wut und Enttäuschung. Er sah sich betrogen um all seine Hoffnungen, konnte sich nicht trösten mit seinen zwei so reizenden Töchtern. Elvira, die Gute, hatte keine

Macht mehr über ihn. Und mehr noch: nachdem sich zeigte, daß sie nicht nochmals einen Nachkommen würde gebären können, hatte sie ausgedient. Die edle Elvira starb, um einer neuen, jungen Gebärerin eines Vogterben Platz zu machen. So dachte mit ziemlicher Sicherheit Wenthin in seinem abartigen Wahnsinn darüber.

Ruth, die ehemalige Amme seines Söhnchens und Kammerfrau Elviras, wurde nun heftigst umworben von ihm. Er stellte ihr nach, wo und wann immer er nur konnte. Kleider allerbester Güte ließ er kommen, aus Brokatstoff und Seide, Goldschmuck mit rubinroten Steinen und samtigglänzenden Perlen ihr überreichen, doch alles umsonst... Zu seiner Überraschung erntete er nur schweigende Ablehnung, schroffes Kopfschütteln. Das war für Wenthin unfaßbar! Sein plumpes Werben stieß auf einen Menschen, der ihn nichts anderes als verachten konnte — ihn, ja ihn... den Mörder nämlich ihrer Herrin!..., ihrer lieben, lieben Herrin, dieser sanftmütigen Seele. Und außerdem: war es denn überhaupt möglich, an Konrad von Wenthin irgendeine schätzenswerte menschliche Eigenschaft zu entdecken?

Wie anders und selbstverständlich hingegen die Zuneigung, die Ruth einem armseligen Mönch entgegenbrachte! Sollte man das nicht etwa Liebe nennen können, dieses machtvolle Gefühl, das sich zwischen ihr und Hieronymus zu entwickeln begann? Regelmäßig fuhr sie mehrmals in der Woche mit ihrer Herrin Elvira zum Kloster, um die heilige Messe mitzufeiern. Elvira empfand sich als tief religiös und im alten Glauben verhaftet, die Reformation hatte sie bisher unberührt gelassen. Eine vornehme Erscheinung in den kargen Klostermauern war sie! Zwischen den grauen Mönchen ging sie einher wie eine Madonnenerscheinung, mit ihrem weiten Mantel, der wehend am Boden entlangstrich. Nur an ihrem großen, weit ausladenden Hut mit dem roten Federbusch vorn, den sie über alles liebte, war ihre gehobene weltliche Herkunft zu erkennen. Ihre Verbundenheit mit dem Kloster bekundete sie auch durch Schenkungen, die dem Vogt sehr mißfielen, hauptsächlich von Getreide und den nötigsten anderen Nahrungsmitteln. Und die wenigen Mönche, die nach der Übernahme durch Herzog Johann verblieben waren, dankten aus ganzer Seele dafür, denn ihr Dasein war ein armseliges geworden. Ihnen fehlten ja nun Hilfe und Abgaben aus den Dörfern, und vom Wenigen, was sie mit Mühe aus Klostergarten und Karpfenzucht erwirtschafteten, hatten sie selber noch den größten Teil als Abgabe zu zahlen. Eigentlich konnten sie nur dank Elviras Hilfe überleben, nur so auch das geistliche Leben des Kloster noch ein wenig in die Zukunft weitertragen.

Hieronymus war in dieser Zeit, in der nicht nur seine religiösen Sicherheiten durch die Gedanken der Reformation ins Wanken gerieten, durch das Erscheinen von Ruth vollkommen aus dem Gleichgewicht gebracht. Und seltsamerweise ging es ihr nicht anders. Sie begegneten sich regelmäßig im Klosterhof, erste Blicke, Worte, Verwirrtheiten. Es ergab sich, daß Ruth dann bei solcher Gelegenheit und ganz unmittelbar ein wenig bei den Karpfenteichen half. Sie hatten sich anfangs auch auf dem Markt in Lübeck schon getroffen, als Hieronymus von seinen Karpfen verkaufte und Ruth fürs herrschaftliche Haus auf Einkäufen unterwegs war. Was geschah weiter? O — dieses seltsame Paar fuhr dann schon bald regelmäßig mit einem kleinen pechschwarzen Kahn auf der Trave zu den Markttagen nach Lübeck! Ruth saß vorn, sang leise in die vorübergleitende Flußlandschaft hinaus, Hieronymus tauchte bedächtig den Stechpaddel ins Wasser, schaute ruhig lächelnd auf dieses liebe Geschöpf vor ihm, das er so verwunderlich aus ganzer Seele gern hatte. Und dies hatte wahrhaftig gar nichts mit seinem christlichen Glauben zu tun, das war eine Sache für sich. —

Der Vogt hatte, nachdem sein Werben nicht erhört wurde, dazu im Sommer 1584 eine große Trockenheit die Ernte auf den Feldern verbrannt, viele Tiere in den Ställen hilflos hatte verdursten lassen, zusätzlich noch die Hornviehseuche ausbrach, die ehemalige Amme Ruth der Hexerei bezichtigt. Unglaublich! Der Hexerei — das wagte er! Dies war in Zeiten, in denen die Reformation an Boden gewann, zwar ein Widersinn, ein Rückfall in schlimme Zeiten und gegen jede Vernunft gerichtet, aber was hatte der Vogt denn mit der Reformation zu schaffen? Was hatte er überhaupt mit der Religion zu schaffen? Er hatte das Recht der Gerichtsbarkeit inne über seine

Leibeigenen, zugesichert allen Grundherren und Besitzern adliger Güter schon in alten Zeiten, im Jahr 1524 vom dänischen König Friedrich I. Das gab ihm jetzt das verdammte Recht, ganz frei und ungehindert über seine Bauern samt deren Familien zu verfügen. Daran hatte sich auch nichts geändert durch den Wechsel des Herrscherhauses zu Herzog Johann. — Ein Schandmal brannte man ihr ein, der armen gottverlassenen Ruth, wie es sonst nur das Vieh erhielt. Und die Knechte waren mit vollem Eifer bei der Sache. Danach wurde sie kahlgeschoren, ausgepeitscht und in die Verbannung davongejagt. Zwei Tage später war sie dann von Bruder Hieronymus gefunden worden.

6

Bruder Clemens schiebt seinen vogelartig vorgestreckten Kopf mit
dem zerzausten grauen Haarkranz durch die Türöffnung der Backstube, grüßt: „Salve, Philippus!" Keine Antwort.
„Hast es warm in deiner Stube?", fragt er vorsichtig lauter jetzt, nur
um etwas zu sagen, und blinzelt ins Halbdunkel hinein. Niemand
ist zu sehen. Der Geruch von noch warmem, frisch gebackenem
Brot lockt ihn weiter hinein... so wohlig warm und knusprig ists
ihm drinnen... die Brote, die guten dunklen Brote. Da hört er aus
der Vorratskammer nebenan singen, und eine Tür wird aufgesto-
ßen. Eine außergewöhnlich helle Mönchskutte eilt, den Choral wei-
tersummend, dem gekachelten Backofen gegenüber zu. Nun entdeckt die Kutte den still dastehenden Clemens, und ein rundes,
glattes, freundliches Gesicht, wohlgenährt und mit strahlend ver-
wunderten Augen, erscheint aus der Dämmerung. „Ach Bruder
Clemens, du Treuer, bringst du Holz? O ja, Holz, sicher bringst du
Holz — wunderbar!" Bruder Philippus tritt ihm mit zwei, drei großen Schritten entgegen, die Arme grüßend wie ein hoher Würden-
träger zum Empfang erhoben. „Holz schleppen mußt du, wie ein
Esel schleppst du wieder deinen Karren, beinahe Tag und Nacht?
Wie tief bist du gesunken, Clemens." Hier läßt Philippus seine Arme sinken, und es fehlt nicht viel und Clemens hätte sich geneigt,
um seine Lippen auf einen imaginären goldenen Siegelring an der
Hand seines Gegenübers zu drücken. Aber da war kein Ring. Bruder Philippus wurde insgeheim „der Kardinal" genannt. Stephanus,
der Novize, titulierte ihn gelegentlich als „Herrn der Ringe".
„Das Holz geht zur Neige, Philippus, viel werd ich nicht mehr bringen können, und der Torf soll für die Wärmestube bleiben. Sieh zu,
daß du einen ordentlichen Vorrat zusammenbäckst." Philippus tut
erstaunt, macht große runde Augen. „Wovon soll ich Vorrat bak-

ken, die Mehlsäcke stehen schlaff da. Den Rest an Hafer werden wir für die Grütze gebrauchen, Roggen steht noch da für vielleicht einen Monat. Was dann? Der Cornelius soll seinen Vater im Dorf fragen."

Bruder Clemens nickt zustimmend, schaut zum Ofen hinüber. Die eiserne Klappe steht weit auf... „Hör, Clemens, du siehst aus wie ein hungriger Geier mit deinen krausen Haaren, wahrhaftig!"

In Clemens erwächst augenblicklich eine gespannte Freude. Es werden doch wohl wenige Brotkrümel... so lang hin noch zum Abendbrot...

„Wart, ich hol eine Klinge, laß mich deine Tonsur zurechtstutzen", begeistert sich Philippus. Clemens wehrt heftig ab: „Aber nein, Philippus, nein... später mal am Brunnen, wenn der Frost nachläßt! Sag... guter Philippus... wäre es möglich... meinen Kopf, meine ich... nur kurz mal in die Wärme halten... in den Backofen hinein meine ich, meine Nase scheint mir schon ganz blau und elend erfroren, bester Philippus, du Herr der tausend köstlichen Brote du?"

Philippus macht wieder große Augen, tut verwundert. „Aber ja, steck nur deinen Geierkopf hinein, wärm dir deine Gedanken dabei an. Denn nach dem Gebet gleich ist Konvent, weißt du's?"

„Jaja", schallt es hohl und dumpf vom Ofen her, „Kon...vent, jaja", und dann plötzlich wieder klar und deutlich: „Ach Gott — was du sagst — heizen muß ich ja noch!"

Clemens verbirgt nicht sein Kauen, läuft wie aufgescheucht zur Hoftür und beginnt hastig, Holz vom Karren her reinzutragen, stößt immer mit dem Ellbogen die Tür von außen auf, wenn er hereinkommt. Dabei spricht er zu sich selber, unter Kauen und bekräftigendem Nicken: „Unverdrossene Arbeit besiegt alles!" und dann zu Philippus mit erhobenem Zeigefinger: „So sagt Virgil, jaja, fürwahr Bruder... labor omnia vincit improbus."

Philippus kommt zu ihm an die Tür, neigt sich ihm gönnerhaft zu. „Nun denn — spute dich, du Herr des wärmenden Holzes, daß wir im Kapitelsaal nicht nur vor Kälte mit unseren Zähnen klappern."

„Danke für solch warme Worte, Bruder Philippus, Gott segne dich und dein Tagewerk", und trotzdem er es eilig hat, kann sich Clemens nicht verkneifen, noch hinzuzufügen: „Und daß du auch erscheinst, Bruder! Du kommst vor lauter Backen ja nicht mehr vor die Tür, scheint es — denk an die Regel unseres heiligen Vaters Benedictus, hockst Tag und Nacht im Warmen, und nur zum Vorratholen kommst du raus, in der Kirche sah ich dich lang nicht mehr!" Clemens neigte zu Übertreibungen, so auch hier. Natürlich hatte Bruder Philippus auch außerhalb der Backstube vieles zu tun, die meiste Zeit des Tages sogar. Schließlich war er doch der Küchenmeister, hatte alle Mönche mit Essen zu versorgen!

Clemens, dieser Klostergesell, er selber konnte wahrhaftig nicht, keinesfalls, als Vorbild für seine Mitbrüder dienen. Aber so war es nun einmal: trotz aller Abweichungen von der Ordensregel galt es dennoch, die Würde, die Ernsthaftigkeit des Klosterlebens zu vertreten, die „stabilitas" unermüdlich aufzubringen. Wie die anderen darüber dachten, das sah man ja tagtäglich! Er selber, o ja, stand im Zentrum seiner Aufgabe! Jawohl, sah denn das keiner?

Bruder Clemens zieht den Holzkarren, wieder schwermütig geworden, an und trabt los in Richtung Kapitelsaal. Die Nachwärme im Backofen scheint tatsächlich sein Gedankenleben auf ganz eigene Wege gebracht zu haben. Über die Forderung der „Stabilitas" denkt er nach. Beständigkeit — in allen Ehren, aber Beständigkeit für wen, für was eigentlich? Wem diente sie, diese „Stabilitas"? Diente sie Gott oder etwa den Menschen nur? Waren die Zeiten nicht aber so, daß man eigentlich den Menschen mehr zu dienen hatte als Gott? Oder war dies, und gerade dies, nicht das gleiche und eben wirklicher Dienst an Gott?

Clemens erschrickt über sich, wie öfter in der letzten Zeit, seine Gedanken verwirren sich, das kennt er, ist ihm nichts Neues. Er ist mittlerweile am schmalen Durchgang zum Innenbereich angekommen. Dämmerung fällt belanglos über die roten Backsteinmauern der Klostergebäude, hüllt all diese verlorene Größe aus vier Jahrhunderten Klostergeschichte wie mit nachlässig beschützender Gebärde ein. Diese befestigte Abgeschlossenheit Reynvelds, mit seinen umfassenden Einfriedungen, der gewaltig hohen Mauer rundum, reichte allein nicht mehr aus, für Frieden und Sicherheit zu bürgen.

Waren sie überhaupt noch hier zu finden? Frieden...? Sicherheit...? Großer Gott, was für Fragen!

So weit allerdings dachte Bruder Clemens nicht, aber zweifellos wäre er bei diesen Fragen gelandet, hätte er es nur vorhin geschafft, seine Gedanken zu Ende zu bringen. Es war nur noch ein Weniges, das restliche Holz zum Kapitelsaal zu tragen und dort mit geübten Händen ein nettes flackerndes Feuer im offenen Kamin zu entzünden.

Als er dann seinen leeren Karren über den Hof zum Holzschuppen zurückzieht, ruft auch schon die Glocke auf dem Dachreiter über dem Westgiebel der Kirche zum Chorgebet. In diesem Moment auch öffnet sich die Klosterpforte, fällt dumpf wieder zu, und herein in den Hof schlüpft Bruder Hieronymus, strebt mit schnellen Schritten dem Durchgang zum Innenbereich zu.

„Gott mit dir", spricht Clemens, und Hieronymus, was macht er? Er blickt überrascht auf, ein leises Lächeln erwacht um seinen Mund, und er unterbricht seinen eiligen Gang. Bruder Hieronymus, der Schweiger, diese Sphinxgestalt mit den asketisch strengen Gesichtszügen, den hervortretenden Wangenknochen, den dunklen, sonst in sich gekehrten Augen, er wendet sich ganz Bruder Clemens zu, freundlich neigt er den Kopf. Dann geht er weiter, eilig wie zuvor. Und als Clemens den Weg über den Hof wieder zurückmacht, verfällt dieser in ähnlichen Laufschritt. Er will nicht schon wieder zu spät kommen, nicht schon wieder die Blicke seiner Brüder ertragen müssen, wenn er als Letzter ins Chorgestühl einrückt, der Wechselgesang der Mönche schon im hohen Kirchenschiff hallt. Kurz bevor er den Durchgang erreicht, wendet er sich nochmals um, steht still. Und da: ein mehrstimmiges Geheul hängt in der Luft, durchzieht die Dämmerung aus Richtung der Sümpfe. Die Wölfe! Gebe Gott, daß niemand allein nun unterwegs und ihnen zum Opfer fällt, denkt er und bekreuzigt sich geschwind. Geh voran nun Clemens, laß die Wölfe heulen, ab zum Chorgebet mit dir!

7

Und Johann Straater, wo war denn der Mühlenpächter Straater ab-
geblieben? Der bewegt sich geradeso eilig seinem heimischen Herd-
feuer zu. In der Faust hält er die zur Hälfte abgebrannte Fackel. Die
wirft ihre knisternde Flamme ins eisige Dunkel voraus.
Er bläst mehrmals stoßweise seinen nebligen Atem aus, um die Bak-
ken zu wärmen. O nein, nicht die Schenke wars, die er im Sinne
hatte, diesmal nicht! Seine Marie, dies wonnige Weib, die wartet
daheim sicherlich, eilt immer wieder vom dampfenden Suppenkessel
vor die Tür, hält Ausschau nach ihm. Schau her, Marie, sieh: hier
kommt er, dein Johann. Nimm ihn nur gleich in deine molligen
Arme, drück ihn an deine warme weiche Brust, einen langen, langen
Kuß auf die verfrorenen Lippen! Doch frag ihn nicht, frag ihn nur ja
nicht nach dem Vorwerk, nach dem Vogt! Denn Johann ist von
Haar- bis Fußspitze angefüllt mit Ärgernis und flucht und schimpft
vor sich hin.
„Diese stinkende Speckschwarte, dieses Tier! Da lauf ich nun wie
der dümmste dumme Esel zur Mühle — hin und wieder zurück —
den Launen dieses a...ha...deligen GUTS-herrn feilgeboten für
nichts und nochmal nichts! Frag nicht, Marie, frag besser nicht! Die
Welt ist taub und stumm, Marie, sie spricht nicht mehr mit uns, ist
böse — ein blinder Drache mit neunundneunzig Köpfen —, ver-
schlingt uns, unsere Seelen... ach nimm mich, Marie, die Trauer
will ergreifen mich, du Seltene, Kostbare, Wärme und Sinn meines
Lebens, den Cornelius hast du mir geschenkt, das Söhnchen, den
prächtigen Sohn, den klugen Sohn, fremd bist du mir geworden,
Cornelius, doch ich liebe dich. Lie...be dich!" ruft er laut hinaus,
in die Flamme, die verweht und sprüht; so laut ruft er! Er will
scheinbar, daß man ihn die ganze Wegstunde bis zum Kloster hin
hört.

Da aber bleibt er stehen und schüttelt den Kopf, lacht und versteht sich selbst nicht mehr. Was ist nur mit ihm? Der Wein — ist es der Wein, dieses kleine Gläschen voll? Das wäre doch verflucht, das bringt doch ihn, den Windmühlen-Straater nicht in Taumel, solch eine Winzigkeit von Wein! Aber gut hat er geschmeckt, das muß man sagen, fruchtig, nicht fad und wässrig, noch lang lag diese frische Würze ihm in Mund und Gaumen. Er steht immer noch und denkt nach..., denkt und steht und weiß endlich nicht mehr, was er denken soll. Irgendwie wird ihm seltsam, und er reibt sich die Augen. War doch was nicht in Ordnung mit dem Wein? Er geht weiter, seine Stirn zieht sich zusammen vor Kälte. Er wird jetzt ganz ruhig weitergehn, zur Mühle, zu Marie, seine Beine tragen ihn ganz gut. Ohne Probleme, alles geht gut, und ruhig und gleichmäßig streicht der Schneeboden unter ihm hindurch. Schöne Töchter, ja, hat er, der Vogt Wenthin, wirklich ansehnliche Frauen sind das. Wie kommt dieser Kerl nur zu sowas? Schöne Frauen! Wie hieß das noch gleich, dies italienische Wort — für schöne Frau? O ja, Bella... Donna, Belladonna. Gift, denkt er plötzlich, dieses eine Wort: Gift! Und Elvira fällt ihm ein, dieses Flüstern von ihr, dieses matte Flüstern. Er bleibt wieder stehen. Aber nein, das war doch nicht möglich! Gift? Zum Teufel nein! Er zieht mit den Zähnen seinen linken Handschuh aus, hält die Hand mit abgespreizten Fingern vor seine Augen. Ruhig sind sie, zittern nicht — gottlob. Ruhig wie eine Statue steht der ganze Johann Straater da, nur einzelne Funken stieben von der Fackel davon. Dann macht er etwas Neues. Er springt plötzlich ein Stück voran und landet sicher wieder auf einem Bein. Hah — nichts wie dumme Gedanken! Gift, sowas, fort damit! Zeit wird's, daß er schnell heimkommt jetzt, und wer weiß, wie lang die Fackel noch brennt! Und gib acht, Johann: eine Windböe drückt die Flamme zischend zusammen. Sie droht zu verlöschen. Nur das nicht!, denkt Johann, und er greift unwillkürlich wieder an die Seite und tastet nach seinem Messer. Der Wind bläst stark in seinen Rücken hinein, treibt den Schnee ganz fein am Boden daher, und schwankendes Gebüsch zeichnet große schaukelnde Schattengestalten in den Lichtfleck vor ihm auf den Schnee. Er geht unbeirrt seinen Weg und hält aber die Flamme mehr vor seinen Körper jetzt, sie zu schützen.

Nun hört! Er beginnt zu singen! Sein Großvater hatte ihm ein Lied beigebracht, früher, als sie zusammen unterwegs waren zu den Bauern, zu den abgelegenen Dörfern, und das singt er nun. Wer weiß, warum gerade jetzt ihm der Großvater und dieses Lied einfällt! Hat er Angst etwa? Pah — wovor sollte er denn um Himmels willen Angst haben? Schon ungezählte Male ist er diesen Weg gegangen, kennt jede Krümmung und jeden Strauch am Rande. Laut und kräftig singt er sein Lied, und ihm steht vor Augen, wie das Kind aufgestampft hat mit den Füßen dabei, neben ihm sein Großvater, und fast wie der Donnergott Thor selber singt er nun, dröhnt es aus seinem Munde. Vom wilden Jäger Hackelbernt, der mit Schlapphut und sausendem Mantel durch die Luft und Baumkronen braust, singt er, und sein Refrain „Oho, wer ihn jetzt hört, wird nimmer froh..." klingt wahrhaft schaurig. Er verstummt wieder. Jetzt ist nur der Wind, rauschendes Gebüsch zu hören und sein gleichmäßiges Schreiten im Schnee.

Wenn doch nur die Marie ihm heut die Bohnensuppe kochen tät, mit Pökelfleisch und Speck drin, muß er denken und macht tatsächlich ein paar schnellere Schritte. Das Bratenstück im Vogthaus hat ihm wohl auch geschmeckt, o ja! Wildsau — und auch Rebhuhnfleisch lag da zuhauf auf diesem großen Zinnteller. Sie leben gewiß nicht schlecht, dort auf dem Hof. Ja, natürlich, wenn man auch das Jagdrecht auf der gesamten Flur, im Wald dazu, für sich allein besitzt, da läßt sichs wacker leben! Und der Bauer, was ist mit ihm? Der darf das Wild in die adeligen Kochtöpfe, auf fürstliche Bratenspieße treiben und wird entlohnt, wenn überhaupt, mit Innereien und Gekröse. Für ihn gilt: Jagdverbot! Und sogar jetzt im Hungermonat Februar, wo vom Stroh der Dächer ans oftmals einzige Stück Vieh verfüttert wird, wo den Ärmsten oft nur bleibt, auf Mäuse- und Rattenjagd zu gehen, zeigt Konrad von Wenthin kein Erbarmen. Zu fünfzig Stockhieben, öffentlich zur Schau gebracht und vollzogen, wurden zwei Kätner aus dem Nachbardorf just vor kurzem verurteilt, beim Fallenstellen waren sie erwischt worden. O

Wenthin, wie kannst du nur vor deinen zartfühlenden Töchtern bestehen? Und sie, die Geschmückten, die Gezierten, verhungern sie
nicht trotz allem Luxus, den sie besitzen, auf ihrem Eiland? Wozu
sonst verlangen sie nach Büchern, nach Gesprächen, schlicht —
nach Geist? Welche Verschwendung an Tand und zierlichem Plun-
der! Wozu? Wem dient das alles? Sie sind einsame Gefangene auf
ihrem Vorwerk, und wenn er, Johann Straater, diese beiden Para-
diesvögel hineinversetzt in sein dörfliches Mühlenleben, zerfließen
ihre Gestalten in grelle Lächerlichkeit! Trotz allem hat sein Gang
zum Vorwerk eine wichtige Neuigkeit gebracht: Der Cornelius soll
Schreiber auf dem Vorwerk werden! Man stelle sich vor: auf dem
Vorwerk! Na — da werden wohl auch die Wünsche der Töchter den
Wenthin umgaukelt haben. Nie und nimmer wird der Cornelius das
tun, da ist sich Johann sicher! Welche Gründe sonst noch mögen
den Vogt dazu gebracht haben?
Jeder weiß mittlerweile, daß der Herzog erwartet wird. Ihm ist der
Vogt ja letztlich Rechenschaft schuldig, über die Bewirtschaftung
des Vorwerks, über Soll und Haben. Und gerade jetzt, da die Ge-
treidepreise so mächtig gestiegen sind, da hofft wohl jeder sehr auf
die kommenden Ernten..., eine sprudelnde Quelle des Reichtums
für den, der sein Korn ausführen kann, in die großen Städte und
vielleicht sogar bis in die Niederlande hinunter. Da käme gewiß
dem Vogt so jemand wie der Cornelius genau richtig; jemand, der
ihm die Bücher führt, die man vorzeigen kann, o ja! Vielleicht aber
auch hat Wenthin so ein unbestimmtes Gefühl, daß die ganze Ge-
lehrigkeit und Bücherweisheit, die drüben im Kloster beheimatet
ist, ihm eines Tages auf irgendeine Weise unangenehm werden
könnte. Scharfsinnigkeit, Verstand, fürchtet vermutlich dieser rohe
Sinnenmensch auf eine unbewußte Weise mehr als Krankheit oder
Tod. Und so war ihm auch das Kloster schon immer, das war kein
Geheimnis, ein Dorn, ein großer Dorn, im Auge gewesen. Besonders früher, als Elvira und später die Töchter, und die sogar allein...
dorthin fuhren, hatte man bei ihm jedesmal einen stumm aufglim-
menden Haß spüren können. Das eigentlich Schlimme daran war
für ihn: Seine Stellung verurteilte ihn zu tatenloser Ohnmacht dem

Kloster gegenüber. Der Herzog ließ die Mönche gewähren, jaja, sie hatten nur ihre unbedeutenden Abgaben zu zahlen. O sicher doch, kein Zweifel, wenn es nach seinem Willen allein gegangen wäre...! —

Johann hat das erstaunliche Gefühl, er kommt seinem Ziel kaum näher heute. Oder hat er sich verlaufen? Unmöglich — an die Weggabelung vorhin konnte er sich deutlich erinnern! Aber war er da auch wirklich richtig abgebogen? Wenn nicht — ist dies der Weg zum Kloster dann etwa? Er schaut umher, kann aber nicht viel erkennen. Die Bäume zur Rechten allerdings kommen ihm einigermaßen unbekannt vor. Der Wind fährt in ihren Wipfeln knarrend wie die Windsbraut einher. Er hört die Äste trocken aneinanderschlagen, sieht aber nichts deutlich in dem umherfliegenden Schneestaub. Die Fackel ist fast abgebrannt. Schützend hält er seine Hand davor. Zum ersten Mal zweifelt er ernsthaft, ob er wirklich den richtigen Weg genommen hat. Das ist verhext, ist ja unmöglich — er kann doch nicht einfach in die Irre gegangen sein!

Was er dann aber hört, läßt ihn erschauern... Wolfsgeheul! Zunächst zur Rechten, dann lauter noch, zur Linken! Ein durchdringendes Geheul, wie klagend, an- und abschwellend, endlos lang. Dann Stille wieder. Nun setzt Johann seine Füße in Bewegung, er rennt, seine Füße schlagen auf den Boden auf, grausam monoton, schnell und schneller werdend wie das Getrappel einer ganzen fliehenden Herde. Nur eins: voran, voran... ich muß doch gleich da sein... Licht, sieht man denn kein Licht?... dahinten muß doch... Marie! Ich komme, ganz sicher komme ich — gleich bin ich da, gleich biegt der Weg, dort hinten beim hohen Gebüsch... dann bin ich da! Und er rennt und keucht, die Fackel glüht nur noch, kaum eine Handspanne über seiner Faust.

Pferdegetrappel, er hört Pferdegetrappel! Hurra! Von wo aber? Von vorne? Von hinten? Er wirft den Kopf im Laufen zurück, er hört und hört dieses rasende Aufschlagen der Hufe, auch kurzes Wiehern jetzt ganz deutlich, aber er weiß nicht aus welcher Richtung. Überall scheint es zu sein, vor und hinter, neben und sogar über ihm. Da bleibt er schwer atmend stehen, die Fackel glimmt nur noch. Er hört das Trommeln der Hufe, viele Hufe sind es, eine große Reiterschar muß das sein, die Luft ist erfüllt von immer dem gleichen tosenden Getrappel. Doch wie das? — Es kommt nicht näher, bleibt sich stetig gleich! Nun Rufe und Pfeifen dazwischen, laute Jagdrufe — Hehe! und Hüa Hüh! — Gebell einer Hundemeute! Es hallt und tönt um ihn her in einem fort, und Johann steht da und hat die Wölfe und Marie, alles um sich her vergessen, und den Weg, und daß er doch gerade noch nichts lieber als heim wollte, und er dreht sich langsam im Kreise, schaut um sich herum, schaut in der Luft umher. Noch lauter und bebender wird das Schlagen der Hufe, Gegrunze von Säuen, mit Hundegebell und Knurren vermischt. Der Hackelbernt — das ist der Hackelbernt! „Oho, oho — wer ihn jetzt hört, wird nimmer froh! Wer ihn jetzt hört, wird nimmer froh!" Der wilde Jäger mit seinem Totenheer! Mit seinem Geisterheer! Johann wirft sich zu Boden, preßt sich die Ohren zu und bleibt liegen so, unbeweglich, ganz unbeweglich...

Was hat er gedacht? Was ging in ihm vor? Was kann man Genaues wissen darüber? Mag sein, daß er an seinen Großvater dachte und an all seine Geschichten von Odin und Baldur, von der Wilden Jagd, vom Fenriswolf und der eiskalten Wolfszeit, dem Fimbulwinter, mit dem die Götterdämmerung, das Ende der Welt beginnt. Mag sein, daß er furchtbare Todesangst ausstand, daß er sicher war, mitgerissen zu werden vom schrecklichen Geisterheer, fort von den Lebenden, fort von allem, was ihm lieb war. Doch als er die Fäuste von den Ohren nimmt, hört er weit, weit in der Ferne das Pferdegetrappel, Hundegebell verklingen, hinterm Horizont verschwinden.

Er erhebt sich, und merkwürdig ists ihm, als er sich dann umschaut — kein Windhauch um ihn her, die Luft steht still, ganz ruhig schauen Baum und Strauch zu ihm herüber. Und als er hinaufblickt, ist ihm wirklich und unzweifelhaft, ja man kann es wahrhaftig nicht anders sagen, ist ihm, als sähe er diese Sterne droben zum allerersten Mal! Dieses blitzende Gefunkele scheint ihm wie der erste Tag der Schöpfung — für ihn allein heute erschaffen, jetzt und hier, an Ort und Stelle erschaffen!

Und die Wölfe? Nichts mehr — nichts zu hören, zu sehen von

ihnen, gottlob! Vom Spuk vertrieben? Ja, sicherlich, doch waren sie nicht selber etwa Spukgestalten gewesen? Johann weiß nicht, weiß nichts, will nichts wissen darüber, denkt nicht weiter nach. Was sollte er auch denken darüber? Was er gehört hat, das hat er gehört! Nun voran — fort von hier!

An die Dunkelheit haben seine Augen sich gewöhnt jetzt, und die Sterne ersetzen ihm seine erstorbene Fackel, die er immer noch festgeklammert hält. Da schleudert er sie weit fort zur Seite! Jawohl! Und dann erkennt er endlich an einem hohen Grenzstein zur rechten, daß er auf dem richtigen Weg ist. Und sieh — gleich muß die Biegung kommen, dort beim Gebüsch, und hier hat er ja vor kurzem noch Hinrich Harders getroffen und seinen Leichenkarren mit Thienappel und dem Pferdekadaver drauf. — Aber was ist das? Was sieht er denn jetzt? Da glüht es rot am Horizont, da voraus beim Dorf! Und hinauf ins Dunkel strahlt es, und sieh: In die rote geballte Glut schießen von unten herauf Feuerzungen! Ein Riesenfeuer ist das — das Höllenfeuer muß das sein! Und hinter ihm, o heiliger Schreck, heulen wieder die Wölfe — so geht die Welt zugrunde! Das Geisterheer, es holt sich seine Toten!

„Marie!", schreit er, und er beginnt zu schluchzen und zu rennen, und er reißt sich den Filzhut vom Kopf, wirft seine Handschuh, seinen Pelz fort, rennt dem Feuer entgegen. „Marie!" Und wie er so verloren daherhetzt und ruft, sieht er vor sich, in großer Entfernung noch, eine Gestalt mitten auf dem Weg stehen. Schwarz hebt sich ihr Umriß von der feurigen Glut hinter ihrem Rücken ab. Johann stolpert voran, immer voran, von Sinnen ist er, und er weint laut und hilflos wie ein Kind. Und er läuft dem Tod in die Arme. Der Tod hat einen Schlapphut auf, und ein weiter schwarzer Mantel hängt ihm von den Schultern. Und als der den Daherstolpernden auffängt und ihn einhüllt, blickt Johann Straater einen Augenblick lang dem Tod ins Angesicht, und er sieht eines nur, bevor er keuchend auf die Knie sinkt: der Tod trägt das Gesicht von Geesche — dem Kräuterweib Geesche!

Und die ist nicht wenig erstaunt darüber, was sie da für einen Vogel gefangen hat — der Straater Johann in ihren Armen! Der stammelt ohne Ende, unverständliche Worte redet er zu ihren Füßen, schlägt mit den Händen auf den Boden, schüttelt den Kopf in einem fort. „He, Straater, hoch mit dir, auf die Füße!" Sie rüttelt ihn an der Schulter. „Bist zu spät zum Löschen. Ist doch nicht dein Haus, was da brennt, aber trotzdem — zu spät, Straater, zu spät! Der Grete ihrs, Thienappels Kate, brennt wies Höllenfeuer selbst und höchstpersönlich — hehe!"

Sie nestelt an ihrem Gürtel herum, an dem allerhand Gerätschaften hängen: winzige Knöchelchen, zugepfropfte Fläschchen, allerhand zusammengeschnürtes Zeugs aus Tuch und Leder. Sie flüstert und flüstert dabei vor sich hin. Dann hält sie ihm ein Fläschchen vors Gesicht.

„Riech hier, Straater, du Esel, du Schafskopf!", schreit sie ihn mit aufgerissenen funkelnden Augen an. „Heb doch deinen dummen Kopf endlich, oder soll ich ihn dir abreißen wie einem Gockel? Hättst dann als Medicus genug damit zu tun, dich wieder zusammenzuflicken, hehe!"

Sie greift ihm heftig ins Haar, zieht seinen Kopf nach hinten und hält ihm die Flaschenöffnung direkt unter die Nase. „Nun riech! Riech endlich, sag ich, du Hasenfuß!" Und Johann riecht schniefend, tief und tiefer riecht er, schwindlig riecht er sich, bis der süßliche Geruch plötzlich in der Nase heftig zu beißen beginnt.

Er schüttelt den Kopf, sieht hinauf zu der Alten. Was geschieht hier mit ihm, um Himmels willen? Was veranstaltet denn diese Geesche hier für einen Zauber mit ihm? Läßt er sich etwa von diesem Weib, dieser verdammten Hexe, mit einer Flasche an der Nase herumführen? Hilflos wie ein närrisches Kind liegt er vor ihr — aber seis drum, er weiß jetzt, er ist noch nicht unter den Toten, kein Weltuntergang! Geesche steht vor ihm. Sie schaut ihn an jetzt, und ihr zahnloser Mund steht offen, wird breit und breiter, ja sie lächelt tatsächlich! Und der korallenrote Federbusch, der vorn an der hochgedrückten Krempe ihres schlappigen schwarzen Hutes steckt, lodert grell wie ein Wahrzeichen edler Herkunft siegreich empor. Hinter ihr das furiose Feuer. Es lodert hoch, sprüht Funken aus, und Johann hört aufgeregtes Rufen jetzt.

„Thienappels Hütte?", fragt er und erhebt sich dabei. Die Geesche nickt. „Angezündet hat sie ihre Hütte, die Grete, Elend über Elend!" Geesche schlägt die Hände zusammen, wiegt den Kopf hin und her, als sie mit heiserer Stimme erzählt.

„War verrückt, die Arme, war wahnsinnig geworden. Harders hat den Mann gebracht... tot — die Kehle zerbissen. Da rennt sie ins Haus — was soll sie noch? —, nimmt den Schürhaken, reißt die Glut auseinander, wütet, verstreut alles. Ja — so hat sie's gemacht, Straater! Sie rennt schreiend raus, nimmt ihr Kind noch mit. Keiner weiß... keiner weiß wohin. Elend über Elend, Straater. Wo will's hinaus — wie wird das enden, Straater — wie wird das bloß enden?"

Sie dreht sich um und geht dem Dorf zu, langsam schlurfend, und ihr roter Federbusch glänzt noch manchmal wie ein Hahnenkamm auf im Feuerschein, ehe sie zwischen den Häusern verschwindet.

Und Johann, geht er endlich zu seiner Marie nun? Er geht zur brennenden Kate und sieht zu, wo er noch helfen kann.

8

Von einem daherbrausenden Geisterheer oder ähnlichem war im
Kapitelsaal des Klosters wahrlich nichts zu spüren. Was hier ledig-
lich brauste, prasselte, war das Feuer im Kamin. Der hohe Raum,
von Säulen durchgliedert, die das Deckengewölbe trugen, atmete
Ruhe, Gelassenheit und geregelte Ordnung. Kein Anzeichen von
Prunk, üppigem Zierrat drängte sich dem Betrachter auf, Klarheit
und Reinheit der Linienführung bestimmte die Architektur des
Ganzen. Mochten die Elementargewalten toben draußen, mochten
ringsum Tod und nacktes Elend, Tränen, trostloser Jammer und die
kalte Angst umgehen bei den armen gepeinigten Menschen, hier
ruhte still die Zeit in Dauer und Würde. Und Wärme, eine sich
zurückhaltende, fast kühle Wärme, ging aus von diesen mattroten
Backsteinwänden, durchbrochen an der Seite zum Kreuzgang hin
von drei hochaufstrebenden spitz zulaufenden farbig bleiverglasten
Fenstern.
Über eine kleine Treppe daneben gleiten lautlos nun nach und nach
die Mönche vom Kreuzgang her in den etwas tiefer gelegenen Kapitelsaal hinein, in ähnlich bedächtiger Monotonie wie die Wasser-
tropfen, die nebenan im Kreuzgang von den Säulenkapitellen auf die
Bodenfliesen leise aufklatschen. Äußerst langsam tropft es dort,
völlig unerwartet hat es zu tauen begonnen. Ist das zu glauben?
Diese Winde, diese heftigen Winde vorhin schienen den Eisblock
ein wenig vertrieben zu haben, einem milderen Herrscher Platz zu
machen.
Die Mönche, acht sind es an der Zahl, verteilen sich im Raum, lassen sich auf die untere der zwei umlaufenden steinernen Sitzbänke
nieder, seltsame Gestalten in ihren groben hellen Kutten, Hände
und Unterarme in den weiten Ärmeln vergraben. Sie kommen nicht
etwa einfach gegangen, nein, sie schreiten wie von einer unbekann-

ten Macht gezogen — halten ihr Haupt nicht etwa demütig gesenkt, o nein, hoch aufgerichtet schauen sie unter der weiten Kapuze mit ihren milden Augen in große Fragen hinaus. Nun kommen sie vom Chorgebet, sind vom gemeinsamen Singen der Psalmen und Hymnen angerührt. Es hallt etwas nach in ihnen, das Gleiche, was sie hierhergeführt hat, was sie zusammenbindet mit diesem Ort, mit diesem steingewordenen Ruf zu Gott.

Abt Lambertus hat ebenfalls Platz genommen auf dem breiten steinernen Abtstuhl, zu dem zwei Stufen hinaufführen. Er sitzt so in Höhe der oberen Sitzbankreihe, dem Eingang gegenüber. Ein wunderlicher Mann — zu klein und gebeugt für den mächtigen Sitz. Stephanus, der Novize, hat ihm beim Ersteigen helfend unter den Arm gegriffen. Stützen mußte sich Lambertus zusätzlich auf einen kurzen hölzernen Stock mit dickem Knauf, der ihn auf allen Wegen begleitet. Wie nur soll es möglich sein, daß dieser alte Mann mit dem kleinen faltigen Gesicht, über achtzig Jahre zählt er, noch solch ausgedehnte Reisen unternehmen kann? Ein wenig pfiffig sieht er aus, seine flinken hellen Augen kreisen in der Runde umher, registrieren genau, wer noch fehlt. Cornelius, Laienbruder Cornelius, weiß er nichts von der Absprache? Beim Chorgebet war er auch nicht dabei. Da Lambertus lange Zeit fort war, weiß er nicht, ob Cornelius überhaupt im Kloster weilt. Manchmal ist er fort, selten dann bei seinen Eltern im Dorf, häufiger zu irgendwelchen Studien an unbekannten Orten aufgebrochen. Keiner weiß dann Genaues, bis eines Tages Cornelius, mit Packen voller Bücher unter beiden Armen an der Klosterpforte steht.

„Laßt ihr mich wieder ein, Brüder?", fragt er lachend dann, „ich will euch auch lehren, was Neues gedacht und spekuliert wird in der Welt!"

Und ob ihn die Brüder hineinlassen! So flink wie jetzt kommt er dann hinein, ja fast springt er sie in einem Satz hinunter, diese Stufen! Geradewegs geht er auf Lambertus zu, verneigt sich.

„Ich grüße dich, Vater Lambertus", spricht er, setzt sich dann zu den anderen Mönchen auf die Bank. Er ist schlicht gekleidet wie ein Bauer mit eng anliegenden Beinkleidern, grauem Rock darüber, mit einem braunroten Wams. Schwarze, leicht gelockte Haare hat er, ein leises spitzbübisches Lächeln spielt um seine Mundwinkel, sorgsam und ruhig blicken seine Augen in die Runde. Laienbruder ist er, kein Mönch. Und das ist ihm wichtig, und doch: Er gehört zu ihnen! Etwas anderes kann er sich nicht vorstellen. Keiner der Mönche kann es sich anders vorstellen. Bruder Clemens erlaubte sich eines Tages in dieser Angelegenheit die sehr treffende Bemerkung: „Cucullus non facit monachum", was so viel bedeutet wie: Die Kutte macht nicht den Mönch. Und damit war auch sozusagen offiziell die Sache für die Klostergemeinschaft erledigt.

Sie lieben ihn alle, den Cornelius. Und weil das so ist, eben darum gehört er zu ihnen — so einfach ist das! Die Regeln des heiligen Benedikt — nun ja, sicher, sie lassen es eigentlich nicht zu, daß ein Laienbruder ohne jede Abgrenzung mit hineingenommen wird ins engere geistliche Leben. Bei Cornelius tun sie das seit nunmehr sechs Jahren schon — aber, Gott bewahre, kann man denn jemanden so einfach noch über Bord werfen, wenn man weiß, daß man in einem unaufhaltsam sinkenden Schiff sitzt? Wenn man allein auf hoher See umhertreibt, mit zerfetzten Segeln, zerborstenem Ruder — ist es richtig, in solcher Stituation jemanden hinauszuwerfen, der dem Rest der Mannschaft noch Mut macht und mithilft, den Untergang noch hinauszuzögern? Denn darum geht es, um nichts anderes! Weil Lambertus dies wußte, schwieg er die vielen Jahre dazu.

Und wenn dann Cornelius für einige Zeit fortgewesen war, was brachte er dann nicht zurück an Gedanken und Bildern! Wußte er nicht die Vorstellungen der Mönche zu entzünden, wenn er von großen Städten, Kunstwerken, herrlichen Palästen und Kathedralen sprach? Aber es war ja nicht der überflüssige Tand, der spielerische Luxus der Welt, was ihm wichtig war — es waren die schöpferischen Gedanken, die dahinter standen, die neu und aufregend fremd waren, und daß es tatsächlich einzelne Menschen gab, die dieses Neue dachten. Tiefe Gedanken waren das oft, auch von einzigartigen Entdeckungen war die Rede, und die Mönche hörten mit großen Augen zu, schüttelten wohl manchmal erstaunt, oder auch leise entsetzt ihre Köpfe. Daß ein Mensch namens Kopernikus nicht mehr die Erde, sondern die Sonne ins Zentrum des Weltalls stellte, daß nicht nur in Astrologie, auch in Medizin, Chemie, Geographie, Philosophie und anderen Wissenschaften neu und unvoreingenommen geforscht und gedacht wurde, daß fremdartige Erdteile entdeckt wurden — Cornelius erzählte ihnen so manches darüber, doch all dies war oft mehr, als sie in ihre mönchischen Herzen, in ihre enge Klosterwelt einlassen konnten.

Erwartungsvoll blicken nun alle zu Abt Lambertus hin. Er trägt die Mitra und hat das golddurchwebte Abtornat angelegt. Lang nicht mehr sah man ihn so. Seinen knaufigen Stützstock hat er mit dem Krummstab vertauscht. Nachdem im Wechselgesang zwischen Abt und Mönchen die anfängliche Segensformel erklungen ist, beginnt Lambertus zu sprechen, setzt langsam und nachdenklich seine Worte.

„Wisset, Brüder, es war mir weh ums Herz, als ich am gestrigen Abend zurückkam von meiner Reise. Ich wußte, ich habe euch Schweres zu sagen heute. Es sei nun also gesagt, in Gottes Namen. — Ehemals, noch vor zwanzig Jahren, waren wir fünfzig Brüder und mehr an diesem Orte. Wie die Bienen emsig, unermüdlich ausfliegen nach Blütennektar, wenn die Leuchtkraft und Wärme der Sonne sie ruft, so lebten auch wir in diesem Rufe des göttlichen Lichtes, beteten und arbeiteten an diesem Ort, zur Ehre, zum Ruhme Gottes und seiner Schöpfung. So taten Zisterzienser-Mönche seit vierhundert Jahren. Nachdem vor siebzehn Jahren wir nun von Dienern Gottes zu Dienern der Herzöge herabgewürdigt wurden durch die Werke der Reformation, haben wir dennoch versucht, unser monastisches Leben zu erhalten. Und ihr wißt alle noch, was geschehen mußte, damit dies möglich wurde. Ihr Übriggebliebenen habt mich zu eurem Abt erwählt, weil ihr die Abtei nicht auf so unrühmliche Weise dem weltlichen Getriebe überlassen wolltet. Denn ihr wißt auch noch, wie tief schon der Stachel der Habgier und Prunksucht im Fleische des Klosters steckte, unseren damaligen Abt Johannes III vergiftete, als dieser nämlich das Kloster an den dänischen König übergab, nicht ohne sich am Klostervermögen bereichert zu haben. Daß danach der Dänenkönig Friedrich II unser

Kloster seinem Bruder, ihr kennt ihn alle als Herzog Johann den Jüngeren, überantwortete, machte es erst möglich, daß wir Wenige versuchen konnten, unser Leben hier weiterzuführen. Denn der Herzog ließ uns in unserem geistlichen Leben gewähren, folgte anscheinend tatsächlich dem Säkularisierungsverbot des Augsburger Religionsfriedens, das gelten sollte für landsässige Klöster. Trotzdem er uns knechtete durch die Abgaben, die wir zu zahlen hatten, schien er uns ansonsten nicht übel gesinnt. So war es mir nun eine große Enttäuschung, als mir im Herbst des vergangenen Jahres der Herzog folgendes vermelden ließ: Er wünsche und befehle, daß bis zum Frühjahr des folgenden Jahres das Kloster von den Mönchen geräumt werde! Sonst sehe er sich genötigt, sämtliche Mönche gewaltsam zu vertreiben! Er beabsichtige nämlich, das Kloster abzureißen und sich aus seinen Steinen nah selbigem Orte ein Schloß erbauen zu lassen. — Brüder! Ich schwieg bisher, da ich noch Hoffnung hatte, dieses Schicksal abwenden zu können. — Ihr wißt vielleicht, daß der im vergangenen Jahr verstorbene ehemalige Amtmann des Königs, Heinrich Rantzau, schon zehn Jahre vor der Übergabe des Klosters versucht hatte, seinen Sohn auf den Abtstuhl setzen zu lassen, darüber mit dem damaligen Abt Eberhard verhandelt hat. Dies kam aber nicht zustande, und vielleicht, so denke ich, beförderte dieser Ausgang unser jetziges Schicksal. Denn unter einem Rantzau-Sohn als Abt wäre jetzt sicherlich nicht unser Kloster vom Abriß bedroht. Meine letzte Hoffnung war nun, dieses Rantzausche Vorhaben noch nachträglich Wirklichkeit werden zu lassen, obwohl mittlerweile viele Jahre vergangen sind. Ich gebe zu, die Möglichkeit war mehr als gering, aber es mußte zumindest versucht werden! Im Austausch, für einen Verzicht auf unser Kloster, wollte ich dem Herzog Johann, natürlich das völlige Einverständnis der Rantzaus vorausgesetzt, das Schloß Nütschau, eines der Rantzau-Schlösser, anbieten. Zusätzlich sollten dem Herzog ein Teil unserer Grangien in Mecklenburg, des weiteren Mühlen in Schwerin als Anreiz dienen. Nun — Heinrich Rantzau ist tot, im vergangenen Jahr noch verstorben. Seine Nachkommen lachten mich aus, als ich ihnen mein Anliegen schilderte. Und was unsere Grangien in

Mecklenburg betrifft, so stehen sie sämtlich vor der Säkularisierung durch den Kopenhagener Hof. Dies hat meine Reise ergeben. Sie waren meine allerletzte Hoffnung gewesen, diese Besitztümer, die aber in der Tat nun keine Besitztümer mehr sind. Eine Klage beim Reichskammergericht hat keine Aussicht auf Erfolg, würde auch zu viel Zeit beanspruchen — Zeit, die wir nicht mehr haben. So gibt es wohl keine Hilfe, den Abriß des Klosters noch abzuwenden. — Brüder, ihr seht mich traurig und enttäuscht, aber nicht verzagt."

So endet Lambertus seine Rede. Er schließt die Augen, verharrt so eine Weile und lauscht in die Stille hinein. Es herrscht stumme Betroffenheit. Wenn sie ihren Wanderstab nehmen und ins Ungewisse hätten aufbrechen müssen, das wäre in Demut anzunehmen gewesen. Aber dazu das Kloster, ihr Kloster, zerstören und an seiner statt mit eben den gleichen ehrwürdig alten Mauer- und Säulensteinen ausgerechnet ein fürstliches Prunkschloß erstehen zu lassen, diese Vorstellung war widersinnig und kaum zu ertragen!

Da sitzen sie nun schweigend, eine sehr lange Zeit schweigen sie. Außer Cornelius und dem Novizen Stephanus haben sie im Gleichmaß der Stundengebete und ihrer Arbeiten die vergangenen siebzehn Jahre hier gemeinsam verbracht. Verbracht? Das sagt sich so leicht — als ob sie nur für sich zufrieden dahingelebt hätten. Ihren mürben Gesichtern waren diese Jahre eingeschrieben, auch wenn sie nachlässiger geworden waren in der Erfüllung der Benediktusregeln. Ja, sie hatten nachlässiger werden müssen — da ihr trübes Leben sie sonst erwürgt hätte! Sie hatten gelernt mittlerweile, daß die Regeln für die Mönche geschaffen worden waren, und nicht umgekehrt die Mönche für die Regeln. So ging dann auch der Disput, der nun noch einsetzte, über die festgelegte Zeit zum Beginn der Vespermahlzeit weit hinaus.

Als es mit dem Schweigen gar zu lange dauert — wer ergreift da als erster das Wort? Wer anders als Bruder Clemens! Und was spricht er? Wollen wir nicht einfach diese Äußerungen übergehen? O nein, wir müssen seinen Mut bewundern, den Disput zu eröffnen!

„Cuius regio, eius religio" *(Wem das Gebiet gehörig, der bestimmt die Religion)*, spricht er, wie um die Bestimmung des Augsburger Reli-

gionsfriedens von 1555 zu bestätigen. Als dies keine Reaktion bei seinen Mitbrüdern hervorruft, fügt er noch hinzu: „Alea iacta est!" *(Der Würfel ist gefallen!)* und schaut in die Runde. Weiterhin Schweigen zunächst. Außer Stirnrunzeln und einem Hauch von überlegenem Lächeln, dem Ernst der Stunde angemessen, erntet er eine energische, leicht verärgerte Entgegnung vom Abt Lambertus: „Bruder Clemens, neue Zeiten brauchen neue, findige Antworten. Doch da wir nun schon dabei sind, die Alten sprechen zu lassen, dann auch dies noch: „O si tacuisses, philosophus mansisses!" *(Ach wenn du doch geschwiegen hättest, so wärest du Philosoph geblieben!)* Clemens schwört innerlich, sich nie wieder zu Wort zu melden; zu schweigen, zu schweigen und nochmals zu schweigen!
„Brüder... bitte! Nehmt meine Worte nicht als Schweigegebot, gebt eure Gedanken kund! In gewisser Weise hat unser Bruder Clemens ja recht..., entschuldige, Bruder, meine voreilige Bemerkung. Die Dinge scheinen wirklich unabänderlich, aber — was ist zu tun jetzt? Was können wir tun, wohin können wir uns wenden? Doch eines sei zu Anfang gesagt: Jeder soll wissen, daß er frei ist in seinem Handeln, Jeder kann das Kloster, wann immer er will, verlassen."
Bruder Andreas meldet sich durch Handzeichen zu Wort. Als Sakristan des Klosters ist er für den Tagesablauf und alles, was mit der Feier der Liturgie zusammenhängt, verantwortlich. Er läutet die Glocken, verwaltet nicht nur Meßgewänder und kultisches Gerät, verwaltet auch die Zeit. Wenn die Mönche einen Prior bestimmen müßten, den Vertreter des Abtes — Bruder Andreas wäre gewiß der Richtige für dieses Amt. Wenn man ihm zuhört beim Sprechen, hat man das Gefühl: Ja, es ist alles am richtigen Platz in ihm. Nichts, was hervor-, herausragen würde, alles gerundet. Obwohl im Gegensatz dazu gerade das kantige, fast holzschnittartige Profil seines Gesichtes von nichts anderem spricht als von unbedingter Willensstärke und Askese.
„Meine Meinung ist die, wir sollten ausharren, uns nicht beirren lassen in unserem Tun", spricht er bedächtig, „was haben wir zu verlieren? Nicht viel — unser kleines Leben, unseren törichten Leib,

diese Mauern hier, diese Steine, diese unsere Behausung. Was haben wir zu gewinnen? Das ewige Leben, eine Behausung an anderem himmlischen Orte. Spricht nicht der Herr: Reißt diesen Tempel nieder, und ich will ihn in drei Tagen wieder erbauen? Laßt uns ihm vertrauen und seinen großen Werken. Wo eine Kirche, ein Kloster zerstört wird, werden an anderem Orte wieder neue Heiligtümer erstehen, erbaut von Menschen, an die der Ruf Gottes ergeht. Laßt uns das Unsrige tun, überlassen wir Gott das Seinige."

Lambertus fragt: „Du meinst also, Bruder Andreas, daß wir ohne der Gefahr um Leib und Leben zu achten, unseren Dienst an Gott und den Menschen hier weiterführen sollten, unbeirrt, bis zum allerletzten Tag?"

„Ja, Vater Lambertus, das meine ich."

Bruder Philippus, der Herr der Töpfe und Pfannen und der dunklen Brote, steht auf von seinem Sitz, denn er kann nur im Stehen sprechen, hebt die Arme und seine Augen empor. „Diese hohen Gewölbe, sind sie nicht das Abbild des Himmelsgewölbes? Richten wir nicht unseren Blick empor, weil wir wissen, Gott thront nicht in gruftigen Kellern, sondern über ihnen, in lichten grenzenlosen Räumen? Was ist, wenn die Kirche, wenn diese Gewölbe zerfallen? Wird Gott in seiner Existenz berührt davon? Keineswegs. Und so wie diese Säulen hier stützen das Gewölbe über uns, so können wir Mönche Stützen des Reiches Gottes sein, aber nicht nur hier, sondern überall auf Erden. Laßt uns eine neue Wohnstatt suchen für uns, Brüder, daß wir noch lang unseren Dienst an Gott leisten können!"

„Aber wohin sollen wir?", fährt Clemens dazwischen, „hast du, Philippus, habt ihr, Brüder, einen Vorschlag zu machen?"

O ja, Vorschläge, die gab es! Der Disput entzündet sich nun. Sie sind plötzlich nicht wiederzuerkennen, es hält sie nicht auf den Bänken. Einige durchmessen den Kapitelsaal, auf und ab, kreuz und quer, setzen sich wieder, um bald wieder gestikulierend sich zu erheben.

„Ein Generalkapitel muß stattfinden!", fordert Stephanus, denn es gehe nicht nur um dieses Kloster allein, viele Zisterzienserklöster seien gewiß bedroht oder sogar schon aufgelöst. Die noch übrigen müßten sich sobald wie möglich gemeinsam beraten! — Nur daß für einen solchen Konvent man bis nach Frankreich hätte reisen müssen, das bedenkt Stephanus nicht.

Daß auch andere Orden, die Benediktiner als Ursprungsorden der Zisterzienser zum Beispiel, ja auch bereitstünden, um fremde Brüder aufzunehmen — diesen Hinweis gibt Bruder Antonius, der für Ton- und Ziegeleiwerkstatt Zuständige. Und er gibt ihn in seiner so sehr ruhigen Art, als ob diese Aussicht allein schon ausreiche, die Gemüter vollständig und auf Jahre hinaus zu beruhigen. Nur habe er gehört, daß da sicherlich große Entfernungen zu bewältigen wären. Hier im Norden des Reiches, da gebe es keine großen Möglichkeiten.

„Nun ja, andere Orden..., sicher", wirft Bruder Sebastian ein, der Bibliothekar und Schreiber, „auch Augustiner, Franziskaner, Dominikaner würden ihre Pforten nicht verschließen vor fremden Mönchen." Jedoch bleibe eine Frage bestehen, gibt er mit fast geschlossenen Augen, sinnend, zu bedenken und wiegt dabei seinen hageren Oberkörper leicht vor und zurück: ob nicht die Aufgabenstellung der Orden eine neue werden müsse. Mit vollem Recht hätten die Reformierten eine neue Innerlichkeit, aber dies für jedermann, eingefordert. Wäre da nicht neben dem kontemplativen Leben der Mönche auch die Seelsorge für die Menschen aus Stadt und Land eine angemessene Aufgabe? Die Abteikirchen müßten wieder geöffnet werden — für jedermann!

Ja, so spricht er, der Bruder Sebastian, fährt sich, den Kopf nun nachdenklich vor und zurück neigend mit der Spitze des Zeigefingers über den Rücken seiner großen Nase, verschränkt dann seine Arme und verfolgt mit hellwachen Augen und fast schelmischem Lächeln den Disput, der sich nun entspinnt. Abt Lambertus und Bruder Hieronymus sind die einzigen, die schweigen.

Daß auch in den Städten, wo Kultur und Wissenschaft neu aufblühen, ein Mönchsbruder seine Aufgabe finden könne, etwa bei Universitätsstudien zuallererst, oder auch als Dozent oder lehrender Scholasticus, ist eine Auffassung, die ein sehr geteiltes Echo findet.

Da müsse man bedenken, ob denn noch ein geregeltes Klosterleben in solcher Umgebung möglich sei.

Und bei diesem Thema ist es besonders Cornelius, der aufhorcht und seine Meinung kundtut. Universitätsstudien — ja sicher, auf jeden Fall! Nur denke er nicht, daß ein klösterliches Leben in diesem Zusammenhang überhaupt erforderlich sei. Warum auch? Mit kräftiger Stimme, die deutlich an seinen Vater Johann erinnert, spricht er! Er sagt weiter noch folgendes: „Wie Jonas im Bauche des Wals, Brüder, so fühle ich mich! Unendlich traurig, da der Welt abgestorben und verlorengegangen, doch auch geborgen wiederum fühle ich mich, da umgeben von dieser engen Begrenzung, die mir dem wohligen Behagen im Mutterleibe fast zu gleichen scheint. Nun wißt, wie sehr dieses Verhältnis meinem Leben bei euch im Kloster gleicht. Als Kind kam ich zu euch manches Mal, ihr lehrtet mich Lesen und Schreiben und vieles andere noch. Die Welt wurde größer, bunter, rätselhafter für mich. Ich versuchte, die Worte und Bilder wiederzufinden in ihr, und ich fand sie, und die große fremde Welt wurde so immer mehr zu meiner eigenen. Aber immer weiter auch schoben sich dadurch die Grenzen dieser rätselhaften Fremdheit hinaus, immer und immer wieder neu verlangte es mich in die Welt hinaus. Doch auch immer wieder tauchte die Sehnsucht nach der schützenden Umgrenzung der Klostermauern auf. So war ich oftmals unglücklich in beiden Bereichen meines Lebens.

Und nun Brüder, was geschieht? Die Mauern stürzen ein, der Wal, er spuckt mich aus, ich verliere die Grundlage meiner jämmerlich wechselnden Sicherheiten! Ausgespuckt ans Gestade der Welt — und jetzt gilt es, es gibt kein Zurück! Kann ich auch in einer Welt voller Fremdheit in veränderter Form meine mönchischen Ideale leben? Jetzt kann ich die Antwort auf die Frage finden, ob das, was vorher in die Breite gelebt wurde, auch in die Tiefe ging und auch woanders Wurzeln schlagen kann. Ich bin überzeugt, daß das Leben nicht länger wartet auf mich. Carpe diem — pflücke den Tag — ruft es mir zu! Wer kennt sie nicht, diese Momente, ob im Kloster, oder anderswo, wo wir einer Antwort nahe sind? Plötzlich, von einem Augenblick zum andern, wie von allein scheinbar, rundet sich das

Leben. Was Zerrissenheit und Abgrund war, Angst und Hohn, wird Zuversicht und dankbare Freude. Und dann? Was geschieht? Es geht vorüber wie ein verblassender Regenbogen, dieses Gefühl verbleibt nicht, taucht unter in die Abgeschmacktheit leerer Begriffe! Und dies geschieht zumeist nur wenig später schon, wir stehen wieder da mit leeren Händen — also unser verzweifeltes Bemühen um stetige Bewahrung, oder auch um ständig sich neu gebärende Erneuerung! Sind denn unsere Stundengebete etwas anderes? Dieses Herstellen der Einheit in mir selber verläuft im Sande, im Sande der Zeit, doch immer wieder, wie im Mythos des Sisyphos, der Versuch, aufrechtzuerhalten, was zwischen den Fingern zerrinnt! Also muß ich so denken: Liegt nicht ein Sinn darin, in diesem Selbstzerstörungs-, Selbsterhebungswerk des menschlichen Geistes? Die Mauern des Klosters mögen fallen! Wir betrachten dies nur als Aufgabe an uns, auch zusätzlich noch in uns die Mauern leerer Begriffe und Vorurteile einstürzen zu lassen, auf daß wir überhaupt erst zu Neuem uns erheben können. Wir sind zu einsamen Menschen geworden nun und haben so manches Mal Verlangen nach unseren alten schirmenden Mauern. — Laßt mich schließlich auch dieses noch sagen: Haben wir nicht direkt vor unseren Augen, ganz nah bei unserem Kloster, ein Bild für das, was sich jetzt mit uns allen im Großen und mannigfaltig ereignet? Seht euch doch unseren Bruder Hieronymus und sein Labyrinth da draußen an! Früher wurden wir geführt, heute muß jeder seinen Weg allein finden! Ja, Hieronymus, du schaust mich an — ist es nicht so, Bruder?

Wenn dann aber unser Kloster bald nicht mehr sein wird, heißt das auch, daß wir alles gutheißen müssen, was geschieht, was einhergeht mit diesen Vorgängen? Haben wir uns nur demütig in unser Schicksal zu fügen, oder können und sollen wir uns auch wehren gegen Erniedrigung? Müssen wir jeden Blutsauger und Schmarotzer erdulden? Ich muß gestehen — ich weiß es nicht! Andernortes haben sich die Bauern erhoben gegen Knechtung und Leibeigenschaft, hauptsächlich im Süden des Reiches! Die Mönche? Was war mit ihnen, auf welcher Seite standen sie? Sicherlich auf der Seite der Kirche zumeist. Doch diese Kirche..."

Da wird Cornelius unterbrochen von hellem Glockenton. Alle Mönche drehen die Köpfe und horchen zum Kreuzgang hin. Die hohe kleine Glocke, das Glöckchen an der Pforte läutet, läutet eindringlich! Und es hört nicht auf zu bimmeln, hell und hastig, wie eine aufflatternde Spatzenschar. Nun ist Ruhe. Stephanus war schon bei den ersten Glockentönen hinausgegangen. Nun sitzen alle hier und warten, was geschehen wird, erwarten ihn zurück. Solch ungestümes Läuten! Der Abt blickt zu Clemens hin, der zu seiner Rechten sitzt. „War die Pforte geschlossen, Bruder Clemens?", spricht er ihn an. Das verwirrt Clemens. Wie soll er denn das wissen...? Hilflos zuckt er mit den Achseln, da fällt ihm ein, daß ja Hieronymus außerhalb war. Als er zurückkam, zum Gebet, da war die Pforte zugefallen hinter ihm, er schob nicht den Riegel vor, das tat er nicht — nein. „Hieronymus war außerhalb vorhin, Vater, ich weiß nicht..."

Lambertus unterbricht ihn, wendet sich gleich Hieronymus zu. Schon oft hat der Abt ihn ermahnt. „Bruder Hieronymus, bitte, wenn du das Kloster verläßt, sorge dafür, daß die Pforte verschlossen wird hinter dir. Und wenn du zurück bist, schiebe den Riegel vor!"

Wie sollte er denn das machen? Sollte er etwa jemand anderen bitten, hinter ihm zu verriegeln, wenn er hinausging? Da hätte er ja fragen müssen! Und die Glocke läuten etwa, wenn er wieder hineinwollte? Hieronymus erhebt sich, verbeugt sich zustimmend..., entschuldigend — welche Bedeutung man auch immer dieser Geste geben wollte. Jetzt hört man Schritte, hart aufschlagende Schritte. Auch Sprechen, das lauter wird und im Kreuzgang widerhallt.

„Wo sind die Eminenzen, meine Mönche, wo?", ruft es, „ach, da seid ihr ja. Darf ich herein zu euch? Ja? — Salve, seid gegrüßt! Mitten im Kapitelsaal steht der Landvogt Konrad von Wenthin! Die Mönche sitzen stumm. „Nun, was ist? Warum schweigt ihr? Wo bleibt die Musik, der Begrüßungstrunk? Wollt ihr mich nicht so empfangen, wie es eurem Herrn gebührt?"

Er läuft gebückt die Reihe der Mönche entlang, schaut jedem nah ins Gesicht dabei.

„Sie schweigen — nun, so schweigt nur weiter, schweigt bis in alle Ewigkeit. Denn die Ewigkeit ist nah... hört ihr? Ganz nah, näher als ihr euch das denkt! Jajaja, meine lieben kleinen Mönchlein... jajaja!" Wenthin streicht am Abtstuhl vorbei, macht eine übertriebene Verbeugung.

„Väterchen, Hochwürden, wie wärs mit einem Glas Wein für mich? Wir sind doch gewiß im Weinkeller des Klosters hier, oder? Hoheit, ich will es Euch vergelten mit saftigem Braten, Musik, Tanz und prachtvollen Weibern! Kommt zum Vorwerk hinaus, Äbtchen, ich will Euch verwöhnen — bald müßt Ihr kommen, ich lade Euch ein!"

Abt Lambertus rückt sich ein wenig im Stuhl zurecht, und seine Stimme klingt rein und freundlich: „Willkommen, Vogt von Wenthin, sehr selten sah man Euch hier, oder ist es sogar etwa das erste Mal heute? Die Kirche steht Euch offen zur Feier der Liturgie, doch für heute muß ich Euch enttäuschen. Kommt morgen wieder, da wollen wir die heilige Messe miteinander feiern. — Wie schön, Ihr bringt uns Tauwetter — dies soll uns ein Zeichen sein! Nur kommt Eure Einladung aber zu spät an mich. Was soll ich altes krummes Männlein noch mit Wein, Weib und fettem Fraß beginnen? Könnte ja überhaupt nicht mehr von der Stelle mich bewegen hinterher, nein nein, mein lieber Vogt, zu spät, zu spät..." Lambertus schüttelt den weißhaarigen Kopf und lacht. Er weiß, welchen Ton er anzuschlagen hat beim Vogt! Und dem gefällt solche Rede.

„Väterchen, Ihr seid richtig, doch in eure Kirche werdet ihr mich nicht bekommen, o nein! Nur so rein zufällig sozusagen kam ich her, mit meinen Leuten, haben die Wölfe gejagt. Nicht hin zu euch haben wir sie gehetzt, nein nein, keine Sorge! Doch nicht weit von hier, in die Sümpfe hinein trieben wir die meisten von ihnen, bis sie nicht mehr vor noch zurück konnten. Habens ihnen gegeben dann — hoho, das kann ich Euch sagen! Und — Väterchen, gib nur acht ..., daß euch allen nicht das Gleiche geschieht..., in die Sümpfe meine ich!"

Bei diesen Worten streicht er sich nachdenklich seinen dichten hellen Bart und beginnt leise zu lachen, dann lauter und lauter werdend. Er schaut hoch ins Gewölbe dabei, wo geisterhaft sein dröhnendes Lachen nachhallt.

Wie ein Spuk steht er da, dieser dicke, wüste Mensch! Man erkennt nicht viel von seinem Gesicht. Eine gerötete breite Nase, kleine tiefliegende Augen unter buschig hellen Augenbrauen. Was ist nur mit diesem Mann? In seiner langen dunklen Lederschaube mit dem hellen Pelzkragen auf den Schultern, den baumelnden Ärmeln, durch deren Ellbogenöffnungen er jetzt seine Arme gesteckt hat, in den hohen sporenbesetzten Stiefeln steckt ein Mensch voller Berechnung und kalter Verachtung! Und doch — wer je sah, wie er mit seinen Töchtern umgeht, kann nicht glauben, daß dies der ganze, vollständige Wenthin ist, der da voll dröhnender Verachtung vor den Mönchen steht. Doch man weiß: Immer wieder taucht sie auf, diese lauernde begierliche Schläue, die achtgibt auf jede noch so geringfügige Schwäche seines Gegenübers, diese Fähigkeit, mit einem unglaublichen Aufwand von umschmeichelndem Tand und wohlgesetzten Wortarabesken sein Gegenüber in einen geradezu suggestiven Ergebenheitszustand zu versetzen — diese Verschlagenheit steht in erstaunlichem Gegensatz zu dieser stumpfen vordergründigen Plumpheit seiner äußeren Erscheinung. Was ist nur mit diesem Mann? Welches Bild mag er von sich selber haben?

Nun hat er Cornelius entdeckt. „Da — wen haben wir denn da? Unser Vögelchen, das ausflog von daheim und nicht zurückkam. Cornelius Straater — und nicht in Kutte, sondern im Bauernwams?" Wenthin stellt sich breitbeinig und stirnrunzelnd vor Cornelius auf, stützt die Arme auf die Hüften.

„Sag an — warum erscheinst du dann nicht zur Arbeit auf meinem Vorwerk, wenn du ein Bauer bist und kein Mönch? Das Vögelchen ist wohl ein Paradiesvogel und vogelfrei! Ist sich wohl zu schade für Pflug und Dreschflegel und Hacke, hockt lieber hinter den Büchern, wie? Ich sag dir was, Cornelius: komm zu mir aufs Vorwerk — ja sicher, du kommst zu mir, Straater, wirst mein Kanzleischreiber! Und ich dulde keine Widerrede, hörst du? Wie würde denn dein Vater denken über dich, wenn ich ihm die Mühle nähme ansonsten, jemand anderen als Pächter drauf setzen würde? Noch eins: Ich lade dich ein, Cornelius Straater, komm in drei Tagen zum Vorwerk — hoher Besuch vom Herzog! Ich will dich ihm vorstellen als meinen neuen Kanzleischreiber. Hast du gehört? In drei Tagen — habs deinem Vater auch schon gesagt!"

Vogt Wenthin dreht sich geschwind dem Abt Lambertus wieder zu, ruft übertrieben drohend aus, den Zeigefinger erhoben: „Eure Abgaben, Abt Lambertus, Holz und Fisch, ihr seid im Verzug! Wo bleiben eure Abgaben? Ich will Euch was sagen: gebt mir den Cornelius her zum Kanzleischreiber, dann pfeif ich auf eure Abgaben, hört ihr, Lambertus?"

Abt Lambertus schweigt. Alle Mönche schweigen. Nur der Vogt redet. „Bis bald, Cornelius. Auch meine Töchter werden sich freuen, dich zu sehn. Du kennst sie doch, oder? Hast ihnen den Kopf verdreht mit deinen vorwitzigen Büchern, Cornelius, bis bald!"

Und an die ganze Runde gerichtet spricht er mit affektierter Stimme: „Nun denn — ich verlasse euch, Eminenzen, muß zu meinen Leuten, noch den Heimweg finden im Dunkeln. Schließt mich ein in eure Gebete, daß nichts Böses mir widerfahre auf meinem Wege — betet für mich!"

So endet der Besuch des Vogts im Kloster. Seine Schritte klangen noch lange nach in den Mönchen, ehe die Pforte hinter ihm zufiel.

9

Am Vormittag des nächsten Tages, nachdem er sich mit Abt Lambertus über das Vorgefallene noch besprochen hat, macht sich Cornelius zu Pferd nach Steinrade auf, ins Dorf zu den Eltern. Denn das läßt ihm keine Ruhe — diese Drohung des Vogts, dem Vater die Mühle zu nehmen, falls er, Cornelius, nicht Kanzleischreiber werden wollte. Unglaublich! Was sagt der Vater dazu?

Als er ankommt, ist er ziemlich durchnäßt. Ein dickflockiger Schneeregen war ihm ständig entgegengeweht, der Weg matschig und tief, Schnee- und Eisdecke vom Bach am Wegrand ein wenig aufgetaut. Ein schmales Rinnsal war neben ihm hergelaufen, frisch und klar. Sein Pferd war noch müde von der letzten Reise, schnaubte unwillig, wenn Cornelius es vom langsamen Gang in Trab bringen wollte. Warum nur war Cornelius aber auch so ungeduldig?

Die Mühle liegt ungefähr hundert Schritt abseits von den krummen Hütten des Dorfes, mit ihren tief herabhängenden Schilf- und Strohdächern. Brandgeruch hängt in der nassen Luft. Die Windmühle ächzt und knarrt mit ihren hölzernen Sparren wie zur Begrüßung im Gebälk, und die Tür schlägt leicht in den Angeln. Die Mühlenflügel stehen still, im Februar gibt es wahrhaftig nichts zu mahlen.

Mit dieser Mühle verhielt es sich folgendermaßen: Vor der Übergabe des Klosters war hauptsächlich in der Wassermühle des Klosters gemahlen worden. Am Abfluter des größten Karpfenteiches gelegen, war schon damals Johann Straater Herr über die verwirrende Vielfalt an hölzernen Rädern, Achsen und ledernen Antriebsriemen. Die Windmühle im Dorf nutzten die Bauern für ihre eigene kleine Ernte, von der sie ja den Kornzehnten ans Kloster abgaben. Auch im Dorf war Johann der Müller. Nach der Übergabe kehrten sich die Verhältnisse um. Das Getreide der Vorwerksländereien wurde zur näheren Windmühle gefahren. Die Bauern hatten, im Gegensatz zu vorher, fürs Vermahlen des eigenen Getreides eine übermäßig hohe Abgabe zu zahlen, weit mehr als den Zehnten. Obwohl vom Vogt bei hoher Strafe verboten, schafften dennoch einige Bauern ihr Getreide insgeheim, des Nachts, zur klösterlichen Wassermühle und ließen es dort mahlen. Im letzten Jahr waren mehrere Hufner mit ihren vollgeladenen Karren auf dem Weg zum Kloster von den Spionen des Vogts erwischt worden. Cornelius war im Kloster derjenige, der das Müllerhandwerk zu solchen Gelegenheiten betrieb. Er hatte es vom Vater erlernt. — Wollte Wenthin so nebenbei auch die Mühlenkonkurrenz ausschalten, indem er Cornelius als Schreiber zu sich holen wollte?

Als Cornelius eintritt in die flache Kate, die dicht bei der Mühle steht, von ihren riesigen Flügeln wie bewehrt, schlägt ihm die Wärme, der Geruch, wie tausendfältige Erinnerung entgegen. Wie freut seine Mutter sich, ihn zu sehen! Mit einem Schrei springt sie von ihrem Spinnrocken auf, umarmt und küßt ihn, fragt ihn aus, küßt ihn wieder, hält ihm fast ständig die Hände und schaut ihn unentwegt an. Was fragt sie ihn nicht alles! Wo überall er herumgereist sei seit seinem letzten Besuch. Was? In Rostock, in Wolfenbüttel und Wittenberg sei er gewesen, im Hradschin zu Prag sogar? Ja, und was gebe es da zu tun für ihn, und warum er denn nicht öfter vorbeikomme, um seine armen dummen Eltern zu besuchen? Sei er denn im Kloster so schlecht abkömmlich?

Darauf weiß Cornelius nicht viel zu sagen. Er legt seinen Arm um sie, drückt und herzt sie, verspricht sich zu bessern... Fast vergißt die Mutter, nach dem Kessel zu schauen, der über dem Feuer am Kesselhaken hängt. Da steht sie dann und rührt mit dem großen Holzlöffel und ist ruhig und ganz bei der Sache dann. Das weiße Kopftuch fällt ihr bis auf den Rücken hinunter, eine weiße Schürze trägt sie vorn über langem roten Rock, ein ebenso rotes geschnürtes Leibchen über braunem Hemd. Hübsch und wonnig sieht sie aus, und keiner soll sagen, sie vernachlässige ihr Äußeres!

Sein Vater saß da die ganze Zeit, auf der Bank in eine Zimmerecke zurückgelehnt hat er ruhig zugeschaut und an seiner langen weißen

Tonpfeife gesogen. Eine Gemütsregung war nicht zu erkennen bei ihm. Nun steht er aber auf und umarmt seinen Sohn ebenfalls, faßt ihn bei den Schultern. „Du bist da", spricht er, und seine dunklen Augen leuchten, „komm, setz dich." Und als Cornelius sich setzen und einen Blockstuhl zum runden Tisch in der Ecke ziehen will, bemerkt er im Halbdunkel der gegenüberliegenden Ecke eine sitzende Gestalt. Er tritt näher und sieht Grete Thienappel, mit einem Kind, das schmatzend an ihrer geöffneten Brust liegt. Sie schaut vor sich hin, versunken, scheint ihn nicht zu bemerken.

Jetzt kommt das Essen auf den Tisch, und nach kurzem Wortwechsel über Wintersnöte erzählt Marie vom Brand, vom ganzen Unglück der Thienappels. Daß Grete vor der Tür gestanden habe, am gestrigen Abend noch, schon bald danach, als das Unglück geschehen, daß man sie natürlich aufgenommen habe, die Arme. Sie spräche kein Wort, helfe aber ganz selbstverständlich im Hause mit. Grete ist in ihrer Ecke sitzengeblieben, während Marie sprach. Als Cornelius vom Tod des Markus Thienappel hört, von den gesamten Umständen, haut er mit der Faust auf den Tisch, seine Augen blitzen. Es hält ihn nicht mehr im Sitzen, er läuft im Zimmer auf und ab. Johann bleibt schweigsam, tunkt gleichmäßig dunkles Brot mit seinem Messer in die dicke Suppenbrühe, überläßt das Reden weiterhin seiner Marie. — Johann habe heut vormittag mit Tim Klook zusammen den Markus noch in die Erde gebracht. Er lag ja noch immer auf dem Karren heut morgen. Gottlob hat der Frost ein Einsehen gehabt, daß der Markus wenigstens unter der Erde seinen Frieden findet, denn über der Erde war ihm nichts anderes als Not und Jammer zugekommen.

Cornelius muß nun endlich seine Frage an den Vater loswerden. Hatte er eine Unterredung mit Wenthin? Als der ihm aber nur kurz antwortet, in zwei Sätzen, stutzt Cornelius. „Was ist, Vater? Hat der Vogt dich auch schon niedergemacht? Warum bist du so kurz angebunden?"

„Laß ihn, Cornelius," sagt seine Mutter dazwischen, „der Brand gestern..., das Begräbnis..., ich weiß nicht genau, was mit ihm ist. Laß ihn einfach, laß ihm Zeit."

„Jaja, Junge, laß mir Zeit", spricht Johann wie ein Echo da und ißt unbeirrt weiter. —

Nun aber berichtet Cornelius ausführlich vom Vogtbesuch im Kloster, auch vom drohenden Abriß. Und als er von der Warnung Wenthins erzählt, dem Vater die Mühle zu nehmen, ißt Johann immer noch weiter unbeirrt weiter. Was soll man davon halten? Ist ihm denn alles egal geworden? Nur als Cornelius die Einladung erwähnt, unterbricht Johann ihn.

„Du solltest einen Beschwerdebrief schreiben, wegen dem Thienappel hauptsächlich und ihn dem Herzog geben", sagt er und streicht sein Messer am Oberschenkel ab. „Ein Gericht muß entscheiden, ob ein Landvogt so handeln darf, wie der Wenthin das tut. Hat er nicht Sorgfaltspflicht für seine Leibeigenen? Er fordert nicht nur Arbeit von uns, auch noch hohe Abgaben von dem Wenigen, das unser ist. Läßt die Barfußbauern hungern und fordert sogar noch von ihnen! Er müßte uns von seinen Vorräten geben in diesem Winter! Und das mit der Mühle — ist mir egal, Cornelius. Damit schreckt er mich nicht."

„Den Brief schreibe ich, ja, Vater!", ruft Cornelius aus, „man muß sich wehren, die Bauern haben ein göttliches Recht dazu! Sind solche Zustände gottgewollt etwa? Aber so leicht werden wir den Wenthin nicht los, durch so ein kleines Beschwerdebrieflein, so ein nettes, höfliches. Pah — da gehört schon anderes dazu! Gewandt und schlau, wie der ist, wie ein Aal, wie ein Fuchs. Das weiß man nicht nur hier, das hört man im ganzen Land. Wenthin... überall taucht dieser Name auf! Aber du weißt ja auch einiges davon, Vater."

Marie hängt an den Lippen ihres Sohnes. „Nun, was denn, Cornelius, erzähl — was weißt du von ihm, was hast du gehört?", drängt sie ihn.

Und Cornelius erzählt, was er weiß vom Vogt, von dessen Vorgeschichte. Aus der Stettiner Gegend stamme er, aus altem Rittergeschlecht, habe dort wie die Schmeißfliege von Korngeschäften profitiert. Wegen Preistreiberei sei er verjagt worden, habe sich in Lübeck als Jurist ausgegeben, als solcher die Tochter eines reichen

Kaufmanns geheiratet, die sei aber bald dann verstorben. Er wurde Ratsmitglied, schwang sich auf zu einem niederträchtigen Stadttyrannen, doch gelang es einer Mehrheit innerhalb des Rates, ihn abzuschieben in die Provinz. Hier kaufte er das kleine Gut Barenhorst, baute es aus. Er biederte sich bei allen möglichen Fürsten an, um von den Ochsentrieben zu profitieren, die von Jütland aus ganz Schleswig und Holstein, bis nach Hamburg hin, durchquerten. Er wurde sehr reich, heiratete unsere Frau Elvira, eine hochgestellte Dame aus adeligem Hause damals. Aber das Geschäft mit den Ochsen ging schlechter mit der Zeit, und da kam ihm nach der Änderung der Besitzverhältnisse im Jahre 1582 das Angebot des Herzogs Johann gerade recht, als Vogt die neuen Besitztümer mitsamt der leibeigenen Bauern zu verwalten.

Als Cornelius hier endet, beginnt der Säugling in der Ecke zu schreien, und Grete steht auf, geht summend auf und ab, wiegt ihn in ihrem Arm. „Und nun kommt er also, der Herzog, in zwei Tagen", spricht Johann dann, „was machst du, gehst du hin, Cornelius?"

„Ich glaube, ja" antwortet der.

„Und bleibst du bei ihm als Schreiber?"

Cornelius schüttelt den Kopf. Schweigen — auch der Säugling scheint wieder eingeschlafen. Dann steht Cornelius unerwartet auf, umarmt wortlos seine Eltern und geht hinaus. Es empfängt ihn der gleiche, naß und weich aufklatschende Schneeregen, mit dem er auch hier ankam. Egal — in der warmen Stube ist seine Kleidung einigermaßen trocken geworden. Er steigt auf sein Pferd, und das kennt von allein den Weg zum Kloster.

10

Herzog Johanns hervorstechendste Charaktereigenschaft war sein Ehrgeiz. Er wollte empor — auf der Trittleiter der Macht hinauf, nur immer hinauf! Dorthin, wo sein Neffe Christian, König von Dänemark, und sein Cousin Herzog Johann Adolf von Gottorf so mühelos hinaufgelangt waren. Sie schauten herab auf ihre Ländereien und Schlösser, galten als die regierenden Herren über Schleswig und Holstein! Er war abgespeist worden damals von seinem Bruder Friedrich, ehedem dänischer König, mit einigen wenigen Landstrichen in diesen Gebieten, mit Plön und Ahrensbök, später kam Reynveld dazu. Unermüdlich war er nun bestrebt, durch Aufkauf adeliger Güter nebst zugehörigen Dörfern seine Besitzungen zu vergrößern, ein geschlossenes Fürstentum zu errichten. Es blieb ihm wohl nicht mehr allzu viel Zeit dazu, denn schon zählte er über fünfzig Jahre. Besonders demütigend war für ihn seinerzeit gewesen, daß Ritterschaft und Landtag ihn als „abgeteilten Herren" offen abgelehnt hatten, ihn nicht hineinließen in die gemeinschaftliche Regierung mit dem König und dem Gottorfer Herzog. Vieles hatte er trotzdem schon erreicht seitdem, o ja, schon einiges war ihm gelungen in dieser Richtung, doch war er irgendwann zufrieden gewesen mit dem Erreichten?

Nun also sollte auch dieses Schloß noch errichtet werden, ein herzogliches Schloß in Reynveld! Herzog Johann hatte eine etwas genauere Vorstellung nun von seinem neuen Schlößchen. So wie Schloß Woldenhorn, von dem er gerade kam, das einem Rantzau gehörte — so im Viereck gebaut, mit den hübschen Ecktürmchen, so ähnlich könnte es aussehen, nur ein wenig größer noch und mit einem Innenhof natürlich. Er hatte sich den Standort seines zukünftigen Schlosses angeschaut, vorhin noch, denn dieser lag auf dem Wege von Woldenhorn zu seinem Vorwerk, und er schien ihm gut,

dieser Ort, ausgezeichnet sogar. Am Rande eines dieser Karpfen-
weiher, auf einer leichten Anhöhe, die Klosterkirche stand nicht
weit davon, die konnte bleiben. —

Mit solchen oder ähnlichen Gedanken war Herzog Johann der Jüngere beschäftigt, als er am frühen Nachmittag von Reynveld aus mit
seinem gewaltigen Troß herzoglicher Bediensteter dem Barenhor-
ster Vorwerk zuritt. Das Vorwerk — sein Vorwerk. Er hoffte auf
ein üppiges Mahl, einen frischen Trunk! Es kam ihm gerade recht
auf seinem Wege, denn er wollte noch weiterreiten heute. Auf der
Siegesburg, der Burg auf dem Kalkberg, wollte er mit seinem Neffen Christian zusammentreffen. Was der König mit ihm besprechen
wollte? Er wußte nichts Genaues, reimte sich aber einige verdrehte
Gedanken zusammen. Christian hatte ein Auge auf Hamburg geworfen, das wußte er. Wer sagt nun, daß er, der Herzog, ihm da
nicht ein guter Verbündeter sein könnte? O ja, doch doch, nichts
lieber als das! Warum denn auch nicht?

Nun also erst zum Vorwerk, zu diesem... wie hieß er denn noch
gleich? Wanzien oder Warrin, oder so... nein, Wenthin hieß er,
sein Vogt! So eine adelige Wanze war das, ein Schmutzfink, aber als
Verwalter genau der Richtige. Obwohl — viel allzu Übles hatte er ja
doch schon gehört von ihm, im Nachhinein. Man wird sehen.
Hauptsache, er tischt mir gut auf heute! —

Und das wollte er tun, der Vogt! Schaut her, wie er das wollte: wie
ein überall anstoßender dicker Käfer bewegt er sich auf dem Hofe,
zwischen seinen Knechten und Mägden, die Tellerstapel, Krüge,
Schüsseln und Brote umhertragen, kriecht in jeden Winkel von
Hof, Scheunen und Stallungen hinein. Er richtet die Bänke, rückt
die Tischplatten zurecht, ruft den Knechten im Stall Anweisungen
zu, betätigt den Blasebalg, wirft Holz ins Feuer, zeigt dem Zaches,
wie der Spieß mit dem triefenden Saubraten gedreht werden muß.
Dann läuft er mit großen Schritten zum Turm, ruft zum Ausguck
hinauf: „Schon was zu sehen?", und als er Kopfschütteln erntet,
rennt er diagonal über den Hof zum Haus, ruft durch die Eingangstür etwas hinein und wartet auf den Koch, der bald herausgestürzt
kommt, mit gerötetem vorgeschobenem Kopfe, sich die Hände ab-

wischt an der Schürze. Wenthin fragt ihn etwas, und als der hilflos die Schultern hochzieht, eilt der Vogt in eines der kleineren Häuser nebenan und kommt schon bald mit einem gewichtigen hölzernen Bierfaß vor dem Bauche heraus. Das läßt er fallen, rollt es zur Treppe und trägt es hinein, denn es darf an nichts fehlen! Schaut: auf dem Hofe werden die herzoglichen Bediensteten sich an Wildschweinbraten, Bier und Met guttun, drinnen wird ein auserlesenes Mahl für den Herzog, Vogt Wenthin und seine Töchter gerichtet: Rebhühner mit Kapaun und Hecht in Sülze, Lammbraten mit Zwiebeln, Käse, Kuchen und Konfekt, Rotwein und Hamburger Bier.

Ein Pfiff vom Turm: „Sie kommen!", ruft es, und in wenigen Augenblicken ist der Hof blankgefegt, nur Zaches dreht weiter seinen Spieß, schaut aber hinüber zur Ecke beim Turm, wo der Herzog gleich erscheinen muß. Der Vogt, wo ist Vogt Wenthin? Er ist noch im Haus, mit dem Bierfaß beschäftigt, hat sich übel bespritzt mit dem schäumenden Bier, als er das Faß anstechen wollte. Er flucht und zetert, wischt sich den Schaum von Wams und Pluderhose. Dann stürzt er hinaus und sieht grad in diesem Moment eine Reiterschar um die Ecke kommen, an der Spitze den Herzog mit wehend weißem Federwisch am breitkrempigen roten Hut.

Wer jetzt erwartet hätte, daß Vogt und Herzog Johann sich wie alte Bekannte begrüßen würden, sieht sich getäuscht. Der Vogt, unter andauerndem Buckeln und Kratzfüßeln mit seinem massigen Leib, tritt ans Pferd heran, von dem der Herzog gerade absteigt. Sie stehen sich dann gegenüber und Wenthin sieht nur auf die hellbraunen Stiefelspitzen des Fürsten hinunter, gleitet dann mit seinem Blick ein wenig höher bis zu den umgeschlagenen Stiefelstulpen. Höher aufzuschauen gelingt ihm noch nicht.

„Werkien, sei gegrüßt", tönt es herab, „laß die Pferde versorgen und meine Leute. Und noch eins... Wanzien, äh... verdammt, wie war Euer Name?"

„Wenthin, Hoheit, Konrad von Wenthin!"

„Ja, sicher, Wenthin... also, noch eins: Laß Er das Kratzbuckeln, sonst verliert Er auf der Stelle seinen Adelstitel!"

Wer vermag zu sagen, wie dem Vogt bei diesen Worten zumute war? Auf jeden Fall sieht er bleich aus. War es Beklommenheit? War es Wut? Augenblicklich aber konnte er nun von der Rolle des Unterwürfigen umschwenken in die eines unendlich besorgten, unermüdlich fragenden Gastgebers. Und der Herzog? Trotz allen Ehrgeizes, der ihn antrieb — solche Possen mochte er nicht! Von seinen königlich-herzoglichen Verwandten, ja — da hätte er sich gewiß solches gefallen lassen, aber von Rittern, Prälaten, Amtmännern und dergleichen mehr mochte er lieber von Aug zu Aug verkehren. Wo blieb denn sonst die reine Menschlichkeit? So war er eben, der Herzog Johann! Er war ein Mensch der tiefen Gefühle. Beherrscht von Gedankengängen, die oft wahrhaft labyrinthisch verliefen, von denen niemand wußte, wohin sie eigentlich zielen wollten, schien er dennoch in jedem Moment durchtränkt von einem schier unaussprechlichen Wohlgefühl seinen unmittelbaren Mitmenschen gegenüber. Etwa nach dem Motto: wir packen die Welt in unser Wohlwollen ein, und alles, was uns entgegenkommt, sei es gestimmt wie auch immer, soll umhaucht werden von unserer einzigartigen Liebe — nur was dabei in seinem Kopf vorging, schien oftmals gänzlich anders geartet. Gefühl und Verstand, auf solche Weise häufig auseinanderfallend, konnten aber dennoch, scheinbar völlig harmonisch nebeneinander stehen.

„Ich bin ganz, ganz froh und glücklich und freue mich sehr, einige Stunden bei Euch verbringen zu können, Vogt Wenthin", so spricht der Herzog!

Wenthin ist plötzlich beglückt und unbeschwert: „Nur einige Stunden? Ich hoffte, daß mir nicht nur ein paar ausgesuchte Stunden, sondern eher einige Tage lang das Glück Eurer Gegenwart in diesem Hause geschenkt würde."

Der Herzog bedankt sich, erklärt ihm sein weiteres Reisevorhaben ..., daß er eben darum nur kurze Zeit hier verweilen könne. Sodann gehen sie ins Haus, um zu speisen. Man sieht Zaches, wie er lachend, herumspringend um seinen Wildschweinbraten, mit einem riesigen Tranchiermesser große Stücke abschneidet, sie dann triumphierend hochhält mit der Spitze eines anderen kleinen Messers.

Dazu singt er den Mägden irgendwelche kuriosen, anzüglichen Lieder entgegen, die ihm ihre Schalen und Teller entgegenstrecken, neigt sich ihnen zu und singt leise in ihre Ohren hinein ... Dann lacht er wieder laut und hüpft, mit den Messern umherwedelnd, um die dampfende, fetttriefende Wildsau herum. Dieser Kobold, er scheint von Sinnen!

Im Hause geht es wahrhaft gesitteter zu. Der Herzog, gekleidet in blauem Wams, schwarzem goldbesetztem Schoßrock darüber und hochstehender, weißer Halskrause, ist voll des Lobes. Er preist mit unendlich dankbaren Worten das in der Tat vorzügliche Essen, den kräftig feurigen Rotwein, die Musik von Krummhorn, Sackpfeife und Fidel, die von nebenan aus der Vorstube erschallt, spart auch nicht mit Anerkennung für das außerordentlich kunstvolle Tafelgeschirr und wendet sich dann den beiden Vogttöchtern, Sophia und Lena, zu.

Er hat, wohlgemerkt, natürlich auch schon vorher den beiden so manchen Blick gegönnt: der kecken, listig lächelnden Sophia mit den glattglänzigen blonden Haaren und der mit offenem Mund verträumt schauenden Lena mit der lockig zauseligen, noch um einen Stich helleren, hochgesteckten Frisur. Sophia schien gewitzt, o ja, so selbstbewußt fast wie eine Dame von Welt, aber alles war doch etwas überzeichnet. Sie hat etwas fiebrig Umhergetriebenes an sich, kann sprühen vor Neugierde und Interesse, lachen ganz ungeniert, aber auch zusammensinken in leidende Melancholie, läßt ihr Kinn dann auf die abstützende Handfläche sinken. Lena, die Jüngere, schaut ganz lieblich, fast kindlich noch, in die Welt. Sie spricht kaum, nur wenn man sie anspricht, nippt nur ab und zu an ihrem Glas, scheint keine Kraft zum Kauen zu haben, so zierlich ißt sie.

Den Vogt beachtet der Herzog kaum, hat nur Augen für die beiden, die ihm gegenüber sitzen, Sophia in einem blauen, mit silbernen Borten verzierten, Lena in einem schlichten pfirsichfarben rötlichen Kleid. Darauf war er nicht gefaßt, zwei so hübsche Täubchen vorzufinden!

„Wie lebt es sich auf dem Lande?", fragt er sie.

„O, prächtig!" antwortet Sophia und stößt ihre Schwester unter

dem Tisch mit der Fußspitze an, „nicht wahr, Lena? Gute Unterhaltung allezeit, mit Rind und Schwein, Pferd und Gans. Des Morgens
wachen wir mit dem herrlichsten Flötenkonzert vor unseren Fenstern auf, wenn allerdings nicht gerade die Schafe blöken, die Hunde endlos kläffen. Der Wind rauscht in den Bäumen, schwillt an zu
manchem Sturmlied im Herbst, und wenn dann die Angstschreie
der Tiere, die zur Schlachtbank geführt werden, sich mischen mit
den Tönen der Sackpfeife, die unser Stallknecht Jeremias bläst, ist in
mir drinnen alles so voller Herzeleid, wie es wohl kaum die Lektüre
eines tragischen poetischen Werkes in mir hervorrufen könnte."
Der Herzog schmunzelt, während er sich von dem Käselaib abschneidet. Lena ergänzt schüchtern, nachdem sie von Sophia nochmals angestoßen wurde: „Jaja... Hoheit..., und wenn dann win-
ters die Wölfe ringsum heulen, rücken die Menschen zusammen wie
das Vieh in den Ställen, und welches Heldenepos käme dann dieser
mutvollen Jagd nahe, welche unsere Männer dann bestehen müssen?"
Hier wollte der Vogt ins Gespräch eingreifen, doch gelang ihm das
nur schlecht, da sein Mund noch zu voll war von dem herrlichen
Lammbraten. So nutzt der Herzog seinerseits die Gelegenheit, ihm
einige Fragen zu wirtschaftlichen Belangen des Vorwerks zu stellen.
Ob auch weiterhin, und hoffentlich gerade jetzt im Winter seine
Bauern Kalktransporte nach Hamburg, vom Segeberger Kalkberg,
übernähmen, wieviel an Gulden der letztjährige Kornverkauf erbracht habe, und überhaupt..., ob er ihm nicht auch seine Bücher
vorzeigen wolle. Da wird dem Vogt aber doch sehr ungemütlich! Ja,
die Bücher... in die Bücher, da habe er noch nicht alles vollständig
eingetragen. Die Holzabrechnung fehle noch und der Posten mit
dem Karpfenverkauf des Klosters. Was den Holzeinschlag angehe,
so werde lange nicht mehr so viel nach Lübeck geliefert wie ehedem, aber das sei wohl dem furchtbaren Pestjahr vor zwei Jahren
geschuldet, das ja, wie er wohl wisse, fast die Hälfte der Bevölke-
rung hinweggerafft hätte. Und die Karpfen..., na ja, da läge einiges im Argen! Schon lang habe er keine Gulden mehr gesehen vom
Kloster. Das Holz, das die Mönche für den Eigenverbrauch aus dem

Klosterwald herausschlagen dürften, käme ihnen recht billig zustatten. Und überhaupt...

„Das mit dem Kloster hat ein Ende!", verkündet da der Herzog, und ruckartig gehen alle Köpfe hoch, „schon sehr bald hat dies ein Ende! Außerdem — was wollen sie noch hier, die Altgläubigen! Auch bei uns, endlich, hat die neue Zeit begonnen!"

Sophia und Lena sind entsetzt, als sie dann vom Vorhaben des Herzogs erfahren... ja, ein neues Schloß... „Aber die Mönche, was wird mit den Mönchen?", fragen sie ihn atemlos. Da zuckt er nur mit den Schultern und ißt ruhig weiter. Hilflos schauen sie sich, dann ihren Vater an. Der Herzog ergänzt: „Ich denke an die Zukunft. Es ist gut, hier unten festen Aufenthalt zu haben. Amt Reynveld mit Ahrensbök ist mein größtes geschlossenes Besitztum. Hier muß das Herzogtum sich zeigen! Hier muß ein herzogliches Schloß funkeln, und da ist Reynveld gerad der rechte Ort! Soll ich etwa bei den Mönchen um Obdach bitten, wenn ich hier im Lande bin?"

Und nach einigem Überlegen fügt er noch hinzu, mit dem auf- und niederfahrenden Tafelmesser seine Aussage bekräftigend: „Hamburg ist nicht weit. Und wer weiß, ob sich nicht in Zukunft noch die Verhältnisse hier unten ändern werden." Der Wein, die hübschen Täubchen ihm gegenüber, verführen ihn dann zu einer noch weitergehenden gewichtigen Äußerung, und er setzt kauend hinzu: „Der dänische König jedenfalls hat das auch im Sinn. Wer die Elbe beherrscht, gewinnt auch Hamburg! Vielleicht brauche auch ich Soldaten... schon bald, wer weiß? Ja, ich bin mir sicher — natürlich werde ich sie brauchen! Woher soll ich sie nehmen, wenn nicht von hier?"

Seitdem vom Kloster die Rede ist, hat der Vogt aufgehört zu essen. Was hört er da? Eine Vision steigt in ihm auf: Der Herzog geht tagtäglich auf die Jagd in den umliegenden Wäldern! Er kehrt bei ihm, auf dem Vorwerk, ein, um sich zu stärken, legt ihm vielleicht abends einen Hasen oder ein Rebhuhn vor die Tür. Danke, Herzog Johann, sehr freundlich! Und wo bleiben die Hirsche, Rehe und Wildschweine? Die wandern, hast du nicht gesehen, in die herzogliche Schloßküche, in den herzoglichen Magen hinein! Diesen Blasebalg von einem Fürsten ständig in der Nähe zu haben — entsetzlich! Wenthin versucht sein äußerstes:

„Verehrter Herzog, sehr gut verstehe ich, daß ihr ein neues, prachtvolles Siegel Eurer Herrschaft diesem Landstriche hier einprägen wollt. Doch vergeßt eines nicht bei Euren Gedankenführungen — das Kloster könnte, wenn Ihr es nur richtig beginnt, Euren Reichtum mehren helfen. Da die Mönche nicht in der Lage sind, alle Teiche abzufischen, könnten besser die meisten Teiche trockengelegt und als Brachland bebaut werden. Die Ziegelsteinfertigung, der Holzeinschlag könnten wieder verstärkt werden, die Karpfenzucht auf einige wenige Teiche konzentriert und wieder ein ständiger Verkauf auf dem Markt zu Lübeck eingerichtet werden. Geben wir den Mönchen Hilfe aus dem Vorwerk zur Hand und lassen wir sie wirtschaften!"

So spricht er — Wenthin als Retter des Klosters, wer hätte das je gedacht?! Herzog Johann schüttelt nur den Kopf dazu. Vogt Wenthin sieht alle seine Felle auf der Trave davonschwimmen.

Da schallt Trubel, Rufe und Gejohle vom Hofe her herein. Die Musik verstummt. Sophia steht auf und schaut nach. „Vater!", ruft sie gleich von der Tür her, „komm! Der Zaches...!" Und was erblikken sie, als sie alle hinausschauen? Zaches, der arme Zacharias! Auf einen jungen Stier haben sie ihn gesetzt! Der rast wütend herum, macht hohe Sätze, um ihn abzuschütteln, kreuz und quer auf dem Hofe, rennt beinahe den Bratenspieß über den Haufen. Zaches, der Zwerg, kann sich noch halten, sitzt aber ganz verrutscht und verzweifelt festgeklammert da. Eine der blauen fürstlichen Pferdedekken haben sie ihm als Umhang angebunden, die wirbelt hinter ihm her. Die Schar der Knechte, Mägde, Leibgardisten des Herzogs, alle stehen sie an den Hofrand gedrückt, klatschen, pfeifen und johlen vor Vergnügen. Die meisten sind angetrunken.

„Glückauf, Herr Prinz!", schallt es, „heil dem Besieger der gebratenen Sau!" — und andere ähnliche Spottverse noch. Was war geschehen? Ein Junker des Herzogs hatte den Zaches gegriffen, als er einer Magd, die für den blitzenden Reitersmann ein Stück Braten holen wollte, einen herzhaften Kuß in all seinem koboldhaften

Überschwang auf die Wange gedrückt hatte. Dies war ein glatter Fehler, denn verliebte Augen waren der hübschen Magd, der geschmeidigen, gefolgt! Nachdem der Aufgebrachte sich anfänglich mit seinem Degen auf Zaches stürzen wollte, von seinen Kumpanen aber daran gehindert wurde, hatte die Sache dann aber, einem hinausgerufenen arglistigen Einfall folgend, den jetzigen Verlauf angenommen. Der Vogt schreit einige Worte zur Tür hinaus. Mehrere Knechte laufen daraufhin zum Stier, der im letzten Moment es doch noch schafft, den Zaches abzuwerfen. Sie hängen sich um den Stiernacken, und einer faßt ihn am Nasenring, führt ihn zum Stall zurück. Zaches krabbelt auf seine Beine, wirft zornig den Umhang in den Dreck, spuckt und trampelt wie von Sinnen darauf herum. Dieser Zaches, dieses unglückliche Menschlein — wieder verspottet wie schon manches Mal! Sophia ruft ihm etwas zu, winkt ihm. Da hört er auf zu trampeln, kommt langsam zum Haus gelaufen. Klein und gedrungen wie eine Zwiebel, mit spitz in die Stirn gezogenem Haaransatz, grau und borstig, läuft er auf seine Retter zu. Er hat einen seitwärts schaukelnden Schritt, aufgeblasene Backen, kecke flitzende Mausaugen. — Später darf er dann neben Lena sitzen. Die legt ab und zu seine Hand in die ihre, schaut ihm tröstend in die Augen. Ach — wie gut ihm das tut! Lena, die mag er sehr, hat ihr schon früher, als sie kaum über den Tisch gucken konnte, immer Faxen und den Narren gemacht.

Und der Herzog, was sagt der zu ihm in seinem Weindusel? „Kompliment! Richtiges Gardemaß für meine Soldaten!", lacht er, „du kommst zu mir, wenns gegen Hamburg geht, abgemacht? Wir schießen dich mit der Kanone über alle feindlichen Linien hinweg. Du machst uns dann die Tore auf, haha! Hurra — ich trinke auf dein Wohl, mein Kleiner!"

Zaches aber hört nicht mehr hin, ist überdrüssig, flüstert aber mit Lena. Das Stichwort Hamburg hat ihn ganz aufgeregt gemacht. Lena nickt ihm zu, bedeutet ihm aber gleichzeitig, zu schweigen jetzt, denn Vogt Wenthin hat zu sprechen begonnen — mit ein wenig schwerer Zunge schon. Er redet dem Herzog von der vergangenen Wolfsjagd und bringt auch seinen Zaches ins Spiel:

„Der — ist unersetzlich! Er geht hin, rennt mit den Wölfen um die Wette und setzt sich auf ihren Rücken. Dann trifft er sie von oben mit dem Messer genau ins Herz! Jawohl, Verehrtester, und so macht er nicht nur mit einem — viele, viele hat er so schon erledigt! Gott segne seine Gestalt — die Wölfe verschmähen ihn! Was hingegen sollen wir sagen, Verehrtester? Hoho! Uns beide, uns würden sie sicher nicht verschmähen!"

„Wer kennt sich denn aus mit diesen Viechern?", spricht da Zaches mit einer wohlklingenden, dunklen Stimme. „Ich kannte früher jemanden, der sprach mit ihnen, und sie wurden so zahm, daß sie sich unter dem Bauche kraulen ließen. Eine Geschichte weiß ich, die ist tatsächlich einst geschehen. Eine Sage — ich habe sie von einem Bauern erzählen hören. Wenn ihr sie hören wollt?"

Allesamt sind sie sprachlos und lassen ihn erzählen. Na, woher weht denn jetzt der Wind — Zaches ein Erzähler?

„Erstaunliches hörte ich da", beginnt er, „doch möglich ist ja wohl alles auf der Welt, solange es dem Herrgott und den Fürsten dieser Welt gefällt." Und dann erzählte er, und wie seine Augen so hin und her flitzten, stand das in merkwürdigem Gegensatz zu seiner dunklen Stimme. Die Geschichte handelte von einem Mütterchen, das in einer Wolfsgrube gelandet war. Ihr Geiz hatte sie dort hinunter gebracht. Ihre Gans, die sie, wozu jedermann im Dorfe verpflichtet war, als Witterung für die Wölfe hatte hergeben müssen, würde mit Sicherheit noch ihr Ei loswerden wollen in der Nacht — so dachte sie! Und richtig — dem war so, doch fiel das Ei in ihren Schoß, als sie schon in der Grube hockte. Denn als sie sich der Gans über der Grube zu nähern versuchte, war sie von der Wippe hinuntergefallen.

„So geht es!", spricht Zaches gewichtig, „und als im Morgendämmer ein Wolf heranschlich, um sich an der Gans gutzutun, fiel er zum Mütterchen in die Grube hinab." Dieses Ereignis läßt Zaches wirken, indem er eine Pause macht, verstummt.

„Was weiter?", fragt Lena und drückt kräftig seine Hand.

„Ja, da saß sie nun, die gute Frau", fährt er fort, „mit dem Ei im Schoß und Aug in Aug mit dem Wolf. Sie waren wohl beide so überrascht, daß sie nur verdutzt dasaßen und sich anschauten." Zaches greift nach Lenas Glas, schaut sie fragend an, nimmt einen geruhsamen Schluck und schmatzt mit den Lippen.

„Zaches! Was dann?", drängt sie.

Und er erzählt gestenreich von ihrer Rettung durch einen Knecht, der an einem Seil sie hinaufzog, mitsamt dem geretteten Ei. Nur ihre Röcke mußte sie lassen, als sie hochgezogen wurde.

Zaches verschränkt die Arme vor der Brust und blickt in die Runde.

„Ja, sicher — einen Köder für die Witterung herzugeben, kann nicht immer leichtfallen", bemerkt der Vogt, „das will ich gern zugeben. Eine Gans unter Umständen zu opfern für einen zähen Wolf — dieser Entschluß fällt schwer!"

Erstaunt sieht ihn der Herzog an. „Was wollt Ihr tun, Wenthin? Sollen die Wölfe denn ungehindert wüten? Sollen Schafe oder gar Kinder verschleppt werden vom Wolf, statt eine Ente oder Gans aufs Spiel zu setzen?"

„Gott bewahre, nein!", antwortet der Vogt ganz devot, „an Gänsen soll es wahrlich nicht mangeln. Schon manchen Wolf haben wir gefangen in unseren Gruben. Nur — leicht fällt es trotzdem nicht! So wollte ich sagen."

Wenthin stochert mehrmals vergeblich mit der Gabel nach einem Stückchen Konfekt, dann spricht er kauend weiter. „Zaches, was meinst du, es müßte doch eine Möglichkeit geben, das Federvieh vor diesem Opfergang zu bewahren." Und schmunzelnd: „ich denke da zum Beispiel an dich! In ein Schaffell gehüllt wartest du auf den Grauen, lockst ihn zur Grube!"

Wenthin kann sich nicht halten bei dieser Vorstellung, lacht laut los, kann sich nicht beruhigen und prustet in sein Glas.

„Nu, Zaches, wie wäre das, was meinst du?"

„Was dem Mütterchen ihr Ei, das ist so manchem Edelmann, mancher Edelfrau, glänzendes Geschmeide oder blanke goldene Taler", fährt der Herzog dazwischen. „Habt ihr schon von der Schwarzen Margrete gehört?" Alle schütteln die Köpfe. „Königin war sie vor dreihundert Jahren und mehr, wegen ihrer dunklen Gesichtsfarbe nannte man sie so..."

Und der Herzog erzählt von der Schwarzen Grete, die regiert habe nach dem Tode ihres Gatten Christoph I, für ihren noch minderjährigen Sohn Erich. Um einen verlorengegangenen Goldschatz ging es, der dem König Abel gehört hatte, ihrem ehemaligen Schwiegervater — spurlos verschwunden war dieser Schatz!

„Eine lange Geschichte ist das...", spricht der Herzog sinnend, doch kurz gesagt: Einiges spreche dafür, die Schwarze Grete habe in ihrer Regierungszeit diesen Schatz für ihren Sohn beiseite geschafft! Und als er nun Folgendes erzählt, wird es ganz still im Raum, sie schauen ihn gebannt an, Zaches bekommt runde Augen. Im Segeberger Kalkberg gebe es eine am Rand gelegene Höhle, die „Schwarzer Grete ihre Höhle" genannt werde. Warum nun das? Was spreche denn gegen die Vermutung, daß sie den Schatz in der Nähe dieser Höhle verborgen habe? Vielleicht auch in einer noch unbekannten Höhle im Inneren des Kalkberges, das wäre doch gut möglich! Und vielleicht gebe es einen Geheimgang dorthin!"

Zaches hielt es schon lang nicht mehr auf seinem Stuhl. Als er den Kalkberg erwähnen hört, verknotet er vor Aufregung seine Finger ineinander und steht da, erstaunter wohl, als selbst vor der Pracht des Himmelsthrones.

„Was ich davon halte?", spricht der Herzog mißbilligend, „nichts als Geschwätz, kein Funken Wahrheit ist daran! Was macht das Volk nicht alles aus seinen Königen — als obs Götter wären! Und wenns nicht der himmlische Lohn ist, der winkt, dann ists eben blankes Gold in irgendeinem Berg oder See!"

Zaches will gerade widersprechen, als ein Bediensteter ins Zimmer tritt und den Cornelius Straater meldet. Er sei gerade angekommen, wünsche den Herzog zu sprechen. Nur den Herzog? Jawohl, so sagte er, den Herzog! — Cornelius Straater also, der vagabundierende Mönch, der philosophische Hitzkopf, der junge Falke, tritt herein mit der Andeutung einer Verbeugung. Sophia und Lena springen auf, zur Tür hin, begrüßen ihn freudig. Ein alter Bekannter, ja ein Freund war er ihnen...

So froh das Zusammentreffen begann, so gnadenlos bösartig endet es. Der Beschwerdebrief ist natürlich die Ursache dafür — wie hätte es auch anders sein können! Cornelius würdigt den Vogt keines Blickes, als er an den Tisch herantritt und dem Herzog ein dickgefaltetes, versiegeltes Pergament übergibt. Wenthin, schon stark angetrunken, poltert los: „Sag Er — kommt hierher in mein Haus wie in eine Gaststube! Oder etwa wie in ein Kanzleigebäude, um eine Bittschrift auszuhändigen! Was ist mit Ihm? Fragt Er nach um seine Ernennung zum Schreiber? Brav! Ich warne Ihn, Straater! Er weiß, was ich von Ihm erwarte", und an den Herzog gewandt: „Ich bestimmte ihn mir zum Secretarius, nun, da die Geschäfte sich ausweiten..."

„Inkommodiere Er sich nicht, Wenthin! Überlasse Er mir die Verhandlung! Falls Er sich nicht fähig fühlt, das Vorwerk allein zu verwalten, so wird sich eine andere Lösung finden lassen müssen. Ich habe an Hofräten mehr als genug, denen das ländliche Leben sehr zukommen würde."

Das hat gesessen! Wenthin ist erledigt für den Moment. Der Herzog entfaltet nun das Pergament, überfliegt die ersten Zeilen und verliest dann aber laut den Inhalt:

„Beschwerde und freundlich Begehren, an Seine Hochwohlgeboren, unseren weltlichen Herrn und Herzog Johann den Jüngeren von Sonderburg und Plön. — Gerechtfertigt durch das göttliche Wort des Evangeliums, verbürgt durch Tod und Auferstehung unseres Herrn Jesus Christus, erhebe ich Beschwerde gegen unseren Herzoglichen Verwalter und Grundherrn, Vogt von Wenthin, wegen mehrerer Vorkommnisse, die im Folgenden verzeichnet werden. Zum ersten sei bemerkt, daß er vor dreien Tagen erst den Tod des Tagelöhners Thienappel verschuldet hat, als er ihn entgegen besserem Wissen allein im Walde hat arbeiten lassen, ihn damit der tödlichen Gefährdung durch die Wölfe ausgeliefert hat. Daß er den Tod seiner ihm untertanen Bauern leichtfertig in Kauf nimmt, war in den zurückliegenden Jahren öfter schon ein Grund zur Trauer und Klage. Beschwerde wurde nicht geführt darüber, aus leicht erdenklichen Gründen.

Zum andern hat er die Abgaben, die der Bauer von seinem wenigen Eigentum zu leisten hat, so stark angehoben, wohl um das Fünffache, daß der Hunger zum ständigen Begleiter der Leibeigenen geworden ist. Das Schollenband, das den Bauern bindet, setzt unseren Grundherrn in die Lage, ihn hart zu bestrafen, falls dieser versuchen sollte, seiner unglückseligen Lage durch Flucht zu entkommen. Wir, die Bauernschaft des Dorfes Steinrade, haben im weiteren folgende Begehren an unseren weltlichen Herrn, Herzog Johann:

daß er vermehrten Schutz und Unterstützung von Witwen und Waisen zubilligen möge,

daß er wohlweislich unsere Abgaben auf den Zehnten wieder verringern möge,

daß die Gerichtsbarkeit einem unabhängigen Landgericht übergeben werde,

daß den Dorfbauern eine gemeinschaftliche Nutzung der Gemeindewiesen und -äcker, ein Anteil an Fischfang und an der niederen Jagd, sowie eine uneingeschränkte Nutzung des Waldes zugebilligt werde,

und schließlich, daß den Bauern ohne Strafandrohung ein Recht auf Auswanderung zuerkannt werde. Möge unser Begehren ein aufnahmebereites Herz und kräftiges Wohlwollen unseres Herzogs Johann finden. Dies würde nicht wenig zu einem arbeitsfreudigen und helfenden Miteinander von Landesherr und Untertanen beitragen. Anno Domini 1599. Unterschrieben: Cornelius Straater."

Der Herzog faltet das Schreiben wieder zusammen und spricht ruhig: „Ihr habt gehört, von Wenthin? Nun — das war deutlich! Was sagt ihr dazu? Das also soll Euer Kanzleischreiber werden?"

Er beginnt laut zu lachen — jetzt ist die Reihe an ihm mit Gelächter! Der Vogt — wie nimmt er dies alles hin? Noch ist er nicht am Ende, o nein!

„Straater, du Klosterlümmel, du Rübenfresser, was untersteht Er sich! Sind das die Dinge, die im Kloster gelehrt werden? Dann hinweg mit euch allen! Was dies für Euren Vater bedeutet, weiß Er wohl!" Und an seine Töchter gewendet, fährt er sie an: „Und ihr, ihr werdet ihn nicht mehr um Bücher und andere Schriften angehen! Das sei euch verboten! Wenn dies die Früchte der Gelehrsamkeit sind, hinweg mit allem, hinweg!"

Sophia springt auf, stellt sich neben Cornelius. „Nein, Vater! Das verlangst du nicht von uns! Das Wenige, was wir besitzen an Wissen, an Bildung, verdanken wir ihm und dem Kloster. Hat er nicht wahr gesprochen in seinem Brief? Siehst du denn nicht, wie sehr dein tobendes Gemüt Wunden schlägt um dich her?"

Wenthin sackt immer mehr zusammen. Ist das seine Tochter etwa? Was spricht sie da? Nein, nein, nein — das ist doch nicht möglich! Nun steht er auf, geht auf Cornelius zu. „Und ich sage Ihm, Cornelius Straater, wenn ich Ihn antreffe in Gesellschaft meiner Töchter — rädern lasse ich Ihn!"

„Genug, genug, Wenthin!", ruft verärgert der Herzog dazwischen, „was entsetzt Ihr Euch? Ruhe doch, Ruhe!"

Aber der Vogt ist schon zur Tür hinaus. Für die letzten Worte hat er nur noch ein barsches Abwinken übrig. Zaches folgt ihm, nach kurzem Überlegen, flink wie eine Maus.

Nun steht der Herzog da, mit all seiner fürstlichen Staatsräson. Was bleibt ihm anderes zu tun als abzureisen? Es ist eh an der Zeit! Aber zuvor wendet er sich noch an Cornelius: „Er wird von mir hören, Straater. Ich muß mich noch beraten. Dank für Eure klaren Worte. Ihr habt mir zu denken gegeben!"

„Laßt mich noch eine Bitte aussprechen, Herzog", erwidert Cornelius, „gewährt dem Kloster noch Aufschub! Die Bibliothek, all die wertvollen Bücher und Schriften — wohin damit? Laßt mich sie noch fortschaffen, bevor Ihr mit dem Abriß beginnt. Ich dachte, nach Wolfenbüttel sie zu bringen, zur großen Herzoglichen Bibliothek."

„Ihr hört von mir, Straater, wie ich schon sagte!"

Cornelius nimmt sich nun alle Freiheiten dieser Welt: „Fürst, bedenkt doch, was Ihr zerstört — was erbaut ihr dafür? Müssen nicht Politik, Wissenschaft und Kunst zusammenwirken, nun, im Beginn der neuen Zeit? Ich war am Hofe in Prag, bei Rudolf dem Zweiten, alles ist erfüllt dort von gemeinsamem Streben! Herzog — laßt uns auch hier solches beginnen!"

Herzog Johann stutzt. „Was meint Ihr, Cornelius Straater? Ich verstehe Euch nicht! Von welchem Abenteuer redet Ihr da? Ich kenne meine Ziele, die verfolge ich, und gut — wenn sich das mit den Zielen anderer ergänzt — warum sollte man nicht zusammengehen? Aber was meint Ihr überhaupt? Ihr scheint mir ein Schwärmer, Straater!"

„Was ich meine? Nun — die Welt ist im Aufbruch, seht Ihr denn das nicht? Es geht um ganz neue Erfahrungen, Herzog, die zu machen sind! Um die wirkliche Geistesgeschichte geht es — nicht um verstaubtes Bücherwissen. Die Erfahrung eines Geistigen ist doch keine Formsache, es geht um Inhalt, Sinn und Wesen, es betrifft den einzelnen Menschen. Macht den Versuch — setzt Euch in Beziehung zur Geistesgeschichte! Was geschieht, was geschieht mit Euch? Stets werdet Ihr neue Entdeckungen machen, Beziehungen aufspüren. Neue Welten scheinbar — doch wie schon immer gegenwärtig und dunkel geahnt, wie umschattet von dumpfem Vergessen können sie Euch vorkommen! Ihr steht einem Kosmos an Gedanken gegenüber, ja tatsächlich, lacht nicht, einem wirklichen Universum! Und stets wird diesem Kosmos neues hinzugefügt! Was meinen Sie nun, Fürst, wie hängt nun das eine mit dem anderen zusammen, die unendliche kosmische Welt der Gestirne, Sonnensysteme...? — Sie lachen? Lachen Sie nicht, Fürst! Von solchen Welten wird gesprochen heute! Giordano Bruno spricht davon. Er sitzt im Kerker dafür, in Rom... ihm steht wohl der Scheiterhaufen bevor! Was haben diese Welten zu tun mit dem Kosmos des menschlichen Geistes, seiner Gedanken, der wirklichen Gedanken meine ich, nichts Nachgedachtes... was eben sein Licht, seinen Glanz, nur durch sich selber erhält, nicht... — Ihr versteht schon — nicht wie der Mond, der..."

„Hör Er auf, Straater!", lacht da der Herzog kurz und höhnisch auf, „so schweigt endlich! Wenn dann die Dinge so stehn, wie ihr andeutet..., was habe also ich, eben ich, zu tun noch auf dieser Erde? Ihr seid ja verrückt, Cornelius! Hieße das nicht etwa, man erhebt sich selber zu einem Gotte, der stets neu hinzuschafft, die Schöpfung weiter vorantreibt, emsig die Ränder des Alls weiter hinausschiebt, sie ver-rückt? Und wo blieben sie dann, diese Massen von Welten, wo, an welchem Orte? Ein Brei von daherwabernden Sphären und Kosmen? Gäbe es einen Krieg der Sterne wohl auch dann, zerstören sich gegenseitig, um letztlich wohl auch unsere Erde eines Tages ganz unbedacht zu verschlingen?

Nein nein, Straater, Ihr seid nicht nur ein harmloser Schwärmer, Ihr seid wirklich und nicht nur ein wenig... verrückt! Lassen wir nur alles noch hübsch beisammen, wohlgeordnet an Ort und Stelle! Man muß nur eines können, Straater, man muß die Kräfte kennen und das Spiel der Kräfte beherrschen, nichts weiter! Alles ist berechenbar, auch in der Politik. Lassen wir die Spekulationen nun — und wie gesagt — Ihr hört von mir!"

Damit geht er hinaus. Alles sammelt sich um ihn, Rufe, Befehle, die Pferde holt man aus den Ställen, trunkene Leibgardisten werden unsanft geweckt, die schwanken dann zu ihren Pferden.

„Habt Dank!", ruft der Herzog über den Hof. Aber wo ist der Vogt? Wo hat er sich verkrochen? Da kommt er gegangen, bedächtig, nachdenklich, so scheint es. Er kommt aus der Waffenkammer hervor, rechts neben dem Vogthaus gelegen, und geht auf den Herzog zu, der schon zu Pferde sitzt.

„Seid gnädig mit Eurem Knecht", spricht Wenthin hinauf zu ihm, „ich will Euch wahrlich ein guter Verwalter sein, und wenn ich gefehlt habe, so belehrt mich eines Besseren. Laßt mich Euer Diener bleiben! Ich bitte darum."

Der Herzog nickt ihm zu und gibt seinem Pferd die Sporen. Konrad von Wenthin schaut dem fortgaloppierenden Reitertroß nach, blickt dann stirnrunzelnd zu den Krähen hinauf, die krächzend den Turm umrunden.

„Warum steht ihr hier herum?", schreit er grimmig die Knechte an, als er zum Haus zurückgeht. Cornelius ist schon fort. Er hatte sich eilig von Lena und Sophia noch im Haus verabschiedet, die ihn beschworen, doch nur ja nicht allzu ernst zu nehmen, was der Vater gesagt habe. Cornelius nickte nur immerzu, jaja, versprach alles Mögliche und wollte nur rasch fort.

Als er aber zwischen Stallungen und Wohnhaus hindurch zu seinen Pferd ging, das er seitlich dort angebunden hatte, kam Sophia ihm nachgelaufen, mit wehendem Kleid. „Cornelius!", rief sie, „warte!"

Sie wußte selber nicht, was sie wollte von ihm. Sie standen dann voreinander, irgendwie ratlos. „Gott sei mit dir, Cornelius," sprach sie, gab ihm die Hand, und als er davonritt und seine Hand der ihren entglitt, wußte sie plötzlich, was sie gewollt hatte eigentlich. Ja sicher — mit ihm davonreiten, irgendwohin, nur fort von hier!

11

Die Tage vergingen. Der März ist schon fast vorüber. Kahl und starr aber noch stehen die Bäume im Wind, auf den gelbgrün angehauchten Feldern große blitzende Pfützen aus vergangenen Regentagen, in denen sich das Geäst umstehender Baumgruppen spiegelt. Buschwerk auf den langen Knicks fingert struppig in die klare Märzluft hinaus. Lichtblicke zwischen daherjagenden Wolkenlandschaften, ungewohnt blendend alles. Und der Wald steht nicht mehr ganz so versunken... alles sondert sich mehr und mehr, scheint zu sich selber zu erwachen. Die meisten Felder sind bestellt, gesät ist...
Doch was ist mit den Menschen? Angst und Ungewißheit in fast allen Köpfen. Was wird werden? — Nichts war geschehen bisher, außer daß Johann Straater seine Mühle verloren hat. Es scheint ihn allerdings nicht besonders aufzuregen. Er wohnt jetzt mit Marie bei Jasper Brüggen, dem Schmied, aber nur vorübergehend, denn er wird wohl bald mit dem Bau einer Kate beginnen. Grete Thienappel mit ihrem Kind ist, so hört man, im Haus der Lisbeth Blunck untergekommen, bei der Schenkenwirtin. Und das Kloster — was wird mit dem Kloster? Die Mönche leben einstweilen ihr zusammengeschrumpftes Klosterleben weiter, scheinen ratlos im übrigen. Nur Cornelius ist schon dabei, große Kisten für die Bücher der Bibliothek zusammenzunageln. Vom Herzog hat er noch nichts gehört. Was ist davon zu halten? Obwohl schon mehrere Wochen vergangen sind seit ihrem Zusammentreffen! Doch alle Mönche — insgeheim am meisten wohl Bruder Clemens — hoffen natürlich noch. Auf eine kleines oder großes Wunder hoffen sie wohl — ja sicher!
Vogt von Wenthin war fast jeden Tag auf der Jagd zu finden gewesen. Noch war er Vogt, und vertreiben konnte ihn der Herzog ja wohl kaum, denn Haus und Hof gehörten immer noch ihm. Wenn der Herzog ihn nicht mehr als Verwalter wollte, mußte er wohl

oder übel ein neues Vorwerk herbeizaubern, oder? Wo sonst sollte Platz sein für Vieh und Futter, Ackergeräte, Ernteerträge und Lebensvorräte? Aber dennoch — ein quälend unwohles Gefühl war geblieben nach den Worten, die der Herzog zurückgelassen hatte bei ihm. War er vorsichtiger, beherrschter geworden etwa? O nein — nicht die Spur! Gerade das Gegenteil könnte man behaupten! Und seine Töchter? Die waren ein ums andere Mal heimlich im Kloster gewesen, am häufigsten Sophia... Gut, daß der Vater so oft fort war zur Jagd.

Nichts Außergewöhnliches also war geschehen bisher, und sogar der Herzog selbst, er war beschäftigt mit anderen, wichtigeren Fragen. Das Zusammentreffen mit dem König war durchaus in seinem Sinne verlaufen. Viele Überlegungen, Absichten, kluge Gedanken, die alle mit der Elbe und ihrer Beherrschung zusammenhingen, aber noch keine festen Pläne. Er schien jetzt ebenfalls zu warten, auf irgendwelche Entscheidungen, Nachrichten von seinem Neffen Christian...

Die leibeigenen Bauern von Steinrade bekamen den Vogt in diesen Wochen kaum zu Gesicht. Wie der Teufel hinter den armen Seelen, so jagte er im weiten Land hinter dem Wild her, begleitet von mehreren Jagdknechten. Auch die Wölfe hatte er noch nicht vertrieben, man hörte sie immer noch heulen, in der Abenddämmerung zumeist. Zaches und der Hauptknecht Matthias schienen die Einteilung der Bauern und der anstehenden Arbeit übernommen zu haben.

Geredet, geschimpft, wurde wie immer viel im Dorf übers Vorwerk, über Wenthin, besonders seit Johann Straater die Mühle verloren hatte. Aber was sollte man tun? Abends war man erschöpft, wenn man zurückkam vom Vorwerk; da gabs dann, nachdem man eilig gevespert hatte, noch Arbeit genug im eigenen Haus und Stall. War auch dies geschafft und war man nicht zu müde, ging man bisweilen noch in den Goosekroog, zur Schenke, oder stand im Dorf, an irgendeiner trockenen Stelle, noch mit anderen zusammen und lamentierte. Manchmal konnte man wohl auch nachdenklich werden und schaute hinaus in die Landschaft...

Ein leichter, kaum merklicher Dunstschleier schwebt jetzt abends über den Feldern, hüllt weit draußen auch den Wald ein. Wenn dann die Farben matter werden, nur hie und da Baumwipfel noch einmal aufglühn in der untergehenden Sonne, wenn der eine oder andere Bauer noch spät seine letzten Ackerfurchen zieht, Vögel in den feuchtglänzenden Furchen nach Würmern picken, dann verschwinden fast alle trüben Gedanken — und von der Spitze des Hausgiebels der lockende Ruf der Amsel am Abend, der vor Reiz fast erstirbt in der Dämmerung... Man steht da, schaut in den Abendhimmel, bis man plötzlich dann die Schultern hochzieht, der vom Boden aufsteigende kalte Hauch einen in seine Hütte zurücktreibt.

Oder aber man geht tatsächlich noch zum Goosekroog, auf ein paar Becher Met, wie der Straater Johann eben nun an diesem Abend im März. Jasper Brüggen, der Schmied, hockt auch schon da, Hinrich Harders und Tim Klook, der Tagelöhner, mit ihm am Tisch, dazu noch Jacob Nissen, der Stellmacher.

Sie alle rauchen ihre Pfeifen, den Becher Met vor sich, stützen sich mit den Ellbogen auf den Tisch und blasen sich den Tabakqualm gegenseitig ins Gesicht. Den Tabak... prima, daß sie den haben! Anfangs, vor wenigen Jahren war das gewesen, hatte sich keiner so recht getraut. Ein Gespucke und Gehuste war das gewesen! Wer hatte damit begonnen, wer hatte sich die erste Pfeife zwischen die Zahnlücken geschoben? Jonas Blunck war das gewesen, Lisbeths Mann; aus Lübeck hatte er das Zeugs und auch diese weißen Tonpfeifen mitgebracht damals, von irgendwelchen Seeleuten aus Gott weiß welchem Land. Es hatte seitdem in der Schenke fast nicht aufgehört zu qualmen. Jonas aber war vor zwei Jahren nicht zurückgekommen aus Lübeck. Die Sache war die: Er hatte vom Vorwerk aus eine große Holzfuhre nach Lübeck zu liefern. In Lübeck wütete die Pest. Jonas weigerte sich zu fahren, doch Wenthin zwang ihn dazu. Dieser niederträchtige Schuft drohte, ihm zum Ausgleich all seine Gänse zu nehmen, und das waren nicht wenige, sein ganzer Reichtum. Jonas kam nicht zurück. Keiner hat je erfahren, ob er an der Pest verreckt ist, oder etwa auf einem Segler angeheuert hatte.

Und wer weiß — vielleicht war er auch schon längst Herr über eine
große Tabakplantage in Übersee!

Lisbeth ihrerseits haderte nicht lang mit ihrem Schicksal, begann
Met zu sieden, sah zu, daß sie immer genügend davon in ihren Fässern hatte. Auch für den Tabaknachschub sorgte sie, aus unbekann-
ter Quelle, auf rätselhaften Wegen. Die Bauern kamen von ganz
allein in den... weil in einem Gatter hinterm Haus zumeist eine
große flügelschlagende Gänseschar herumschnattert... in den
„Goosekroog."

Gerade als Johann hereintritt in die verqualmte Stube — ein Geruch
wie von verbranntem Horn und menschlichen Ausdünstungen
wälzt sich ihm entgegen — kommt Lisbeth mit einem frisch gefüllten Krug die paar Stufen aus dem schrägen Kellerverschlag hinauf.
„Johann kommt auch", lacht sie und rückt ihre weiße Haube mit
der freien Hand schnell zurecht, zupft auch am grünen Mieder, bevor sie den Krug auf dem Tisch absetzt. Die Lisbeth mag die Männer, das kann man nicht anders sagen, und die Männer mögen sie
auch — auch das ist gewiß. Schon manch einer hat seinen Rausch
im kleinen Heuschober nebenan ausgeschlafen, und es heißt, die
Lisbeth helfe ihnen schon wieder auf die Beine! O nein — sie ist
kein Kind von Traurigkeit, trinkt meist eifrig mit, und auch das
Pfeiferauchen ist ihr keinesfalls unangenehm.

In einem Faßstuhl sitzt in der Ecke ihr alter Schwiegervater, in eine
Decke gehüllt. Er schläft augenscheinlich, denn sein Unterkiefer
hängt, Speichel läuft ihm aus dem Mundwinkel. Lisbeth muß
abends den blinden Alten ins Bett legen, setzt ihn dann morgens
wieder in seinen Stuhl, wo er dann den ganzen Tag verbleibt, ge-
füttert werden muß und immer wieder einschläft. Auch das Wim-
mern eines Säuglings jetzt, aus der Kammer nebenan, weckt ihn
nicht auf.

Die Schenke beherbergt noch einen weiteren Gast, und der sitzt abseits an einem kleinen eckigen Tischchen gleich neben der Eingangstür. Die Tischplatte ist so leer und blank wie seine Glatze, und
zwischen seinen Zähnen könnte auch keine Pfeife ihren Platz finden, denn pausenlos bewegt er die Lippen und brabbelt vor sich hin,

spitzt auch manchmal stirnrunzelnd den Mund oder verschiebt seine Kinnlade aufseufzend von einer Backe zur anderen. Seit mehreren Tagen treibt er sich schon in der Gegend umher, schläft im Schober, sitzt sich in der Schenke den Hintern platt und blättert fast immer in einem dicken Buch mit ledernem Einband herum, dem er ebenfalls, wie sich selber, zuzusprechen scheint, denn dann tippt sein Zeigefinger immer dozierend aufs geöffnete Buch herab. Er ist gekleidet wie ein Bettler mit einem geflickten ausgefransten braunen Umhang. In seltsamem Gegensatz dazu steht eine steife helle Halskrause, die ihm eine gewisse ausgesuchte Besonderheit verleiht. So etwas wie ein selbstberufener Wanderprediger ist er. Manchmal, wenn es ihn ergreift, steht er auf und beginnt zu predigen. Nichts kann ihn dann abhalten davon.

Als Johann Straater sich zu den anderen setzt, dreht sich das Gespräch natürlich sofort um den Verlust der Mühle. Aber Johann geht es nicht anders damit, als hätte man ihm eine Hutfeder stibitzt. „Die Mühle, was liegt mir dran?", winkt er ab, „es gibt eh nicht viel zu mahlen demnächst. Verkaufen wird Wenthin wohl das meiste, und euer eigenes Korn dazu, wenn ihr nicht achtgebt."

„Wie sollen wir achtgeben, zum Teufel?", ruft Hinrich Harders aus, „verstecken und heimlich mahlen wohl! Aber wo verstecken um Himmels willen, wo denn mahlen lassen? Der Wenthin hat doch seine Augen überall, taucht urplötzlich auf, weiß ganz genau, wo das Korn gelagert ist. Und mahlen lassen — beim Neuen, bei Paul Lembke etwa? Der Halunke — erpressen würde er uns und das meiste für sich selber behalten! Nein nein, Johann, unsere alten Mühlen, die mahlen eben nicht mehr!"

„Mit der Klostermühle ist es ja auch wohl vorbei", ergänzt erregt Tim Klook, dem die grauen Haare unter der engen Kappe borstig abstehen vom Kopf. Sein fast zahnloser Mund zieht sich ausschnaufend in die Breite.

„Was jetzt, Johann? Wie gehts weiter?", fragt Jacob Nissen, der listige Stellmacher, „ich kann Hilfe gebrauchen... viele Wagenräder liegen da zum Reparieren." Er schaut ganz vornehm aus, der Jacob, mit seinem dichten grauen Haar und Bart und gewitzt dazu mit den klugen dunklen Augen. Johann lacht! Alle wollen, alle brauchen ihn plötzlich zu irgendwelchen Arbeiten. Der Jasper Brüggen hat ihm auch schon so einiges beigebracht: vom Hufeisenschmieden, Beschlagen der Pferde bis zum Schmieden von Herdgeräten und anderem Küchenzeugs. Und wenn er gerufen wird, dann kommt er, ob als Schmied, als Stellmacher oder auch als Medicus, ihm ist alles gleich. Was liegt ihm an dieser dummen Mühle? Hat er sich verändert? Das hat er, ja — so denken viele im Dorf. Früher wurde er schneller laut und haute auch mal mit der Faust auf den Tisch, war sogar mit der Hand flink beim Messer. Auch sah man ihn viel häufiger in der Schenke. Na, seis drum — seiner Marie jedenfalls wird das sicher gefallen jetzt.

Vom Streit zwischen Cornelius und dem Vogt war noch die Rede. Wenn der Johann Straater schon mal da war, mußte doch auch von seinem Sohn und dieser Geschichte verhandelt werden. Die Krähen vom Vorwerk haben es wohl weitererzählt, wer sonst? Zu einem Kampf auf Leben und Tod hatte sich der Streit inzwischen ausgewachsen, mit Messern und anderem Tafelgeschirr war um sich geworfen worden! Und Sophia, Wenthins eigene Tochter, hatte sich vor Cornelius gestellt, als ihr Vater mit dem Schwert auf ihn loswollte!

Als danach noch vom Kloster die Rede war, vom drohenden Abriß, vom geplanten Schloßbau, wird plötzlich ein lauter werdendes unverständliches Raunen und Brummeln aus der Ecke hörbar. Der Prediger — da steht er schon auf, streckt Arme und Hände empor, spreizt die Finger weit auseinander und beginnt wie in Trance zu sprechen, mit erhobenem Blick zunächst, der sich dann mehr und mehr den Männern zuneigt. Vom Jüngsten Gericht ist die Rede, daß kein Stein auf dem anderen bleiben werde, von gewaltig tobenden Feuerstürmen, von Buße und nochmals Buße, vom allein seligmachenden Wort Gottes, von himmlischer Gnade und Höllenpein. Es zischt immer zwischen seinen Zähnen beim Sprechen, er neigt sich mehr und mehr vornüber, kommt schließlich zum Tisch der Männer, stützt sich ab darauf, und sein Blick wird immer eindringlicher, seine Augen quellen hervor.

Hinrich Harders ist das zuviel. „Halts Maul!", schreit er ihn an, und in diesem Moment geht die Tür auf. Herein kommt Zaches. Wer kommt? Aber ja doch — der Zaches!

Noch gekrümmter, beladener vom Buckel als sonst scheint er zu sein, als er da plötzlich im Raum steht. Wie er dann den Kopf ein wenig anhebt, verlegen den vielen starrenden Augen entgegenlächelt, wie ertappt aber den Mund sofort wieder zusammenkneift und seinen hellgrünen Filzhut abstreift, macht er einen solch unbeholfenen Eindruck, daß man fast versucht ist, ihn bei der Hand zu nehmen und zu einem Hocker zu führen. Doch keiner rührt sich, spricht ein Wort. Der Prediger geht langsam rückwärts an seinen Tisch zurück, läßt diese eigenartig gebeugte Gestalt nicht aus den Augen, als obs der Leibhaftige selber wäre. Zaches schaut sich suchend um... ist er zum ersten Male hier? „Wo kann ich ... sitzen?", fragt er. Lisbeth weist auf eine Bank neben dem Prediger.

„Zaches, Bruder Zacharias vom Vorwerk, willkommen!", spricht sie närrisch überspitzt und verbeugt sich leicht, „kommt Er, um unseren Gänsen zu predigen, oder schickt ihn der Vogt um einen Gänsebraten?" Zaches winkt müde ab und setzt sich. „Bring mir zu trinken bitte." Er wirkt erschöpft jetzt, lehnt seinen Kopf zurück an die Wand, die Augen hält er fast geschlossen. Sein Nachbar, der Prediger, schaut ihn immer nur aus den Augenwinkeln an. Am Tisch halten sich alle an ihren qualmenden Pfeifen fest, geben sich einen gleichgültigen Ausdruck, obwohl sie natürlich gespannt bis unter die Haarwurzeln sind. Nichts geschieht zunächst, Zaches bleibt ebenso stumm wie sie.

Nach dem zweiten Becher Met fragt er nach Bier oder Wein, aber da muß ihn Lisbeth lachend zurechtweisen. Was er denn wolle, das sei aber doch Wein, was er da trinke — Gänsewein, vom besten Jahrgang, den sie im Keller habe! Diese Lisbeth Obergans — kann sie sich denn überhaupt solche Späße dem Vorwerkkobold gegenüber erlauben? Fürchtet sie denn keinen Ärger? Jetzt setzt sie sich sogar noch neben ihn auf die Bank, den vollen Krug auf den Tisch, und schenkt ihm fleißig nach.

Nicht lang, da kommt noch ein Gast zur Tür herein, doch den hätten alle lieber draußen gesehn! Ganz und gar unterwürfig verbeugt er sich immer wieder im Stehen, von Sauberkeit keine Spur bei ihm. Ein Holzkistchen hängt ihm an der Seite, in der Hand an langem Stab ein kleiner hölzerner Rundkäfig, in dem zwei Ratten herumhasten, zwischen den Gitterstäben herausschnüffeln. Der Besatz an seinen Jackenärmeln scheint aus ähnlichem Fell gefertigt. Ein Rattenfänger — was will der hier? Will seine Dienste anbieten, was sonst.

„Keine Ratten hier, keine Ratten hier im Haus?", fragt er einige Male mit hoher Stimme und verbeugt sich, schaut suchend in der Stube umher. „Gute Fallen habe ich — draußen im Karren —, gute Fallen. Blockfallen, Kastenfallen, Kippscheiben. Keine Ratten hier im Haus, nein?"

Als er merkt, daß keiner seine Dienste will, geht er aber nicht wieder gleich fort, sondern blickt noch immer suchend, bis seine bittenden Augen am Krug bei Zaches festhaften. Er weiß, daß er nicht gern gesehen ist, traut sich nicht zu fragen. Als er näherkommt, mit der Hand verhalten eine Trinkbewegung am Mund andeutet, bringt ihm Lisbeth schnell einen Becher Met. Denn sie will nicht, daß er sich hinsetzt. Nach dem ersten Schluck schaut er auf, mit einem bescheidenen Ausdruck von Glück, und sagt, nimmt zwischendurch immer ein Schlückchen, als ob der Met heiß wäre: „Die Wölfe haben ein Kind erwischt. Gestern am hellen Tag... vom Feld verschleppt die Kleine... bei Wittenmoor... die Eltern waren dabei auf dem Feld, habens zu spät entdeckt... schlimm, schlimm, schlimm — arme Deern... später fand man Reste von ihr im Wald, Reste. Schrecklich!" Kopfschüttelnd stellt er den Becher ab, und als ihm auch jetzt keine menschliche Regung entgegenkommt, verbeugt er sich nochmals und geht mit seinem Stabkäfig, aus dem die Rattenschwänze heraushängen, wie mit einem Wanderstab zur Tür hinaus.

Zaches hatte, als er von dem Unglück reden hörte, begonnen, leise vor sich hinzuschimpfen und zu murmeln, in einem fort. Zu verstehen war nichts davon. Der Gnom, der einsame Gesell, er schien schon reichlich trunken, schnell und viel hat er vom Gänsewein in seinen kleinen Körper hinuntergestürzt. Dann aber plötzlich — was macht er da? — steht er auf, zerknüllt seinen Hut und wirft ihn zu Boden. „Wißt ihr was?", schreit er mit spitzer Stimme, „was er mit mir gemacht hat, der Vogt? Wollt ihr das wissen von mir?" Die Männer schweigen. „Ich kenn euch, kenn euch alle!" Und er zeigt auf jeden einzelnen: „Harders... Brüggen... Klook... Nissen... und Straater. Und mich — kennt ihr mich auch? Sagt an! Für euch bin ich doch der Narr vom Wenthin, stimmts? Sein Floh im Ohr, seine Laus im Pelz! Aber ich werde das nicht mehr sein, hört ihr? Nein — nicht mehr — nie mehr!"

Bei den letzten Worten überschlägt sich seine Stimme, er ist zum Tisch der Männer gewankt. Schnell schiebt Lisbeth ihm einen Hokker unter. Was ist zu tun? Der Zaches betrunken — das ist mal etwas Neues! Aber spricht ihm etwa einer der Männer aufmunternd zu? Niemand — zu groß ist der Haß auf ihn, gewachsen die vielen trüb flackernden Jahre lang. Was sie nun aber noch hören von ihm, macht sie betroffen, stimmt sie nachgiebiger, ja fast mitleidig. Wer hätte das je gedacht?

Alles hatte sich wieder an diesen elenden Wölfen entzündet, an diesem Unglücksfall nämlich, von dem gerad vorhin der Rattenfänger berichtet hat. Als Wenthin nämlich hiervon hörte, war es nur sein Jagdtrieb, der erwachte, nichts anderes, und er hatte eine teuflische Idee. Die hatte ihn schon damals, beim Herzogbesuch, erfreut, aber jetzt kam sie ihm wieder wie eine Fanfare in den Sinn: Zaches als Wolfsköder — das mußte ausprobiert werden! Und es war ausgerechnet Lenas Geburtstag, an dem ihm dieser launige Einfall wieder durchs Hirn schoß — Lena hatte nicht widersprochen, sich im Gegenteil höchst amüsiert gezeigt, und Zaches saß dabei! Warum packte ihn nicht das Entsetzen, warum war er nicht gleich auf und davon? Weil er die Sache nicht richtig ernst nahm, weil Lenas Geburtstag war und weil er kein Spielverderber sein wollte. Aber daß dies eben kein Spiel war, das merkte er dann ganz erschrocken, als er tatsächlich am gleichen Tag noch in der Abenddämmerung auf dem Wagenrad über einer Wolfsgrube hockte, in ein Lammfell ein-

genäht! Nachdem er hinaufgeklettert war, hatten sie lachend die
Leiter genommen und waren gegangen. Jawohl, gegangen waren sie!
War das zu glauben? Zum ersten Mal in seinem Leben hatte da
Zaches gejammert, wehgeklagt ganz still: In die ganze Schmach der
Erniedrigung vieler, vieler Jahre war er gezwängt... Und als sie
dann wiederkamen mit der Leiter und ihrem albernen Gelache, eine
Stunde später ungefähr, fanden sie ihn schweigsam auf dem Rad
sitzend, mit starrem Blick und unbeweglich. Das Fell lag am Boden.
Er hatte es aufgerissen.

Als Zaches zu Ende erzählt hat, läßt er den Kopf auf die Brust
sinken, blickt stumpf und teilnahmslos auf die Tischplatte. Langes
Schweigen. „Zaches!", ruft Jasper Brüggen plötzlich aus, „wenn das
wirklich die Wahrheit ist, dann soll er büßen dafür, und für alles andere soll er büßen, so wahr ich der Schmied Jasper Brüggen bin und
Schwerter schmiede, scharf wie Sensen! Laßt uns ihm den Kopf ab-
hauen, diesem Sauhund!"

„Zum Donnerwetter, ja!", wirft Harders ein, mit blitzenden Augen,
„Hellebarden und Keulen und was du kannst, Jasper Brüggen, mußt
du schmieden für uns! Genug für uns alle, und dann fort mit dem
Schurken, zur Hölle mit ihm!"

„Seid ihr denn toll geworden? Unseren eigenen Kopf wird das kosten, nicht den seinen!" Tim Klook widerspricht so heftig, daß er zu
husten anfängt.

Als Zaches aufblickt und endlich merkt, was vorgeht, beginnt er auf
der Stelle zu reden vom Herzogbesuch, und was er alles sprechen
gehört habe vom Herzog Johann. Daß schon bald er sicherlich
Soldaten brauchen werde, habe er gesagt, und von hier aus seinen
Dörfern werde er sie dann wohl auch nehmen, denn woher sonst,
und daß er ja bald nicht weit von hier in seinem neuen Reynvelder
Schloß sitzen und zusammen mit dem König gewißlich im Auge
haben werde, wann der richtige Zeitpunkt, um loszuschlagen...,
und wenn dann..., und daran müsse sich zeigen..., und dies und
das, und vieles mehr noch spricht Zaches in die offenen Ohren und
gespannten Gesichter hinein, verwickelt sie in ein Gespinst von
Mutmaßungen und drohenden Ungewißheiten. Niemand, außer

dem Prediger, hat bemerkt, daß eine weitere Person in die Schankstube geschlüpft ist, sich still in eine Ecke setzt und zuhört. Es ist Geesche.

Zaches schürt die Stimmung nun, malt vor aller Augen ein Bild in düsteren Farben. Sie würden dann wahrscheinlich öfter Soldaten als Bauern sein, wenn nicht gar voll und ganz ihr Dorf verlassen müssen, um gegen Hamburg, die Schweden, gegen Lübeck oder die Katholischen ins Feld zu ziehen. Und dann beteuert er noch, er stünde nicht mehr auf seiten des Vorwerks, auch wenn er heute wieder zurückginge dorthin. Sie müßten verstehen: Einen Verbündeten gewännen sie nun in ihm, er würde die Fäden zwischen Vorwerk und Dorf gewißlich so zu spinnen wissen, daß es ihnen allen zum Vorteile sein werde. Das würden sie schon bald entdecken, wie ernst es ihm sei damit! Das Aufstellen von Wildfallen zum Beispiel könnten sie absprechen mit ihm; er werde dafür sorgen, daß nichts entdeckt wird. Schließlich lägen diese Dinge ja alle in seiner Hand! Und was die Mühle angehe — an Korn und Mehl solle es nicht mangeln. Hierauf werde sein besonderes Augenmerk liegen.

Ist das zu glauben? Haben sie richtig gehört? Dies ist eine wahrhaft gute Aussicht — die Männer besprechen sich und schütteln vor Verwunderung die Köpfe. Zaches blüht auf indessen, seine Augen funkeln vor Eifer, die großen Ohren glühen. Da ist er nun also endlich in die richtige Rolle hineingewachsen, hier ist er nicht mehr das Äffchen vom Vogt Wenthin, sein Hanswurst, hier hält er selber die Fäden in der Hand!

„Wie es mit seinen Töchtern weitergeht, das bleibt auch noch abzuwarten", spricht er nachdenklich, „Lena ist sein besonderes Herzblatt; er liebt sie mehr noch als Jagdhorn, Pulverrauch und seine Hundemeute. Und Sophia hat wohl den Hang zu geistlichen Dingen von ihrer Mutter geerbt. Warum sonst will sie so oft zum Kloster?"

Jetzt blickt Zaches den Johann Straater an: „Oder gibts da etwa noch einen anderen geistlichen Grund, einen aus Fleisch und Blut etwa, der sie hinauszieht zum Kloster? Euer Cornelius vielleicht, Straater?" Johann erwidert seinen Blick, und er sieht dieses seltsam

dunkle Licht in Zaches' Augen, ein Licht wie eingesperrt in einer
Laterne. Aus schmalen Schlitzen dringt es heraus. Johann bläst ihm
Tabakqualm entgegen und schweigt.

So endet der Auftritt von Zaches im Goosekroog.

Lisbeth ist besorgt um ihn, bietet ihm an, im Schober zu übernach-
ten. Aber er winkt ab und verläßt jedenfalls in völlig anderer Verfassung die Schenke, als er sie betreten hat, und das geht im übrigen
nicht nur Zaches so am heutigen Abend. Die Männer sitzen noch
lang, Lisbeth muß noch manches Mal mit dem Krug in den Keller.
Geesche folgte dem Zaches bald nach, der Prediger war über seinem
Buch eingeschlafen, und der Schwiegervater im Faßstuhl war endlich wachgeworden, horchte sehr genau hin auf das Gespräch am
Tisch und wunderte sich sehr über alles, was er da hörte.

12

Was aber war das nun für eine Geschichte mit Cornelius und Sophia? Ja, nichts anderes als eine unerwartet aufkeimende Liebesge-
schichte war daraus geworden, ein zartes Pflänzchen schon mittlerweile. Aus der Freude am gemeinsamen Lesen und Studieren, diesem Eifer des Erlernens von lateinischer und deutscher Schriftspra-
che, war der Eifer liebevoller Zuneigung, diese arglos unbefangene
Freude am Dasein des anderen geworden.
Nach dem Herzogbesuch hatten sie alles verändert gefunden zwischen sich, jeder harmlose Gruß klang wie in einen Brunnen gesprochen, jedem Lachen folgte ein leiser Schmerz. Doch jeder Blick, den
man tat in die Augen des anderen war auch so voll stillen Einver-
ständnisses plötzlich, jedes Wort im Moment da man es sprach,
wurde so tief und bedeutungsvoll..., jedesmal folgten dem solch
wohlige Schauer von unbekanntem Glück, die wie heiße Wellen
durch ihre Glieder rannen, daß sie fortan jede Gelegenheit suchten,
sich zu sehen. Wenn sie dies alles anfangs auch beide wie etwas Ver-
botenes, wie eine grelle Schuld empfanden, das gegenseitige Verlangen als Sünde erlebten, aus diesem Grund auch so taten, als sei
nichts geschehen zwischen ihnen, kam doch der Moment, da ihnen
nichts mehr half: Wie selbstverständlich nahmen sie sich, als sie gerade aus den Metamorphosen des Ovid lasen, bei den Händen, legten die Köpfe aneinander und lachten vor Freude, endlich... konnten sie auch sprechen von ihren Gefühlen! Erschwert wurde ihnen
anfangs ihre Lage durch das Beisein Lenas, bis sie wegen Unwohl-
seins dann ein ums andere Mal daheim blieb. Vielleicht aber auch
spürte sie, wie es stand um die beiden.
Naiv und unbedenklich, wie sie scheinbar war, lebte Lena mal trübe,
mal flackernd fröhlich in den Tag hinein. Sie war nicht in der gleichen Weise launisch wie ihr Vater, natürlich nicht, der sich in fast

allem an seinen Untergebenen ausließ; vielmehr war sie oft hilflos
den Kapriolen ihrer Seele ausgeliefert, die sie hin und her wirbelten,
von den tollsten Verrücktheiten bis zu den Momenten tiefster
Traurigkeit und Bedrückung.

Noch im März, als Cornelius noch nicht aufgebrochen war mit seiner Fuhre voller Bücher, spricht Sophia mit ihr. Lena ist zwar ver-
ständig, aber doch auch befremdlich in sich gekehrt, als sie von der
Zuneigung Sophias zu Cornelius erfährt.

„Ich wünsche dir Glück dazu", spricht sie lakonisch, „was sagt Vater dazu?"

„Vater?", fährt Sophia auf, „was redest du? Das ist dir doch genauso
klar wie mir, daß er nichts erfahren darf! Er würde ihn töten!"

„Töten? Was sagst du, Sophia, wie redest du über ihn? Vater ist
aufbrausend, sicher, freuen würde es ihn sicher nicht, aber gleich
töten?"

Sophia schüttelt traurig den Kopf, spricht leise zu ihr: „Lena,
Schwesterchen, was ich wissen will von dir — liebst du ihn denn
auch?"

„Was fragst du mich, Sophia..., kenn ich mich selber denn noch
aus in meinem eigenen Herzen? Ich weiß nicht, was das ist... Liebe. Alle reden darüber, in den Büchern steht davon. Ich kann sie
nicht finden in dieser Welt."

„Wirst du dem Vater sprechen davon?", fragt Sophia. Lena schüttelt
nur den Kopf und läßt Sophia stehen wie eine Bettlerin. Was ist da
zu tun? Wie ist Lena zu helfen? Nach diesem Gespräch fährt sie
kein einziges Mal mehr zum Kloster.

Zaches springt in die Lücke, kann sich ihr nun ganz widmen. Gerade herausgesagt: Er ist immer noch verliebt in sie, trotz dieser un-
seligen Ködergeschichte. Der Vogt ist fort zur Jagd, jeden Tag nun,
Sophia hat er morgens zum Kloster gefahren, und da kann er sich
nun zu Lena setzen, zu ihren Füßen und ihren Selbstgesprächen
lauschen. Er weiß, sie ist unglücklich, sehr unglücklich sogar, doch
er kennt den Stachel noch nicht, der sie quält. Und er kennt leider
auch nichts von dem, was in den Büchern steht, er läse ihr sonst
sämtliche Possen der Welt vor, um sie aufzuheitern. Aber so hat

Lena wenigstens einen Zuhörer gefunden, der duldsam ist und stundenlang zu ihren Füßen liegt. Es gefällt ihr sehr, aus der Bibel vorzulesen, und immer wieder tauchen dann Erinnerungen auf an die Stunden im Kloster, als Cornelius ihnen vorlas aus der Bibel, sie die ersten Worte und Sätze daraus buchstabieren und lesen ließ.

Einmal fragte Zaches sie, ob sie nicht auch die Geschichte vorlesen könne, die der Herzog von der Schwarzen Grete und dem Schatz im Kalkberg erzählt habe. Als sie ihm erklärt, daß solche Geschichten nicht in der Bibel stehen, beharrt er aber wie ein Kind und bittet sie, ihm diese Geschichte doch aus der Erinnerung dann zu erzählen. Das tut sie auch und hat es schon häufig getan, denn immer wieder bittet er darum. Diese Momente in seinem Leben sind wohl die einzig wirklich glücklichen... Dieser Schatz im Kalkberg, der immer funkelnder erstrahlt in ihm — wenn er ihn doch finden könnte! Er käme zurück mit Kisten voller Gold, und Lena eilte ihm entgegen, schlüge vor Verwunderung die Hände zusammen: „Zaches, was bringt du da, mein Lieber...?" So träumt er! Doch geschieht es auch manchmal, daß er erschrocken auffahren muß aus seinen Träumen, daß sie ihn plötzlich auf- und davonjagt wie einen Hund, wenn aus unerfindlichen Gründen sich ihre Stirn kraus zog, ihre Augen sich schwermütig schlossen... Später ärgert sie sich darüber, ruft ihn laut zurück, spricht von Übelkeit und Kopfweh. Abends dann fährt Zaches gewöhnlich wieder zum Kloster und holt Sophia zum Vorwerk zurück, denn sie muß daheim sein, wenn der Vogt von der Jagd kommt. Der kommt meistens sehr spät erst, wenn er nicht gar wie ein Räuber im Wald übernachtet, oder aber spät am Abend vor dem Haus irgendeines erschrockenen Bauern steht.

Im Kloster stehen die Mönche Sophias häufiger Anwesenheit mit unwägbar gemischten Gefühlen gegenüber. Obwohl die Treffen mit Cornelius nur im äußeren Klosterbereich, im Gästehaus oder abseits bei den Karpfenweihern stattfinden, geben sie doch unentwegten Anlaß zu Gesprächen untereinander. Abt Lambertus beteiligt sich nicht daran, er findet Wichtigeres zu tun. Die Zukunft des Klosters hängt schon nicht mehr an seidenem, eher an spinnwebenem

Faden. Er versucht als letzte Verzweiflungstat, über eine Eingabe beim dänischen König Einfluß auf den Herzog zu nehmen. Im übrigen hoffen alle immer noch auf ein Wunder. Nach dem Ersuchen, der Bitte des Cornelius an den Herzog, ist jedenfalls noch nichts geschehen, was auf den baldigen Beginn von Abbrucharbeiten deutet. Bis dann eines Tages über Zaches und Sophia die Nachricht aus dem Vorwerk dringt, der Herzog habe den Beginn der Arbeiten auf den Herbst geschoben. Er stecke noch anderwärts in wichtigen Verhandlungen. Also — nun ist erstmal Klarheit! Ein Wunder muß schnellstens her jetzt — nur höchstens vier Monate noch verbleiben!

Was fällt es da denn ins Gewicht, wenn ein Weiberrock ab und zu die Wege der Mönche kreuzt? Doch nein — da kennt man die pfiffigen, keineswegs gleichmütigen Mönche aber schlecht!

„In puncto puncti", spricht Bruder Clemens zu Philippus, „darf man wohl unserem Laienbruder Freiheiten zubilligen, die uns Mönchen in keiner Weise zustehen, doch sorge ich mich sehr um unsere Mitbrüder. Principiis obsta!" *(Wehre den Anfängen!)*

Philippus ist durchaus anderer Meinung; „Wer weiß, Bruder Clemens? Haben wir nicht schon in den Legenden der Heiligen gelesen, daß es oftmals gerade Frauen aus tief weltlichem, verdorbenem Leben waren, die ihr altes Leben hinter sich ließen, einer Eingebung Gottes folgten und zu Heiligen wurden?"

Für Bruder Andreas ist die Angelegenheit klar: Wenn Cornelius und Sophia ihren weltlichen Gelüsten leben wollen, können sie das tun — aber nicht hier an diesem Ort! Falls im übrigen Sophia etwas am Klosterleben liegen sollte, kann sie ja versuchen, in ein Frauenkloster einzutreten. Und zu Cornelius: Er, Andreas, habe schon immer geäußert, daß Cornelius sich entscheiden müsse, was er wolle. Dies sei, nebenbei bemerkt, ja eben der Sinn und die Möglichkeit des Laienbruder-Standes. Das Noviziat stände ihm ja offen!

Der Novize Stephanus kann über all diese Äußerungen nur ziemlich breit lächeln. Fast scheint er schon so weise wie sein Abt.

Cornelius kümmert sich nicht um dies Meinungsspektakel. Den ganzen Märzmonat hindurch traf er sich oft mit Sophia. Aber hätte er nicht dazu noch die Verpackungsarbeit mit den Büchern gehabt,

er würde sich verloren haben in diesem Gefühl! Diese Gefahr jedenfalls — und er erlebte es wirklich als eine Gefahr — spürte er genau,
er beobachtete sich sehr aufmerksam. War es denn nicht ein Zustand von Glück für ihn, für Stunden oder Tage von selbstquäleri-
schen Zweifeln und einsamem Grübeln befreit zu sein? Enthoben
zu sein von jeder Art beglückend tiefer Einsichten, in einen Taumel
stattdessen versetzt zu werden von allerhand süßen Begierden und
drängenden Leidenschaften? Nein — das war es ja gerade — wieso
konnte er nicht einfach glücklich sein? So wie es ihm erging mit
dem Klosterleben und der Welt draußen, so ähnlich erging es ihm
nun auch mit Sophia. Hin- und hergerissen war er. Und doch wollte
er ihn nicht missen, diesen Zustand, nicht Sophia missen um seines
Gedankenpalastes willen.

Da war sie wie ein glühender Sommerwind hineingewirbelt in seine
so heroischen Gedankengänge und warf alle Pläne und Ideen über
den Haufen, wirbelte sie umher wie loses Herbstlaub. Ihm wurde
wirr im Kopf.

Ob Sophia ihn verstand, in seiner merkwürdigen Zerrissenheit? Ja,
das tat sie wohl, denn im Grunde erging es ihr ähnlich. Sie liebte ihn
zwar, aber sie hatte keinen Boden unter den Füßen. Sie wußte nur
eines: Auf dem Vorwerk wurde es ihr immer unmöglicher zu leben.
Wie ein gejagtes Wild hetzte sie zwischen Vorwerk und Kloster hin
und her, immer in der Furcht vor Entdeckung. War das ein Zustand? Was sollte daraus werden? Die Momente des gemeinsamen
Glücks waren selten, aber es gab sie, und es würde sie auch in der
Zukunft geben — das wußte sie.

Wenn sie draußen bei den Karpfenweihern umherstreiften, sich besprachen über gemeinsam Gelesenes, aber auch wie toll umherrannten, lachten, sich voreinander verbargen, sich bei den Händen oder
umschlungen hielten und wehmütig sich trennten, dann schien alles
andere, sie Hindernde, plötzlich nichtig und lächerlich dagegen.

Fast jedesmal, wenn sie so beisammen waren, zog es Sophia zum
Labyrinth des Hieronymus. Sie war, offen gestanden, sehr neugierig, ging wohl auch mal wenige Schritte hinein, versuchte hüpfend
auf der Stelle, Blicke zu werfen auf das Heckengewirr hinaus. Und

stets wollte sie den Cornelius mit hineinziehen. Der hatte große
Mühe, sie zurückzuhalten, und als sie den Vorschlag machte, dem
Hieronymus heimlich zu folgen, mußte Cornelius die Sache irgendwie aus der Welt schaffen. Und was tat er? Er spricht Bruder Hieronymus vor der Klosterpforte an, fragt ihn, ob er sie beide einmal
mit hineinnehmen würde ins Labyrinth, und Hieronymus nickt,
und dann hört Cornelius von ihm tatsächlich noch, als ob es das
Selbstverständlichste der Welt wäre, dies eine, fast geflüsterte Wort:
„Morgen."
Er winkt ihnen zu am Tage darauf, sie gehen also hinein, Sophia ist
aufgeregt und zittert vor Vergnügen. Hieronymus bleibt manchmal
stehen, läßt die beiden vorangehen. Er hat wohl eine heimliche
Freude daran, wenn sie plötzlich in einer ausweglosen Sackgasse
enden, sich hilflos umwenden zu ihm, oder etwa in eine wahnwitzig
sich verengende Spirale hineingeraten, die aber befreiend ins ent-
gegengesetzt Weitschweifende sich unverhofft wieder öffnet, oder
aber auch, wenn vor ihnen sich auf einen Schlag drei belanglose
Wege auftun, zwischen denen sie zu wählen haben. Er hilft ihnen
dann lächelnd weiter, der Zauberer, und führt sie schließlich bis ins
Zentrum hinein. Da stehen sie still und blicken unbeweglich einen
grauen großen Granitblock an, der im oberen Drittel behauen ist.
Ein Vogel mit breiten Schwingen deutet sich an, scheint sich erheben zu wollen, mit emporgerecktem Kopf, geöffnetem Schnabel,
aus dem massig verbliebenen Steinblock unter ihm; doch er ist noch
verwachsen mit ihm, noch nicht vollständig geboren, strebt hinauf,
aber dennoch mit unbändiger Kraft. Am Boden sehen Cornelius
und Sophia Hammer und Meißel liegen. So stehen sie und schauen
die Skulptur an, lange Zeit, und niemand von ihnen wagt, an Hieronymus eine Frage zu richten. Und als sie wieder vor den Klostermauern stehen und sich von ihm verabschieden, sind sie dankbar
und traurig zugleich.
Das war im März. Nun aber ist Cornelius aus Wolfenbüttel zurückgekommen, mit leeren Kisten, und genauso leer kommt er sich selber auch vor. Den ganzen April und fast den ganzen Mai war er fort.
Das war eine merkwürdige Reise: Auf dem Karren nichts als Bü-

cher, schwere Kisten voller Bücher, und auf dem Rückweg holper-
ten die Kisten hinter ihm und klangen so dumpf und hohl, daß es
ihm schien, er habe mit den Büchern seine Vergangenheit zu Grabe
getragen. Hohl und verzweifelt fühlt er sich. Als er das Kloster wie-
dersieht, hätte er fast weinen mögen. Er denkt an Sophia, und einen
kleinen Moment empfindet er so etwas wie Sehnsucht nach ihr,
Verlangen nach wärmend liebender Umarmung. Aber dies Gefühl
erstirbt im gleichen Moment schon wieder. Die großen Worte, die
er noch vor kurzem sprach, die so groß tönten von Schick-
salszuversicht und heroischer Einsamkeit und ähnlich großspurigen
Dingen mehr, türmen sich nun auf um ihn herum, wachsen uner-
bittlich und voller Hohn zu hohen Kerkerwänden empor. Nichts ist
ihm eine Freude. Die Bedrängung durch Sophia ängstigt ihn. Alles
ängstigt ihn. Er denkt an Wolfenbüttel zurück, wie sie ihn empfangen haben dort, skeptisch, als hätte er Ablaßbriefe gestapelt in seinen Kisten. Als er sein Anliegen erklärt, nicht etwa erfreute Dank-
barkeit — nein, zwei volle Tage ließ man ihn wie einen Bittsteller
warten, bis sein Verzeichnis der Bücher überprüft war, er sie endlich
aufstellen konnte. Bücher aus einem Zisterzienserkloster scheinen
in reformierten Kreisen höchlich verdächtig. Und er denkt auch an
seinen Aufenthalt in Helmstedt, an die dortige Universität, die er
kurz aufsuchte, und an Adicalius. Diesen Adicalius, einen etwas ver-
schrobenen Gelehrten, Okkultisten und Philosophen, kannte er von
früheren Besuchen her, ein Schüler Giordano Brunos. Zehn Jahre
waren vergangen erst, seit Bruno in Helmstedt Vorlesungen hielt
während zweier Jahre. Adicalius fertigte damals Abschriften an von
einigen Abhandlungen Brunos, und zwei davon erhielt auch Cornelius später von ihm. Adicalius berichtete ihm nun, er habe
Nachrichten aus Padua, von Freunden. Vom Prozeß in Rom gegen
Bruno berichteten sie, und keine guten Nachrichten waren das. Sie
werden ihn hinrichten, denkt Cornelius, der Papst und sein Inquisi-
tionsgericht werden ihn zum Tode verurteilen! Nun denn — und
dieses Kloster, diesem Papste hörig — soll es dann also auch fallen!
Am nächsten Tag hat Cornelius eine Unterredung mit Abt Lambertus. Sie gehen die Dämme und Böschungen entlang, umrunden

die Teiche, vom Knarren der Frösche begleitet und vom Aufblöken der Schafe und Lämmer an der wellig hinaufgezogenen Weide hinter den Weihern. Zwischendrin, an den Wegrändern, starre dunkle Kiefern, die sich in den klar blauen Himmel recken, blitzende schlanke Pappeln, sanft wehende Birkenkronen mit hängendem Gezweig und wuchtige Weiden mit flimmerndem Blättergewirr. Das Licht — es scheint zu flackern, aufzuflackern, wenn man die Augen kurz schließt..., und dann erfüllt eine wohlige Wärme die Augenlider. Vorübertaumelnde Schmetterlinge, große gelbe Sumpfdotterblumen im schwankenden Gräsergrün am Böschungshang, geduckte Gänseblümchen am Weg wie ausgeworfene Blütenflocken, aufschwebender Pollenflug — der letzte Frühling wohl für das Zisterzienserkloster Reynveld.

„Ich erhielt Nachricht heut vom dänischen König", beginnt Lambertus, „er sagt so, wie ich es nicht anders erwartet habe. Daß er keinerlei Befugnis mehr über das Kloster hat und auch in keiner Weise willens ist, auf Herzog Johann einzuwirken."

„Es geschehen eben keine Wunder mehr", spricht Cornelius besinnlich, mit gedämpfter Stimme, „den Menschen ist alles überlassen nun."

„Allein den Menschen? Und Gott?... Was ist mit ihm? So gibt es auch keinen Gott mehr, Cornelius?"

„Der Gott unserer Väter ist tot. Er starb als Gott den Tod eines Menschen, erstand aber zu neuem Leben — erschuf sich selber neu im Menschen, schuf den Menschen neu durch ihn."

Abt Lambertus hört scheinbar kaum zu, bleibt stehen und blickt einem Zitronenfalter nach, der hinausflattert über einen der Teiche, wie in einem blinden Taumel im gleißenden Lichtglanz der Nachmittagssonne verschwindet. Lambertus wendet sich geblendet dem Cornelius wieder zu. „Sprich doch weiter, Cornelius", sagt er lächelnd.

„In den Menschen lebt er nun", fährt Cornelius fort, „lenkt sie nicht mehr von außen wie eine Herde weidender Schafe, läßt sie nicht mehr an seinem Finger nur rundum im Kreise laufen."

„Cornelius, ich dachte einst, als ich Abt wurde, ich könnte die Entwicklung aufhalten. Niemals stellte ich mir dir Frage, ob das auch wirklich Gottes Wille sei. Es schien mir selbstverständlich. Nun erst beginne ich zu zweifeln daran, ich alter Mann, am Ende meines Lebens. Trotzdem — alles war richtig so. Wir sind bereit jetzt. Wir werden loslassen können. Das ist wichtig. Darum auch waren die letzten Jahre nicht umsonst. Auch das Sterben will gelernt sein, Cornelius."

„Ja, Vater Lambertus, das Sterben..., da bleibt mir noch alles zu tun. Was nutzen mir kluge und tiefe Einsichten, wenn ich weiß, ich halte mich an sie geklammert wie an mein Leben. Sie bedeutet mir so viel, meine kleine Welt. Das kleinste Selbstmitleid schon wirft mich um, Jammer ergreift mich manchmal, wenn ich an die Zukunft denke, wie sollte ich da freudig sterben können für meine Ideen, für meine Wahrheiten? Ich werde schweigen lernen, mich bescheiden. Erst jetzt kann ich wahrhaft Mönch sein, Vater Lambertus, jetzt, wo es zu spät ist."

Lambertus lacht auf und legt ihm die Hand auf die Schulter. „Cornelius, nicht Mönch sollst du werden, geh fort von hier, in irgendeine Stadt. Nimm Sophia mit, gründe eine Familie mit ihr. Ja sicher, Cornelius, schau mich nicht so entsetzt an! Das scheint mir deine erste Aufgabe zu sein! Werde Domherr oder Medicus oder Dozent und lehre die Menschen, was du willst, schreibe Bücher oder werde Okkultist. Mönch kannst du dann immer noch werden... Schau, da kommt Hieronymus. Nimm ihn mit dir, Cornelius, nehmt ihn mit euch. Er hat schon lange aufgehört, ein Mönch zu sein. In der Stadt wird er wieder sprechen, ich weiß es. Wenn er nur zunächst Menschen hat, denen er vertraut. Einen guten Scholasticus wird er noch abgeben, warte ab!"

Hieronymus streift stumm an ihnen vorüber, und beide blicken ihm kurz nach. Im Umwenden fragt Cornelius: „Und Ihr, Vater Lambertus, was werdet Ihr tun? Wohin werdet Ihr gehen?"

„O, ich weiß, wohin ich gehe, mein Sohn. Sterben werde ich hier, was sonst? Ich bin zu alt, um nochmals auf die Suche zu gehen, mein Leben hat sich hier erfüllt. Der Herr wird mich bald abberufen, ich weiß es."

Sie gehen noch schweigend eine Weile, in Gedanken versunken. Dann stehen sie an der Klosterpforte, nehmen Abschied voneinander. Als die Pforte zufällt hinter Lambertus, ist es Cornelius einen Moment lang, als habe sie sich für immer geschlossen für ihn... Für immer? Aber nein doch — in einem halben Jahr spätestens steht hier kein Stein mehr auf dem anderen! Also, keine wehleidigen Gedanken am falschen Ort.

Aber was soll er tun? Er weiß es nicht. Noch lang sitzt er draußen, blickt grübelnd ins Wasser. Schließlich geht auch er hinein, wandelt lange Zeit im Kreuzgang auf und ab, geht zuletzt zur Kirche hinüber, und dort versucht er zu beten... ja, zu beten bemüht er sich.

13

Drei Tage später erkrankt Lena, kurz und heftig. Es beginnt mit starkem Unwohlsein, Kopfweh, heftigem Husten und Erbrechen. Dann tritt Fieber auf, ihr Atem geht röchelnd, immer wieder wird ihr glühender Körper hochgeworfen von Hustenkrämpfen. Als Wenthin von der Jagd kommt, spät in der Nacht, wundert er sich über die flackernden Fackeln vor dem Haus. Knechte und Mägde stehen beiseite, flüstern miteinander. Die Tür öffnet sich, und heraus tritt Geesche. Die Feder auf ihrem Hut — rot flammt sie auf im Widerschein der Fackeln. Wenthin stürzt auf sie zu — etwas Schlimmes..., er weiß, daß sie nichts Gutes mit sich bringt.

„Deine Tochter ist krank, Wenthin, sehr krank. Geh nur hinein — aber erschrick sie nicht. Versuch leise zu sein — dies eine Mal, Wenthin — du tötest sie sonst."

Sie schaut ihn herablassend, fast spöttisch an, und als sie in die warme Vollmondnacht hinausgeht, rücken die Menschen auf dem Hof aneinander und halten sich gegenseitig an den Armen. Heiliger Sebastian, behüte uns vor den Hexen und dem Schwarzen Tod!

Den Rest der Nacht läuft Wenthin vor Lenas Tür auf und ab und hört ihre Hustenkrämpfe, die sie fast zu ersticken drohen. Er hält es nicht aus drinnen, an ihrem Lager. Sophia ist bei ihr, wischt ihr den Schweiß, legt nasse Tücher um die Waden und kühlt ihre Stirn. Als Geesche zu ihr ins Zimmer tritt, sich ihr nähert, schreit Lena furchtentstellt auf, hoch bäumt sich ihr Körper.

„Nein, nein! Fort, fort mit ihr! Töten will sie mich!" Und sie hustet so stark, daß Sophia sie fest umklammern muß. So ist Geesche wieder gegangen. Aber wie kam es auch — wie kam sie so plötzlich hierher? Zaches hatte sie gesehen auf dem Hof, als er verzweifelt hin und her rannte. Da stand sie beim Turm und schaute nur immer zu den Fackeln hinüber.

„Geesche, was machst du hier?", hatte er entsetzt gefragt. Sie zeigte zum Vollmond hinauf und auf ihren hellen Leinensack, in den sie Kräuter sammelte, lachte ihn stumm mit ihren Zahnstummeln an. Da hatte Zaches, einer Eingebung folgend, sie zu Lena gebeten, und sie kramte unterwegs schon die getrocknete Kröte hervor, die sie der Kranken auf die Brust legen wollte.

Wenthin stand noch zweimal bei der vor sich hin Fiebernden, hilflos und starr, strich mechanisch ihre nassen Haare zurück, hielt ihre kraftlosen kleinen Hände, stammelte immer wieder ihren Namen. Doch als die Hustenkrämpfe wieder kamen und Lenas Augen groß und erschreckt hervorquollen, flüchtete er hinaus.

Sophia war großartig. Sie strahlte gesammelte Ruhe aus, sprach der Schwester Mut zu und streichelte sie unentwegt. Als sie anfangs kurz hinausging und ihrem Vater von den Mönchen sprach, ihren Arzneien, die man schnell holen müsse, ihn später wieder und wieder anflehte darum, hatte er nicht geantwortet, nur jedesmal wie gelähmt sein Gesicht in den Händen vergraben. Als der Morgen dämmerte, fragte sie ihn nicht mehr, sondern schrie ihn an und verfluchte ihn.

Da rief er nach Zaches und schickte ihn eilig zu Johann Straater um Hilfe. Erst jetzt fiel ihm das ein? Für den Vogt kam es fast einer Demütigung gleich! Und als Johann endlich in der Frühe kam, ging Wenthin ihm aus dem Weg und streifte ruhelos wie ein Irrlicht durch Hof und Gebäude. Zu Lena traute er sich nicht mehr hinein. Schließlich warf er sich verzweifelt aufjammernd ins Heu und fiel alsbald in einen unruhigen Schlaf. Quälend war die Jagd, von der ihm in zuckenden Bildern träumte: Er selber aber war der Gejagte, durch Dickicht und dorniges Gestrüpp trieb es ihn unablässig, verfolgt von einer wütend durcheinanderkläffenden Hundemeute, die näher und näher heransprang. Und in den Baumwipfeln über ihm hörte er immer wieder die Stimme Elviras, die klagend seinen Namen rief...

Nachdem Johann Straater als erstes einen Aderlaß bei der Kranken vorgenommen hatte, trat schon bald eine leichte Besserung ein. Die Krämpfe beruhigten sich ein wenig, Lena öffnete einige Male die

Augen. Als sie Johann erblickte, bekamen sie einen fragenden Glanz, und sie flüsterte ihm etwas entgegen. Als er sich ihr zuneigte, konnte er das Wort Pest verstehen, aber da war er sich sicher, und er schüttelte den Kopf. Die Pest, nein, die schloß er aus, keinerlei Schwellungen oder eitrige Hautveränderungen waren zu sehen bei ihr. Keine Beulenpest also, und daß eine isolierte Lungenpest aus dem Nichts heraus entstand, hielt er ebenfalls für völlig unwahrscheinlich. Aus seiner mitgebrachten Kräuterapotheke bereitete er zwei verschiedene Aufgüsse und flößte ihr in kurzen Abständen abwechselnd ein. Ihre Lunge schien stark entzündet, das Fieber war noch immer sehr hoch. Mehr konnte er nicht tun jetzt, zweifellos hätte man schon früher mit der Eingabe von Medizin beginnen müssen. Immer wieder formten ihre Lippen im Fieber Worte, die Johann nicht verstand, nur einmal ganz deutlich und etwas lauter hörte er sie zu seiner Überraschung zwei-, dreimal den Namen seines Sohnes sprechen. Sophia war schon bald nach seiner Ankunft erschöpft eingeschlafen, sitzend in eine Mauernische gedrückt. Johann hatte sie zugedeckt mit einem Fell, das am Boden lag.

Jetzt verstrich die Zeit, und es war ihm, als würde der Raum zunehmend erfüllt vom Heranschweben unsichtbarer Seelen, die raunten einander zu und flüsterten voller Teilnahme und Mitleid in den Ecken, an der Zimmerdecke und um die Gestalt der schwerkranken Lena herum. Johann war ein natürlicher Teil ihrer wohlwollenden Gegenwart, wandte sich ihnen wortlos und ohne Angst zu...

Als Lena stirbt um die Mittagszeit, richtet sie sich ein wenig auf mit dem Oberkörper, stützt sich ab, schaut mit weit geöffneten Augen kurz empor. Dann aber, wie grenzenlos erstaunt, blickt sie den Johann Straater an. Und in diesem Moment, da ihre Lippen noch etwas aussprechen wollen, bleibt dieses Wort ungesagt, und sie sinkt leblos zurück.

Als Johann heimgeht in die glühende Mittagshitze hinaus, schauen viele Augen ihn erschrocken an auf dem Hof, und er winkt dem Zaches nur wortlos ab, als der gelaufen kommt, will auch nicht gefahren werden, wendet sich stumm dem Weg zu, der ins Dorf führt. Über den fahlhellen Getreideflächen steht flimmernd die gestaute Hitze, blaßblaue Kornblumen, trockene Gräser neigen benommen ihr Haupt, Geschwirre und träges Gesumm steht schläfrig taumelnd in der Luft, und über allem steigt der Jubelgesang der Feldlerche empor, unablässig, wie die junge Seele zu Gott.

Als der Vogt kurze Zeit später von Lenas Tod erfährt, Sophia tritt ihm auf dem Hof entgegen, hält er sich die Ohren zu und wankt fort. Stumm sieht man ihn eintreten ins Haus, in dem sie liegt, und stumm auch wieder herauskommen. Er geht in den Stall, an schweigenden Knechten und aufschluchzenden Mägden vorbei, sattelt sein Pferd und jagt, in eine Staubwolke gehüllt, zum Hof hinaus. Dem Johann Straater will er wohl hinterher, oder? Er holt ihn auf halbem Wege ein, ist erregt jetzt und denkt, der Straater sei ihm Rechenschaft schuldig. Das sei wohl seine Rache für den Rausschmiß aus der Mühle, verdächtigt er ihn.

„Was wollt Ihr von mir?", entgegnet ihm Johann ruhig auf seine Vorhaltungen, „hättet Ihr mich früher holen lassen, wäre wohl noch etwas zu machen gewesen. Oder ins Spital zu den Mönchen hätte sie gemußt!"

Ob sie die Pest hatte, will der Vogt nun wissen. Einen Moment zögert Johann mit der Antwort. Fast hätte er gewünscht, daß es die Pest war, dem Wenthin, dem ganzen gottverdammten Vorwerk hätte er es gewünscht. Dann geht ihm aber plötzlich Lenas Flüstern durch den Sinn, als sie „Cornelius" aussprach, und die erschöpfte Sophia sieht er vor sich, und da sagt er die Wahrheit und verneint seine Frage.

„Ich glaube dir nicht, kein Wort glaub ich dir! Rächen willst du dich an mir, du heimtückischer Gesell!", schreit der Vogt ihn da an, „du hättest sie retten können, ich weiß es genau! Hast ihr wahrscheinlich den Rest noch gegeben mit dem Zeugs, was du da bei dir trägst!"

Der Vogt rückt mit dem Pferd ganz nah an Johann heran, gibt ihm kurz die Sporen, daß es vorprescht. Es sieht so aus, als ob er ihn über den Haufen reiten will.

„Aber warte, Straater", zischt Wenthin ihn an, „wir sind noch nicht fertig miteinander, warte nur ab!" Er reißt sein Pferd wild herum, jagt zum Vorwerk zurück und ruft gleich lauthals nach Zaches, als er ankommt.

Doch Zaches rührt sich nicht. Er hört zwar das Rufen, diese sattsam bekannte Ungeduld in der Stimme, bis zu Überdruß und wildem Haß schwillt sie an in ihm. Soll er denn immer weiter wie ein Hündchen gelaufen kommen zu ihm, die Stiefel ihm lecken, die Peitsche auf seinem Rücken spüren? Er rührt sich nicht und blickt Lena ins erloschene Gesicht. Diese wächserne Starre ihrer Wangen, nie wird ein lebendiger Hauch von Begeisterung und Freude sie wieder überfliegen, die bleichen, leicht geöffneten Lippen, nie wieder werden sie Worte formen und richten an ihn — Worte, mild und leicht daherfahrend wie ein Sommerwind, und Worte, ihn aufwirbelnd wie daherrasende Windböen...

Da hört er sie wieder von draußen, diese andere Stimme: lauter noch, fordernder, unbeherrschter — aber auch jetzt rührt Zaches sich nicht. Er empfindet aber in diesem Augenblick ganz deutlich etwas anderes in sich, und das gibt ihm stille Genugtuung: ein Gefühl von geheimer Verschwörung und wohlwissender Kraft.

Ein kräftiges Fluchen hört er jetzt und polternde Schritte auf den Holzdielen, die aber abrupt vor seiner Tür ersterben, sich wieder entfernen und die schwere Vordertür hinter sich zufallen lassen.

Zaches sitzt bis zum frühen Abend bei ihr, bis die Kerzen an ihrem Kopfende fast heruntergebrannt sind. Sophia kommt manchmal herein, sie schaut gefaßt und ist wohl jedesmal aufs Neue überrascht, den Zaches immer noch vorzufinden, still und unbeweglich an Lenas Seite. Was mag vorgehen ihn ihm?

Am Abend, als er auf dem Hof steht, den heimkehrenden Bauern Anweisungen für den morgigen Tag gibt — die Arbeit muß ja weitergehen —, steht plötzlich Wenthin in der Tür des Vogthauses, stützt sich mit einer Hand am Türrahmen ab, die andere hält ein Weinglas mit schwankendem Inhalt. Er brüllt den Zaches zu sich, und im gleichen Moment kommt Sophia aus dem Nebenhaus und wird Zeugin eines folgenschweren Auftritts: Wenthins Gesicht ist gerötet vom Wein, Wams und Hemd stehen offen bis hinunter zum Gürtel. Als Zaches herankommt, wirft Wenthin ihm das Glas vor die Füße, das klirrend zerspringt.

„Wo treibst du dich herum, krummer Gnom du?", geifert er ihn an, „ist denn Verlaß auf niemanden mehr?"

„Ich hielt Totenwache", antwortet Zaches ruhig. „So — Totenwache hast du gehalten! Brav, sehr brav! Und wer wacht über die Lebenden hier? Soll denn alles zugrunde gehen...? Lena — Töchterchen —, wache du mit mir jetzt, mein armes Reh, mein Täubchen!", ruft er wehklagend aus. Doch dann verfinstert sich sein Gesicht wieder, und mit düster betonter Stimme fügt er hinzu: „Ach Lena, genug... So sachte und behutsam wird kein Acker hier gepflügt auf Erden, tiefe Furchen reißt sie, die Pflugschar des Todes ... und Schmerzen und neue Saaten von Furcht sollen keimen und wachsen, auch in anderen Herzen — und nicht nur in mir! Rache hat er genommen, der Straater... soll er doch jetzt auch spüren, wie es ist, sein eigen Fleisch und Blut zu verlieren!"

Der Vogt ist stark berauscht, den halben Tag lang hat er herumgestochert in seinem Leid, ist umhergeirrt zwischen ohnmächtiger Trauer, rasender Wut und trostlosem Jammer, wußte sich nicht anders zu helfen, als einen Weinkrug nach dem andern zu leeren. Nun steht er da, schwankend zerrissen zwischen Tobsucht und Trübsal. Er wendet sich an Zaches mit weit aufgerissenen roten Augen: „Hör — morgen in der Früh reitest du zum Kloster! Hast du verstanden — zum Kloster! Nimm ein paar Leute mit, bewaffnet euch und bringt mir den Cornelius Straater her, in Ketten! Hörst du — in Ketten will ich ihn! Einen gehörigen Soldaten soll man machen aus ihm — zum Herzog oder zum königlichen Heer soll er. Und wenn keiner von beiden ihn will, wird er schuften für mich in Ketten am Kalkberg, dafür werd ich sorgen! Hah — da erfährt er dann am eigenen Leibe, sein Vater Johann, die stumpfe Mörderseele, was es bedeutet, sein eigen Blut zu verlieren! Im Turm soll dieser Cornelius erstmal hausen, in seiner neuen Klosterzelle hier, bis wir ihn in seinen neuen Stand setzen!"

Zaches und Sophia blicken den Vogt erschrocken an. „Was ist? So trunken bin ich nicht, ich weiß was ich rede!", brüllt Wenthin sie beide an, „in Ketten will ich ihn, den frechen Dachs! Und wage nicht, meine Worte zu mißachten, Zaches, es wird dir übel ergehen sonst, wirst als sein Kumpan ihn dann begleiten!"

Diese Drohung spricht Wenthin leiser werdend aus, neigt sich ihm mit blitzenden Augen zu. Zaches ist klar, was davon zu halten ist — ernst ist sie zu nehmen, ganz ernst!

14

Am nächsten Morgen war Sophia verschwunden. Sie erschien nicht
wie üblich zum Morgenmahl, auch am Totenlager war sie nicht, war
nirgends aufzufinden. Wenthin war ratlos und unsicher zunächst,
begann zu schimpfen und schließlich in ungezügelter Wut überall
umherzurennen. Er griff sich Zaches, der gerade dabei war, mit einigen Leuten sich für den Gang zum Kloster zu rüsten, überhäufte
ihn mit grundlosen Vorwürfen und stellte ihn zur Rede. Zaches war
erschrocken. Wenn er etwas noch nicht konnte, dann war es ganz
geradeaus zu lügen, zumal dem Vogt gegenüber. Diese ehrliche Art
zu lügen beherrschte er nicht. Immer wieder geriet er ins Stocken,
verhaspelte sich. Der Vogt, als gewiefter Jäger, hatte ihn schon bald
in der Falle zappeln, und als er ihm mit den Daumenschrauben
drohte, sie tatsächlich eigenhändig herbeiholte, diese greulich ver-
schrobene Eisenzwinge, sie aufstellt vor ihm, da gab es kein Entwei-
chen mehr für Zaches — er gestand.
Ja — er habe spät am gestrigen Abend Sophia noch zum Kloster gefahren, wo sie dann geblieben sei. Geblieben sei? Blitzartig durch-
fuhr da den Vogt ein schrecklicher Verdacht. Er bedrohte Zaches
nun noch wütender, und mit dem Blick auf das vor ihm liegende
Foltereisen blieb Zaches endlich nichts anderes mehr übrig, als den
ganzen Zusammenhang zu beichten. Sie habe den Cornelius wohl
warnen wollen. Ja, schon häufig hätten sie sich beim Kloster getroffen, seien gut bekannt miteinander. Und als Zaches gar gestehen
mußte, daß er selber sie jedesmal zu den Treffen gefahren habe,
packte ihn Wenthin aufbrausend am Kragen, schüttelte ihn und
schleuderte den armen krummen Kerl in die Ecke. Zaches flehte ihn
an, beteuerte, er habe im guten Vorsatz gehandelt, denn schließlich
wäre es doch möglich gewesen, daß Sophia den Cornelius an sich
gebunden und zum Vorwerk geholt hätte. Nicht nur einen Schwie-

gersohn, auch den gewünschten Kanzleischreiber hätte er gewonnen damit...

Aber der Vogt war von Sinnen, er raste vor Wut. „Du elende Mißgeburt!", schrie er, wagst du es aufs Neue, mich hinters Licht zu führen? Von welch erbärmlichen Kreaturen bin ich umgeben!"

Da hatte Zaches eine Eingebung: „Hätte ich sonst geschwiegen die vielen Jahre lang, seit dem Tod Eurer seligen Gattin Elvira? Hätte ich geschwiegen von den Umständen ihres Todes? Womit denn sonst noch kann ich Euch meine Treue beweisen?"

Es trat Stille ein — nachdenklich schritt Wenthin eine Weile auf und ab, begütigend sprach er dann: „Gut, gut — ich nehme dir deine wohlgemeinte Absicht ab, und wenn ich mirs recht überlege..., schon viele Jahre dienst du mir, und nur selten hatte ich Grund zur Klage. Sei versichert: Du brauchst mich nicht mehr zu fürchten."

Glücklich hatte so Zaches seinen Kopf aus der Schlinge gezogen. Johann Straater gegenüber sann der Vogt jedoch weiterhin auf Rache. Sicher schien ihm aber zu sein, daß Cornelius nun tatsächlich gewarnt war, von seiner eigenen Tochter, er würde schon fort sein über alle Berge. Es hatte keinen Sinn mehr, Zaches loszuschicken. Aber Sophia — was war mit ihr? Sie konnte doch nicht im Kloster bleiben, sie mußte zurückkommen zu ihm! Er machte sich ohne Umschweife auf den Weg zum Kloster — ein Pferd für sie nahm er mit.

Nachts zuvor im Kloster: Sophia traf mit Cornelius im Gästehaus zusammen. Stephanus hatte ihn schnell herbeigeholt, als eine völlig aufgelöste Sophia bei der Klosterpforte stand, mit bebender Stimme ihm die Gefahr andeutete, in der Cornelius sich befand. Cornelius aber lachte anfangs nur, als er von Wenthins Vorhaben erfuhr. Es schien ihm absurd, ja lächerlich, ihn auf solche Weise zu einem Soldaten zwingen zu wollen. Erst als er dann von Lenas Tod hörte, wurde er trübsinnig und nachdenklich. Denn jetzt erst berichtete Sophia ihm ausführlich. In der Angst um ihn war sie darauf bedacht gewesen, daß er auf der Stelle die Gefahr erkennen und möglichst sofort flüchten sollte. Nun erst stand ihm in voller Deutlichkeit vor

Augen, in welcher Verfassung der Vogt sich befand. Er schien wirklich zu allem fähig — Eile war in der Tat geboten!

„Laß uns fortgehen, Sophia…, schnell! Stephanus wird uns zur Trave bringen, dann aufs Boot, und in Lübeck finden wir einen Segler, der uns fortbringt, weit…"

„Nein, Cornelius", unterbrach ihn Sophia, „du mußt ohne mich gehn! Er wäre noch besessener vor Wut, er würde uns überall suchen und verfolgen, wir würden nur in Angst leben. Nein, ich bleibe!"

„Sophia, was redest du da?" Cornelius schüttelte verständnislos den Kopf. „Was erhoffst du dir davon, wenn du bleibst? Er wird uns nicht finden — hörst du? Wir segeln weit fort — zu den Niederlanden oder nach Spanien, warum nicht? Wie soll er uns finden?"

„Du kennst ihn nicht, Cornelius, er setzt sich auf unsere Fährte und folgt uns wie ein Spürhund über alle Meere hinweg. Er wird uns das Leben zur Hölle machen! Nein — ich muß irgendwie versuchen, ihn zur Vernunft zu bringen. Wer denn überhaupt noch kann ihn beruhigen, wenn nicht ich?"

Cornelius widersprach nicht mehr. Verbitterung stieg auf in ihm. Nun — ausgerechnet jetzt, wo er sich entschlossen hatte, den Worten von Abt Lambertus zu folgen und fortzugehen, in irgendeine Stadt…, und bei nächster Gelegenheit wollte er Sophia fragen…, da kommt unerwartet so ein Sturm daher und weht ihn einfach so fort!

„Geh nicht so weit weg von hier, Cornelius, in eine der nächsten Städte vielleicht. Halte dich verborgen, man weiß nie… und versuch mir Nachricht zu geben. Aber richte sie nicht an meinen Namen, das weckt sofort Verdacht, richte sie an Bruder Stephanus und schick sie ans Kloster. Ich will noch mit Stephanus darüber reden. Nun auf aber — du mußt fort jetzt! Du brauchst genügend Vorsprung vor Zaches und seinen Leuten!"

„Ich komme zurück und hol dich, Sophia…, irgendwann. Versuch, was du kannst mit ihm. Aber wenn er nicht läßt von seinen Tollheiten — ich lasse dich auch nicht! Überleg es dir, Sophia, ein letztes Mal… komm mit!"

Sophia schüttelte aber stumm den Kopf, lehnte sich an ihn, ließ sich ein letztes Mal von ihm umarmen. Als er sein Pferd hinausführte und fortritt in die Dunkelheit, wurde ihr so unendlich traurig, daß sie keinen Schlaf fand die ganze Nacht. Sie wandelte wie ein verlorenes Gespenst im Gästehaus des Klosters umher, kühlte ihre Stirn ab und zu an den gekalkten Wänden, stand hilflos vor den farbigen Darstellungen der Heiligen. In der Frühe gleich wollte sie Lambertus fragen, ob sie im Kloster bleiben kann, in der nächsten Zeit zumindest.

Gegen Morgen fällt Sophia, auf einer Holzbank liegend, in einen dämmerig unruhigen Halbschlaf. Die Glocke, die die Mönche zum Morgengebet ruft, tönt ihr wie gellender Aufruf zu Schlacht und Mordtat, schreckt sie auf..., und dann doch klingt sie auf einmal so vertraut und persönlich wiederum, wie eine sie aufrufende Stimme, die etwas anschlagen will tief drinnen in ihr, eine uralte Erinnerung..., und sie träumt, ist wieder Kind und fährt mit der Mutter und Lena zusammen dem Glockenton entgegen, der an- und abschwillt vom Klosterwald her, über die Felder sich legt wie eine vertraute, eindringliche Stimme: nun kommt, nun kommt, nun kommt...

Da wird sie endgültig geweckt von einer schroffen ungeduldigen Stimme und dem unablässig schellenden Gebimmel des Pfortenglöckchens! Wieder dieses energische Rufen und donnerndes Poltern gegen die Tür. Sie geht hinaus und hört ihren Namen rufen, Fausthiebe und Tritte lassen die Tür erzittern. Unaufhörlich gellt das Glöckchen. Daß er schon so bald kommen würde, damit hat sie nicht gerechnet! Ob Zaches allzu bereitwillig geredet hat? Er hatte ihr aber doch versprochen zu schweigen. Alle Mönche sind noch beim Gebet in der Kirche.

„Was willst du, Vater?", ruft sie durch die geschlossene Tür hin. Er hört sie anfangs nicht, traktiert weiter mit seinen Faustschlägen das Tor. Da ruft sie nochmals und lauter jetzt: „Vater — was willst du?" Einen Augenblick bleibt es still. „Sophia... bist du das?", spricht es hinter der Tür dann.

„Ja, Vater."

„Mach mir auf, Sophia — mach deinem Vater auf!"

„Warum, Vater?"

„Warum, warum... Öffnen sollst du! Ich komm dich holen, zurück sollst du, zum Vorwerk! Ich hab ein Pferd dabei für dich."

„Wie kommst du darauf, daß ich zurück will überhaupt? Ich bleibe."

„Du bleibst? Was heißt das? Du hast nichts zu suchen hier! Aufs Vorwerk gehörst du — zu mir!"

„Erst wenn du den Cornelius in Ruhe läßt. Erst wenn du mich ihm läßt! Ich liebe ihn!"

„Was heißt das — dich ihm lassen? Und sprich nicht von Liebe, du Hure! Hast mich hintergangen — betrogen hast du mich! Machs Tor auf jetzt, auf der Stelle machst du es auf!"

Der Vogt tritt wütend mit seinen Stiefeln gegen das Holz. Dann plötzlich wird es wieder ruhig, und er beginnt zu jammern: „Sophia, Töchterchen..., ach laß deinen alten Vater doch nicht so allein, komm her zu mir, mein Goldfasan, mein stolzer Schwan, Sophia... den Cornelius vergiß doch, laß ihn! Hast du nicht bemerkt, wie der Herzog dich angeschaut hat vorzeiten? Ich werde..."

„Vater! Ich bleibe im Kloster! Du hast gehört, was ich sagte. Dem Cornelius laß seine Freiheit und mir auch die meine! Erst dann kann ich deine Tochter wieder sein."

„So geh doch zugrunde hier und bleib!", schreit der Vogt nun außer sich vor unsinniger Wut, „so bleib in diesem elenden Pfaffensack! Streb empor nur immer — doch heilig wirst du nimmer! Und deinen Cornelius — den werd ich fangen und in den Käfig zu den Hunden geben. Da kannst ihn dann dort besuchen und ihm aus den Büchern vorlesen!"

Sophia kommen Tränen vor Wut und Verzweiflung. „Vater, es muß doch möglich sein, mit dir in ruhigem Ton zu reden! Gib nach — was hast du denn gegen ihn, den Cornelius, du wolltest ihn doch sogar schon als Schreiber?"

„Ja, sicher", antwortet Wenthin höhnisch, „als Schreiber, aber nicht als Schwiegersohn, und schon gar nicht als Aufrührer, der die Bauern gegen mich aufbringt."

Mittlerweile ist das Morgengebet vorüber, einige Mönche stehen herum und horchen von weitem. Stephanus kommt näher, stellt sich neben Sophia. „So hat es keinen Sinn weiterzusprechen, Vater", sagt sie leiser jetzt und resigniert, „laß mir meinen Frieden und geh! Du weißt nun, daß ich bleibe, und nichts wird meinen Entschluß ändern — außer du kommst zur Besinnung."

„Du schickst mich fort, Sophia? Wie einen Bettler schickst du mich fort?" Wenthin will wieder in Jammerton verfallen, doch dann wird er wieder überwältigt von seiner Ohnmacht. „Ich komm zurück, meine Tochter — verlasse dich darauf — und hole mir mein Eigentum! Bleib du nur bei diesen Gespenstern, ihre Tage sind eh bald gezählt. Spätestens dann wirst du mich wiedersehen! Laß dir bis dahin sagen: Den Cornelius schlag dir aus dem Kopfe — den werd ich jagen wie einen tollwütigen Hund. Leb wohl einstweilen!"

„Leb wohl... Gott erbarme sich deiner Seele", spricht Sophia leise zu sich, geht zum Gästehaus zurück... unfaßlich! —, hört noch das Geräusch von kräftig aufschlagenden Hufen hinter sich, das sich dann aber in der Ferne verliert.

Sophia durfte im Kloster bleiben — natürlich! Als Lambertus von den Ereignissen hörte, wie hätte er sie da wieder vor die Tür setzen können? Und lebten sie nicht alle in einem Ausnahmezustand, nicht nur Sophia? Die Zeit, die ihnen allen noch blieb, war zu kurz, um noch Konsequenzen in aller Gründlichkeit mitzubedenken, die noch weiter in die Zukunft hineinreichten. So viel Wirrnis war nicht zu erwarten von einer Frauenperson wie Sophia, daß sie den Mönchen noch ihr letztes verbliebenes Fünkchen von Gebet und Meditation zum Verlöschen bringen konnte. Und wenn auch, dachte Lambertus, hatte das denn überhaupt noch eine Bedeutung?

Er kannte sie alle gut, seine Mitbrüder. Sie würden zwar allerhand Bedenkliches äußern, ihre Stirn in Falten ziehen und den Kopf hin und her wiegen, aber im Grunde waren sie alle zutiefst einverstanden, wenn nicht gar hocherfreut. Doch was Cornelius anging — auf eine so üble Weise war ihm also sein Schicksal aufgewirbelt worden! Besorgt waren sie alle um ihn, und jeder schloß ihn wohl nun besonders in seine Gebete mit ein. Stephanus empfand sich von dieser ganzen Verschwörung sehr angesprochen. Gern hätte er noch mehr dazugetan, Cornelius zu unterstützen auf irgendeine Weise.

Nun begann also Sophias Zeit im Kloster. Sie richtete sich notdürftig im Gästehaus ein. Die Mönche waren äußerst hilfsbereit — o ja, keine Frage —, lasen ihr fast alle Wünsche von den Augen ab. In den ersten Tagen stand fast ständig einer von ihnen an der Tür, um ihr irgendeine lebenswichtige Notwendigkeit für den Alltag zu bringen. An alles dachten sie: Eßgeschirr, Krüge und Vorratsgefäße in diversen Größen, Strohsack und Lammfell, Kerzen mit Zunder, Feuerholz, eine gut gefüllte Torflade und vieles mehr, und dann brachte Bruder Philippus sogar noch eine Laute, nebst Noten, zur Überraschung aller. Hellgrauen Stoff bekam sie, Nadel und Faden dazu, denn sie hatte an Kleidern ja nur, was sie am Leibe trug. Sie fertigte sich ein einfaches grobes Gewand. Damit sah sie beinahe aus wie eine heilige Büßerin, wenn sie dazu noch ihr langes blondes Haar ins Gesicht hineinfallen ließ, um ihren Kummer zu verdecken. Das Essen wurde ihr gebracht, natürlich von Bruder Philippus, der sich diesen Dienst nicht nehmen ließ, und gern blieb er dann noch ein wenig sitzen, um zu plaudern und ihr einige Griffe auf der Laute beizubringen. Bruder Clemens, der um diese Jahreszeit im Garten stark beschäftigt war, brachte ihr Früchte, was der Garten eben gerade hergab, und scheute sich auch nicht, ihr ab und zu einen Blumenstrauß vors Zimmer zu stellen. Sie ihrerseits half ihm im Garten, und Bruder Clemens war dann durchaus in der Lage, seinen Arbeitseifer der gelassenen, vornehmen Art Sophias anzupassen. Nur eines konnte er nicht lassen: ihr Kostproben seiner römisch — lateinischen Bildung zu geben. Ein Spruch ergab den nächsten, und Sophia amüsierte das sehr. Er verblüffte sie immer wieder, wie etwa das eine Mal besonders, als sie mit der Unkrauthacke zu nah an ihn herangerückt war — er zu ihr sprach: „Noli turbare circulos meos!" *(Störe meine Kreise nicht!)*

Ja sicher — sie fühlte sich gut aufgenommen von den Mönchen. Oft sprachen sie auch über Cornelius miteinander und tauschten Vermutungen aus, wo er sich wohl aufhalten könne. Alle warteten sie gespannt auf eine Botschaft von ihm.

Leider gab es nun kein Bücher mehr in der Bibliothek, das bedauerte Sophia sehr. Doch auch diese Not wurde beglichen, fast jeder gab ihr aus eigenem Bestand, auch eine Bibel war natürlich darunter. Eine kleine Privatbibliothek kam zusammen, die sie niemals bewältigen würde, zumal sie ja alle wußten, daß nur noch eine kurze Frist blieb, ein Abriß der umstehenden Mauern rückte wohl mit jedem Tag näher. Sophia wurde sehr betrübt, wenn sie daran dachte. Wie würde es dann weitergehen mit ihr? Was war mit Cornelius? Warum meldete er sich nicht? Diese Ungewißheit machte ihr doch sehr zu schaffen, sie zergrübelte so manche Abendstunde, kam aber nicht weiter damit, hoffte jeden Tag neu auf Botschaft von ihm. Der Juni neigte sich schon dem Ende zu. Wie lange konnte sie hier noch warten? Sollte sie vielleicht doch versuchen, in irgendeinem Frauenkloster unterzukommen, in Lübeck vielleicht? Sie hatte von Abt Lambertus vom dortigen St. Johannis-Kloster gehört ...

Aber dann kam es doch erstmal anders. Etwas sehr Eigentümliches ergab sich: Sophia bekam Kontakt zu Bruder Hieronymus. Und der schien auch gewillt, die neue Bekanntschaft anzunehmen. Wozu sonst kreuzte er an manchen Tagen, ganz zu Beginn ihrer merkwürdigen Beziehung, vor seinem Labyrinth auf und ab? Das konnte doch nur bedeuten, daß er auf ihr Erscheinen wartete. Eines Tages hatte sie ihn draußen bei den Weihern angesprochen, als sie sich auf einer der schmalen Böschungen begegneten. Sie war beiseite getreten, um ihn vorbeizulassen, aber in dem Moment, als er vorüberschritt, hatte sie das Gleichgewicht verloren, und hätte er sie nicht blitzschnell beim Arm gefaßt, wäre sie wohl den Abhang hinuntergestürzt.

„Danke", spricht sie verlegen, lächelt ihn dann aber ganz offen an, „fast wäre ich wohl bei den Karpfen gelandet."

Da verzieht sich sein Gesicht so merkwürdig, er schaut sie aus trostlosen Augen kurz an, seine Lippen pressen sich aufeinander, und zwischen den dunklen Augenbrauen und auf der Stirn erscheinen Falten. Rasch will er weiter. Sie spricht behende: „Bruder Hieronymus, was ist mit den Karpfen? Könnt Ihr mir nicht ein wenig zeigen von der Zucht? Ich könnte Euch helfen."

Hieronymus steht immer noch finster angerührt vor ihr, bleibt so stumm wie der Karpfen, der drunten im Teich mit der Rückenflosse das trübgrüne Wasser durchpflügt.

„Überlegt es Euch, Hieronymus, ich werde Euch morgen nochmals fragen."

So verlief die erste Begegnung zwischen ihnen, und am folgenden Tag schon waren beide gemeinsam bei den Teichen beschäftigt. Hieronymus begann zu arbeiten, erklärte nichts, sprach kein Wort, und Sophia tat einfach mit. Sie säuberten die Ablaufrinnen, dichteten schadhafte Stellen mit Ton ab, rupften die zugewucherten Uferzonen der Laich- und Vorstreckteiche frei von Wassergras und Schilf. So ging es einige Tage weiter, Hieronymus schien wieder erwacht für diese Arbeiten, nur das Allernotwendigste für den Eigenverbrauch des Klosters war er in den letzten Jahren bereit gewesen zu tun. Und was geschah nun? Er begann ohne weiteres wieder zu sprechen... Die ersten Worte und Erklärungen während der Arbeit waren ihm von der Seele gefallen wie getaute, ins Rutschen geratene Schneebrocken, Einwortsätze zumeist, aber auch dies änderte sich. Er erklärte Sophia im Laufe von ein paar Tagen die gesamte Karpfenzucht. Und als es wie in früheren Zeiten dazu kam, die größeren Karpfen in den Abwachsteichen zum Abfischen in den Hälterteich zu schleusen, dachte Hieronymus wieder daran, sie auf dem Lübecker Markt zu verkaufen. Eigentlich war es ein Wunder, was da geschah!

Nach einigem Überlegen hatte sich Sophia bereit gefunden, ihn zu begleiten. Anfangs, ja, da hatte sie Sorge, daß ihnen Leute vom Vorwerk begegneten oder gar ihr Vater sie unterwegs entdeckte. Dann, nach dem ersten Mal aber, verlor sie jegliche Bedenken, fuhr mit ihm den ganzen Juli hindurch zweimal in jeder Woche nach Lübeck. Hieronymus und Sophia — wer hätte das gedacht!

Hieronymus blieb im allgemeinen immer noch still, war kein großer Redner, sprach nur, wenn er wirklich Wichtiges zu sagen hatte. Ins Labyrinth gingen sie auch gemeinsam einige Male. Sophia war wie vorher fasziniert davon, schaute im Zentrum dem Hieronymus zu, wie er mit fliegendem Hammer und Meißel den sich aufschwingenden Vogel mehr und mehr löste vom klobigen Stein, die Splitter sprangen sprühend davon unter seinen Händen. Oder aber sie saß am Boden, blickte hinauf zwischen den aufgetürmten Hecken in diese grenzenlos gespannte Bläue des Himmels hinein, wo geballte Wolken über sie hinwegzogen oder auch kleine Vögel trillernd den Heckenschacht geschäftig überkreuzten.

Im Labyrinth war Hieronymus schweigsam wie früher geblieben. Eines Tages jedoch drückte er ihr einige von ihm verfertigte Handschriften in die Hände. Es waren Abschriften und sorgfältig nachgezeichnete Abbildungen von Labyrinthen, aus dem Werk „De rerum naturis" des Hrabanus Maurus, eines ehemaligen Benediktinerabtes. Über diese Abbildungen kamen sie ins Gespräch über das Thema der Labyrinthe, und Sophia erfuhr vieles darüber, aus vielen anderen Handschriften noch, die er studiert und abgeschrieben hatte. Einst auch hatte er im Sinn gehabt, im Mittelschiff der Klosterkirche aus farbig glasierten Bodenfliesen ein großes Wegelabyrinth anzulegen. Die Fliesen hatte er in der Tonwerkstatt fertigen wollen. Hieronymus zeigte ihr auch seinen Entwurf: ein vielgängiges Labyrinth als Ausdruck der irreführenden Sündenwelt, eingelagert in ihm zwei ausgeprägte Kreuzachsen als Heilszeichen. Das Labyrinth gewann in seiner Symbolik eine spirituelle Aussage von Todesdurchgang und Auferstehung. Die Frage allerdings, warum er das Kirchenlabyrinth nicht ausgeführt habe — diese Frage stellte Sophia nicht. Sie hatte gehört, daß es da eine merkwürdige Geschichte gab um Hieronymus, von einer ehemaligen Kammerfrau ihrer Mutter, Ruth mit Namen, die umgekommen sein sollte..., doch über die Umstände ihres Todes wußte sie nichts Genaues. Auch dazu aber kam es im Laufe ihrer Bekanntschaft, daß er erzählte davon, auch von der Rolle, die ihr Vater gespielt hatte bei dieser Geschichte... Wie es Sophia erging dabei? Sie erschrak darüber, wie sehr sie ihren Vater haßte dafür.

Kann man ausdrücken, wie Hieronymus diese Freundschaft mit Sophia empfand? Zu sehr war sicherlich Vergangenheit und Gegenwart noch vermischt in ihm, aber dennoch: Vielleicht machte es gerade dieser Zustand notwendig für ihn, daß er die Dinge trennte

voneinander und sich so klarer und freier der Vergangenheit gegen-
überstellen konnte. Auf jeden Fall war ein überraschend neuer
Mensch aus ihm geworden. Er mochte Sophia sehr, das konnte man
erkennen an seiner ganzen Offenherzigkeit ihr gegenüber, aber er
mochte sie sicherlich auf eine völlig andere Weise als früher seine
Ruth. Ruth war in seinem dürren Klosterleben aufgetaucht vor Jahren wie eine sprudelnde Quelle in der Wüste, klar und erfrischend;
Sophia dagegen war wie eine zu Worten geronnene Geschichte davon, voll klarer Gedanken. Doch außerdem: Er nahm Anteil an ihrem und dem gemeinsamen Schicksal mit Cornelius. Hatte er nicht
auch einst die gleichen Gefühle empfunden? So breitete sich die
Freundschaft zwischen Sophia und Hieronymus im Klosteralltag
aus wie eine blühende Sommerwiese inmitten einer steinigen und
felsigen Landschaft. Aber wie sollte das alles weitergehen?
Der August hatte schon begonnen — und endlich kam eine Nachricht von Cornelius! Ausgerechnet sein Vater, der Johann, stand da
mit dem dick verschnürten und versiegelten Schreiben an den Bruder Stephanus. Der Brief wäre von einem unbekannten Reiter übergeben worden an ihn, sollte sofort weiter zum Kloster — warum
der ihn nicht gleich zum Kloster gebracht habe, wisse er nicht zu
sagen.
Johann hatte natürlich schon lang vorher von den Zusammen-
hängen der Flucht erfahren: Zaches trieb sich häufig in den Dörfern und Schenken herum und streute allerhand Mitteilungen aus.
Johann wußte aber genauso wenig wie die anderen, wo Cornelius
steckte.
Als Sophia das Schreiben mit zitternden Händen öffnet, steht das
ganze Kloster um sie herum. Ihre Augen flattern unsicher über das
Papier. Es dauert eine Weile, bis sie sich zur Ruhe gebracht hat. Sie
liest mit lautlos hastenden Lippen folgendes: Edle und Teuerste
Sophia! Ich bin nicht weit von dir, und die Zeit rückt näher, da ich
dich holen muß zu mir. Was sonst bleibt zu tun übrig? Aber hab
keine Sorgen, ich bin nicht allein. Mir ist mannigfaltige Hilfe zugekommen. Bleibe du nur solang in Sicherheit. Sei herzlich umarmt
und geküßt, Liebste! Ich bin der deine. Cornelius.

Sophia reicht den Brief dem Johann, der neben ihr steht. „Hier, lies, Johann. Dein Sohn wollte sicher, daß auch du erfährst von ihm." Johann Straater stiert kurz auf das Schreiben, streckt es ihr aber sofort kopfschüttelnd wieder entgegen. „Was ist mit ihm? Lies mir vor!", spricht er brummig. Sophia verliest den Brief laut jetzt, alle Mönche rücken noch näher an sie heran. Als sie zu Ende gelesen hat, herrscht Ratlosigkeit. Was soll man davon halten: ...die Zeit rückt näher, da ich dich holen muß? Sophia ist beunruhigt — warum hat Cornelius nicht klarer ausgesprochen, was er vorhat? Das kann er nicht — sieht sie dann aber bald ein, immerhin muß er ja damit rechnen, daß der Brief auch in falsche Hände geraten kann. Er wird schon das Rechte tun, und hat er nicht auch damit recht, wenn er sagt: „...Was sonst bleibt zu tun übrig?"

15

Gerüchte..., Gerüchte..., Gerüchte sind im Goosekroog zur Zeit
mehr wert als blanke Gulden! Wer etwas zu erzählen hat, bekommt
auf der Stelle von Lisbeth einen gefüllten Becher vor Maul und Nase
gesetzt. Diese Bauern hat Zaches an der Angel! Er bringt einiges in
Umlauf — das richtige Wort zum rechten Zeitpunkt den passenden
Leuten hingeworfen, und schon rührt alles in den gleichen Töpfen!
Die Dänen stehen vor Hamburg, schwatzt er, Trupps ziehen in der
Gegend umher, um unter den Bauern Soldaten auszuheben. Herzog
Johann habe dem König zugebilligt, auch in seinen Gebieten so zu
verfahren. Jeden Tag können also die Soldatenwerber auch hier auf-
tauchen... Was ist zu tun? fragen sich die Bauern. Soll man sich
verstecken in den Wäldern etwa? Und Zaches schürt natürlich auch
weiter die Stimmung an gegen Wenthin. Daß er nun ganz alleine
dasteht, ohne Familie, Lena tot, Sophia im Kloster, ist schon keine
Neuigkeit mehr für sie. Daß er aber immer mehr der Trunksucht
und dem Wahnsinn verfällt, hören sie mit stets neuem Interesse.
Wie ein torkelndes Vieh treibt er umher, vom Morgen bis zum
Abend, legt sich zum Schlafen ins Heu, holt sich, wann immer ihn
danach gelüstet, etwas zu essen aus den Vorratskammern, liegt viele
Stunden an Lenas Grab, auf dem kleinen baumbestandenen Hügel
hinter den Häusern, da wo auch Elvira und sein Söhnchen begraben
wurden. Halbe Tage bringt er dort zu. Man hört ihn manchmal laut
aufjammern oder auch schreiend fluchen und lästern. Die Bauern
tun weiter ihre Arbeit auf dem Vorwerk, auch die Vorwerkknechte
und -mägde versorgen Vieh und Hausstand wie bisher. Dafür sorgt
Zaches. Es ist erstaunlich, wie sie ihm alle folgen!
Die Bauern im Goosekroog hören auch von einem neuen Gerücht,
und keiner weiß diesmal, woher eigentlich es gekrochen kam.
Haben es Durchreisende hiergelassen, oder weiß doch wieder mal

Zaches mehr als alle anderen? Cornelius soll eine Schar Bauern um sich versammelt haben, in der Nähe von Oldesloe, um gegen den Vogt zu ziehen!

Verjagen will er ihn, Rache will er nehmen für alle Schandtaten der Vergangenheit! Daß er auch Sophia will, das können sich alle leicht hinzudenken. Soll er kommen mit seinem Bauernhaufen — er kann gewiß sein, daß sie alle ihn willkommen heißen, ihn unterstützen werden allesamt, und kämpfen, wenn es sein muß, auch! Nicht umsonst hat Jasper Brüggen neue Waffen geschmiedet.

„Cornelius Straater — hurraa!", so grölen sie schon des Nachts im Goosekroog, wenn sie den Weg heim zu ihren Familien nicht finden können, und heben schwankend ihre Becher dabei. Wozu auch an morgen, an die Arbeit denken? Es wird sich doch bald alles ändern! Jawohl, ändern wird sich alles bald — hurraa!

Bevor Zaches heim geht an einem solchen Abend, spricht er noch in die Runde der Bauern: „Und denkt daran — in zwei Tagen gehn wir wieder auf die Treibjagd, Wenthin wird schlafen oder betrunken sein — dafür sorge ich. Sagt euren Frauen, daß sie bald wieder Fleisch schmoren können. Noch eins: Den Wölfen müssen wir Pulver vors Maul brennen mal wieder, kreisen immer noch ums Vorwerk wie die Motten ums Licht — frech dazu wie die Ratten! Letzte Nacht holten sie zwei Ziegen von der Weide. Für die Wolfsgruben brauchen wir noch Witterung. Klook, Harders und Sülau — ihr bringt Köder noch in den nächsten Tagen bei! In zwei Tagen dann zur Treibjagd, bei Sonnenaufgang opn Honsbarg!"

Jawohl — so spricht Zaches mit den Bauern! Und viele schnalzen mit der Zunge und urteilen: „Seht an, seht an ... den Zaches! Der ist richtig, der bringt uns Wohlstand und Behagen ins Haus. Hätten wir das doch nur früher gewußt." Einige aber lästern auch über ihn: „Zaches ...? Ja — tanzt nur nach seiner Pfeife! Merkt ihr nicht, was vorgeht? Er wird schon wissen, wohin er euch führt!"

Voll wie ein Weinfaß war der Vogt fast jeden Tag, und zwei Monate ging das nun schon so. Er kümmerte sich keine fünf Minuten am Tag um die Belange des Vorwerks, warf nur manchmal krumme Blicke auf die heimkehrenden heubeladenen Fuhrwerke und seine

Bauern. Waren es wirklich noch „seine" Bauern, die da umhergingen?

Die Stimmung bei den Leibeigenen war eine andere geworden, o ja! Wenn nichts zu sehen war von Wenthin, kam es sogar vor, daß gemeinsam gesungen wurde bei der Arbeit. Die Vorbereitung der Getreideernte war im Gange, Sensen wurden geschärft, die Dreschtenne leergeräumt. Der zweite Schnitt Heu war auch schon eingebracht. Man sah immer häufiger lachende Gesichter, kichernde Mägde, und abends hörte man sogar manchmal hinter geschlossenen Scheunentoren Flöte und Sackpfeife spielen. Tauchte Wenthin aber hinter irgendeiner Ecke auf, verstummte alles sofort. Denn wie war es gewesen anfangs, in den ersten zwei, drei Wochen nach Lenas Tod? Wutentbrannt konnte er losstürzen auf so jemanden, der es etwa wagte zu lachen in seiner Gegenwart oder irgendeine harmlose, unbedachte Äußerung getan hatte. Er war unberechenbar, man wußte nie, was im nächsten Moment passieren würde. Wie ein Hahnenkamm saß sein Zorn auf ihm. Immer trug er seine Reitpeitsche bei sich.

Der Koch war zu bedauern: Kam es Wenthin plötzlich in den Sinn zu speisen, und standen nicht bald darauf die üppigsten Gerichte auf dem Tisch, so jagte der erzürnte, trunkene Wenthin den Armen zur Tür hinaus und sogar noch vom Hof hinunter. Er versuchte dann selber, sein Essen auf den Tisch zu bringen, polterte umher, warf alles durcheinander in Speisekammer und Küche, hinterließ ein heilloses Wirrwarr. Und der Koch — was hatte denn der eigentlich noch mit dem Vogtmagen zu schaffen? Warum blieb er und ging nicht einfach fort? Wahrscheinlich, weil er nirgendwo anders sich selber und sein Weib so gut verköstigen konnte wie hier — und noch waren ja genügend Vorräte da. Nur wunderte man sich, daß der Weinvorrat noch nicht erschöpft war. Wem wohl hatte Wenthin das zu verdanken? Dem Zaches natürlich — der hatte selber für Nachschub gesorgt, war mit leeren Fässern vom Hof gefahren spät abends, gutgelaunt pfeifend im Morgengrauen zurückgekommen. Das Weib vom Koch hatte ihn gesehen vom Fenster aus, gerade als sie aufgestanden war aus ihrem Alkoven.

Später dann, in den Augustwochen, wurde Wenthin ein wenig ruhiger, brütete aber dafür stetig in sich hinein. Man sah ihn an Tagen stundenlang stumpfsinnig auf der Treppe sitzen und auf den Hof stieren. Oder er war bei den Gräbern droben. Für alle überraschend hatte er auch einige Male seinen Schimmel bestiegen, mit einer Armbrust auf dem Rücken, und war hinausgeritten, umsprungen von seinen aufgeregten Windhunden. Schon bald jedoch kam er jedesmal zurückgetrabt, müden Blicks, mißmutig. Sein Köcher war leer, und nichts brachte er mit in seinen zittrigen Händen.

Der einzige, mit dem er sich noch besprach, war sein Statthalter Zaches. Der vergaß nicht, ihm so oft es ging zu berichten über den Stand der Dinge. Und das tat er auch der Wahrheit gemäß, denn was Zustand und Wirtschaft des Vorwerks betraf, da hatte er wahrlich nichts zu verbergen. Fast täglich wollte Wenthin von ihm wissen, ob er schon von Cornelius etwas in Erfahrung gebracht habe, ob von Sophia vielleicht eine Botschaft gekommen sei. Doch jedesmal konnte Zaches in dieser Sache nur den Kopf schütteln.

Bis dann eines Abends, spät ist es schon, als Zaches vom Dorf zurückgeritten kommt in den Hof, er ihm zuruft: „Vogt von Wenthin — wichtige Neuigkeiten!" Und dann kommt Zaches heran und berichtet stirnrunzelnd: „Die Bauern im Dorf erzählen, daß Cornelius in der Nähe sein soll. Bewaffnet soll er sein, und einen Haufen Bauern mit sich führen. Hierher will er ziehen anscheinend, und von Rache redet er. An Euch, Vogt, will er Rache nehmen und Euch vertreiben vom Vorwerk. So redet er!"

Der Vogt springt auf von der Treppe, wäre beinahe vornüber in Zaches' Arme gestürzt. „Der Herzog muß her... muß kommen mit Soldaten!" Seine Stimme klingt heiser. „Mach dich auf, Zaches... heut noch... der Herzog braucht Nachricht!" Zaches zuckt mit den Schultern: „Der Herzog ist auf Aerø, hört man im Dorf. Ein Reiter, der durchkam von Hamburg, hat so geredet. Aerø ist weit, und eine Insel dazu. Vier Tage wäre ich unterwegs — mindestens, die Schiffsreise nicht gerechnet. Wenn Ihr solang warten könnt..."

„Nein nein — dann bleib eben!", erwidert Wenthin hastig, „aber schaff Waffen her, Zaches! Unsere Leute müssen kämpfen, wenn Cornelius kommt!"

„Kämpfen..., kämpfen..., wißt Ihr, was Ihr sagt, Vogt? Für was und für wen sollen sie denn kämpfen? Fürs Vorwerk und für ihren Vogt etwa? Nein — sie werden nicht kämpfen, sie werden den Cornelius eher mit offenen Armen empfangen."

Wenthin erbleicht, seine Gesichtszüge werden starr. „Aber das ist doch unmöglich, Zaches...", raunt er, und seine Stimme wird immer leiser, „das kann doch nicht sein..., Cornelius..., er kommt ..., was soll ich tun, Zaches?"

Der schüttelt seinen borstigen Kopf und zuckt wieder mit den Achseln. Dann schaut er ihm direkt in die Augen und spricht: „Flüchten, Vogt Wenthin. Was sonst?"

„Flüchten, sagst du? Vor dem Cornelius flüchten? Aber..." Der Vogt ist völlig verstört.

„Was bleibt denn sonst übrig?", schiebt Zaches schnell hinterher.

„Und du — was machst du, Zacharias? Auch flüchten?"

„Wozu? Was hab ich denn zu fürchten? Nein, ich bleibe. Den Vogt von Wenthin wollen sie vertreiben, nicht seinen Diener, oder? Soll ich mich denn zum Narren machen und über die Felder davonrennen wie ein ängstlicher Hase?"

Als der Vogt die paar Stufen zur Tür hochsteigt, geht er gebeugt und unsicher wie ein Greis. Zaches bleibt hinter ihm stehen wie ein Feldherr und schiebt seine Hand zwischen die Knöpfe seines ledernen Wamses. „In zwei Tagen ist Treibjagd angesagt, Vogt!", ruft er ihm noch schnell hinterher, als die Tür sich halb schon geschlossen hat, „vielleicht erwischen wir ja den Cornelius auch! Wenn ihr dabeisein wollt...?"

16

Der Vogt blieb. Er wäre auch nicht in der Verfassung gewesen, eine Flucht anzutreten. Jedenfalls sah das fürs erste so aus. Am übernächsten Tag dann rüstete Zaches mit seinen Knechten, vor Sonnenaufgang noch, für die Treibjagd. Schon bald galoppierten sie zum Hof hinaus.

Einige Stunden später, die Sonne steht bereits über den Dächern, betritt der Vogt den leeren Hof. Er sattelt sein Pferd, läßt es im Schritt vom Hof gehen und treibt es auch dann noch nicht zur Eile an, als das Vorwerk schon weit hinter ihm liegt. Die aufsteigenden Krähen in der Ferne zeigen den Ort noch an.

Immer denkt er nur das eine: Sophia muß ihm helfen. Sie muß für ihn eintreten, zu ihm aufs Vorwerk zurückkommen — heute noch! Cornelius wird es dann wohl nicht wagen, ihm ein Haar zu krümmen in ihrer Gegenwart. „Ich bin doch ihr Vater!", denkt er, „... und wenn ich sie ihm doch lasse, meine Sophia? Er wird doch nicht in einem solchen Fall den eigenen Schwiegervater vertreiben! Sophia muß das alles erfahren jetzt, sie soll das wissen, daß ich nun anders denke darüber, ja... ja Sophia, Cornelius hat nichts mehr zu befürchten — er ist frei, kann tun, was er will, hat meinen Segen ... ihr beide habt meinen Segen!"

Er hat den halben Weg zum Kloster jetzt hinter sich und nähert sich dem Wald, den er noch durchreiten muß. Da hört er plötzlich, er weiß noch nicht woher, die Rufe einer Treibjagd. Aus dem Wald vor ihm hört er sie nun, da schallt es heraus — undeutlich noch, aber dann klingt wieder und wieder das laute „Hohoo" der Treiber auf und das Krachen ihrer Stöcke an den Baumstämmen, dazu schütteln sie ihre hölzernen Klappern. Er sieht jetzt auch die zwei Gestalten am Waldrand stehen, die eine von ihnen klein und geduckt. Zwei Rehe springen in diesem Moment aufs offene Feld her-

aus, auch einige Hasen rasen in Panik davon, und vom Pfeil einer Armbrust in den Hals getroffen macht eines der Rehe hohe verzweifelte Sprünge, als wolle es den Pfeil abschütteln, dreht sich ein paarmal um sich selber im Kreise und bricht kraftlos dann in die Knie. Der Kleine, es ist Zaches, reißt jubelnd die Arme hoch, geht hin und versetzt ihm den Gnadenschuß. Als Zaches wieder aufblickt, sieht er den Vogt auf seinem Schimmel und ruft ihm zu: „Herr Vogt, schön, daß Ihr kommt! Ihr bringt mir Glück!"
Wenthin weist mit dem Arm geradeaus, über den Wald hinaus, und Zaches versteht, daß er zum Kloster weiterreiten will. „Dann freut Euch auf heut abend, Vogt! Da könnt ihr schmausen wie in alten Zeiten! Aber seid auf der Hut jetzt, daß niemand Euch für einen weißen Hirschen hält und Euch erlegen will!" Zaches wirft den Kopf in den Nacken und lacht hell auf, winkt ausgelassen und springt wie ein Kobold auf der Stelle umher. Der Vogt hält sich nicht länger auf, reitet voran und gelangt bald zum Kloster.

Stephanus öffnet, will die Pforte gleich wieder schließen, als er den Vogt erkennt. „Halt halt, Bruder, gemach", beschwichtigt der ihn, „nichts steht zu befürchten von mir. Bin nur gekommen, um meine Tochter zu sprechen."
„Ist nicht da", entgegnet Stephanus kurz, „ist mit Hieronymus zum Markt."
„Hieronymus? Einer von euch?"
Stephanus schweigt, zuckt nur kurz mit den Achseln. Aber Wenthin gibt nicht auf. „Ist das nicht der Verrückte, der tagelang in diesem Heckenwirrwarr herumspaziert? Lena hat erzählt von ihm. Wann kommen sie zurück?"
Stephanus ist nicht gerade gesprächig, zögert. Aber dann bringt er doch noch etwas heraus: „Ich denke, morgen." Und damit drückt er das Tor vor Wenthins Nase wieder zu, schiebt den Riegel vor und geht.
So hoffnungsvoll der Vogt auf dem Weg hierher war, so ratlos ist er nun. Soll er hier warten, bis morgen etwa? Er schaut sich um bei den Teichen, streift an der Klostermauer entlang und bleibt schließ-

lich neugierig vor dem Labyrinth stehen. Ohne Sinn anscheinend steht es da, ohne jeden Zweck. Er lugt in den Eingang hinein, und als ihm durch den Kopf geht, daß sicherlich seine Sophia auch hier drinnen schon herumgewandelt ist, mit diesem Hieronymus wahrscheinlich..., ist der Gedanke auch nicht fern, daß der junge Mönch am Tor vorhin ihm ja auch eine falsche Auskunft gegeben haben könnte, ihn ganz plump in die Irre habe führen wollen. Möglich wäre doch sogar, daß beide in diesem Moment da drinnen sind — warum nicht? Sicher war es so..., wer sagt denn, daß man ihn, Vogt von Wenthin, so einfach hinters Licht führen kann? Und er macht kurzentschlossen die ersten Schritte hinein, den massigen Körper zwischen die engen Heckenwände hindurchdrückend, mit dem kecken Mut einer eifersüchtigen Neugierde, schreitet dann freier voran wie ein Eroberer fremder Welten, läßt die ersten Eckführungen und Abzweigungen hinter sich, geht weiter vorwärts mit zusammengepreßten Lippen, immer nur weiter — „ich werde dich finden, Sophia", flüstert er —, und er wundert sich: Endlos weiter geht es, und dort tut sich eine Abzweigung auf, und hier, erstaunlich..., wendet sich das Ganze wieder zurück... da nehm ich doch lieber diese Möglichkeit hier, denkt er, die führt wieder zur Mitte, aber hier... was ist das? Es geht nicht weiter — also zurück... wie war das jetzt? Hier oder dort? — Ein Alptraum! In einer verzweifelten Ausweglosigkeit landet Wenthin! Was soll er machen... um Hilfe rufen? Ja — und er ruft laut nach Sophia. Zweimal... dreimal... viermal ruft er, dann weiß er, der Mönch hat ihm anscheinend doch die Wahrheit gesagt, sie ist nicht hier. Er läuft weiter also, was bleibt ihm übrig, will nicht aufgeben, hetzt voran, windet sich um Biegungen herum und Spiralen, steht hilflos wieder vor Kreuzungen und landet immer wieder in den gleichen Sackgassen.

Mittags steht die glühende Sonne steil über ihm und trocknet seine Lippen aus, die immer wieder das gleiche flüstern: „Vergebung — gebt mir Vergebung... bitte." Erschöpft sinkt er zu Boden, fremd und bedrohlich stehen die dicht-grünen Mauern vor ihm. Müde ist er, unendlich müde... Fassungslos blickt er empor und schließt gleich die Augen, denn die Sonne blendet ihn. Das Sonnenlicht zuckt blau, schießt grell und blitzend rote Pfeile in sein Hirn. „Vergebung — gebt mir doch Vergebung... bitte."

17

Am folgenden Morgen, es ist ein Sonntag, ist Hinrich Harders unterwegs zu den Wolfsgruben. Eine junge Gans trägt er in einem Sack auf dem Rücken. Es fällt ihm nicht gar zu schwer, die Gans zu opfern, denn am Tag zuvor gab es reichliche Beute für alle bei der Treibjagd. Zwei Hasen und einen Fasan brachte er mit heim, so viel wie nie zuvor, und heute, wenn er zurückkommt von der Grube, wird sicherlich der Dunst von geschmortem Fleisch das ganze Dorf erfüllen. Selten genug sind solche Gerüche geworden, aber wer weiß — vielleicht bessert sich ja wirklich alles nun ...

Die Gruben liegen in einer Reihe, ungefähr zweihundert Meter voneinander entfernt, auf halbem Wege zwischen Vorwerk und Kloster, kurz bevor der Wald beginnt. Von weitem schon erkennt man sie an den Wagenrädern für die Köder, die waagerecht in der Luft stehen über ihnen, befestigt auf Pfählen, die fast drei Meter hinabragen in die Gruben. Als Hinrich Harders herangekommen ist und herantritt an eine, prallt er entsetzt zurück. Er schaut nochmals, doch wer ... wer blickt ihn da von unten an, aus trüben schwermütigen Augen?

Der Vogt! Niemand anderes als der Vogt von Wenthin sitzt am Boden, mit dem Rücken an die Wand gelehnt! Wie ging denn das zu? Kann das sein? Er lächelt — ja seht nur, er lächelt hinauf, dem Hinrich Harders direkt ins Gesicht!

„Menschengesichter ... nie sah ich so gern Menschengesichter wie jetzt", spricht Wenthin und lacht wirr auf. Dann legt er den Kopf zurück an die Wand und blickt wieder steil hinauf zu ihm. Beinkleid, Wams und Hemd — alles hängt zerrissen um seinen fetten, schwer atmenden Körper, die Stiefel liegen am Boden — wahrscheinlich hat er versucht, den Pfahl hinaufzuklettern. „Harders ... — du bist doch Harders? —, hol mich raus hier ... bitte!", stammelt er, man kann ihn kaum verstehen. „Schieb die Leiter herunter, sei so gut. Harders."

Da erst wird dem Bauern langsam bewußt, der immer noch fassungslos hinunterstarrt, was hier geschehen... und was hier zu tun ist. Er hat den Auftrag, Witterung für die Wölfe herzurichten, und das wird er tun! Harders spricht kein Wort, legt die bereitliegende Astleiter ans Wagenrad an, klettert mit der Gans im Sack hinüber und bindet das heftig mit den Flügeln schlagende Tier mit ihrem Fuß in der Mitte des Rades fest. Als das Wenthin sieht, schreit er hinauf: „So ist recht, Harders, binde sie gut fest — den anderen Fuß am besten auch noch! Nein? Du gehst schon zurück? Nun aber die Leiter zu mir herunter, Harders! — Harders? Du wirst mir doch raushelfen hier?"

Es ist eine Weile still. Nichts geschieht. Dann aber springt Wenthin plötzlich auf.

„Nein... Harders! Das ist doch nicht dein Ernst! Was sollen die Äste da? Die Leiter, Harders — bitte! Vergebung... für alles Vergebung! So hör doch... ich bitte euch alle um Vergebung, will euch die Füße küssen...!"

Hinrich Harders ist beschäftigt. Auf das Gitter von blanken Ästen legt er die bereitliegenden Grassoden, beginnt in der Mitte, und als nur noch ein schmaler Außenstreifen frei ist, kniet er sich an den Rand und blickt noch einmal hinab. Ungläubig flehen ihn da zwei Augen an. „Was willst du von mir?", krächzt es heiser, „kannst alles haben von mir... willst du Gold? Ich geb dir alles, alles... will ein neuer Mensch werden, Harders, glaub mir... ein neuer Mensch, wirklich!"

Als Wenthin sieht, daß auch der Rand nun zugelegt wird, schreit er auf: „Aber nein! Du wirst mein Stellvertreter, ich versprechs dir — hilf mir doch! Den Zaches jagen wir davon — der hat mich reingebracht hier, diese Teufelsfratze! Das sollt ihr alle wissen... diesen Höllenhund... schlagt ihn tot, den Zaches! Hütet euch vor dem, so niederträchtig wie der... aber laßt mich doch raus jetzt! Um Himmels willen..., laßt mich... bitte ... hier raus..."

Aber Hinrich Harders ist schon längst gegangen.

Kurz vor Einbruch der Dämmerung sieht man Zaches auf einem Schimmel in einiger Entfernung vorüberreiten. Er reitet ein wenig näher heran, wirft einen kurzen Blick auf die Grube, die leise und kläglich schnatternde Gans und treibt dann sein Pferd zur Eile an. Er will vermutlich noch ins Dorf, zum Goosekroog.

Im Morgengrauen des nächsten Tages tauchte aus dem Schutz des Waldes eine Schar Bewaffneter auf, wohl zwischen zwanzig und dreißig mochten es sein; zerlumpte Gestalten zumeist, an ihrer Spitze Cornelius. Er trug eine Armbrust auf dem Rücken, blickte ruhig und prüfend auf die Landschaft vor ihm. Seine Kleidung war zerschlissen wie die der anderen auch. Bewaffnet waren sie alle — trugen Kriegssensen, Spieße, Hellebarden, Äxte und auch Schwerter. Cornelius wollte ausholen zu seinem Schlag gegen den Vogt heute. In Ketten wollte er ihn sehen heute, vors Landgericht wollte er ihn bringen — das war sein Ziel! Wozu denn auch gab es eine Landgerichtsordnung, wenn niemand sie erfüllte? Von Herzog Johann war nichts zu erwarten. Der? — Was kümmerte der sich denn um die Probleme seiner Untertanen! Cornelius wollte eine ordentliche Rechtsprechung, nicht mehr und nicht weniger. Das Wichtigste schien ihm zunächst, den Vogt festzusetzen. Und Sophia? — Er freute sich unbändig auf sie! Mehr war da nicht zu sagen.

Er versammelte seine Leute um sich. Sie hatten die Nacht im Wald verbracht, waren seit zwei Stunden unterwegs. Nun besprachen sie wort- und gestenreich, wie sie bei der Erstürmung des Vorwerks vorgehen wollten. Erfahrene Kriegsleute waren sie nicht, das konnte man nicht gerade behaupten. Wo die Bierfässer anzustechen seien, das wußten sie, und auch, wie man sich an Rebhühner anschleichen müsse, um ihnen dann erfolgreich das Netz überwerfen zu können. Aber einen leibhaftigen Vogt hatten sie noch nie einen eingefangen! Entrechtet und vom Leben gebeutelt waren sie alle, ein jeder trug seine eigene bittere Geschichte mit sich, verarmte Bauern, Bettler, kleine Diebe und Gaukler, die sich mit Gelegenheitsdiensten über Wasser hielten. Als Cornelius unterwegs war, hatte er sie kennengelernt, hauptsächlich im Gebiet zwischen Oldesloe und Ratzeburg. Auf den Marktplätzen, in den Schenken traf er sie und freundete sich an mit ihnen. Anfangs war er viel allein gewesen, mußte um Essen betteln auf den Dörfern und schlafen im Wald bei den Tieren, die ihn neugierig umschlichen. Keinen Menschen traf er, der nicht zu schimpfen und zu klagen hatte über die Obrigkeit, welchen Titel und Namen auch immer sie trug. Eines nur wurde ihm klar: Wenn er nicht auch so enden wollte wie sie, mußte er sein Schicksal selber in die Hände nehmen. Dazu war er jetzt hier, und dieser Haufen verwahrloster Gesellen war bereit, aus welchen Gründen auch immer, ihn dabei zu unterstützen. Lohn hatte er ihnen nicht versprechen können — er hörte nicht auf sich zu wundern, daß sie trotzdem mit ihm gegangen waren.

Da entdeckt einer von ihnen das flatternde Tier von weitem: „Seht da, Freunde, was ist das? Sieht aus wie ein liegengebliebener Sonntagsbraten. Da bietet dieser Vogt uns wohl ein Willkommensgeschenk! Da dürfen wir aber nicht Nein sagen — und nicht versäumen, uns nachher zu bedanken bei ihm."

Geschwind läuft er los, doch als er an der Grube steht, faßt er sich mit beiden Händen an den Kopf und rennt stolpernd, laut aufrufend, zurück. Beim Näherkommen erst verstehen sie ihn, kommen ihm entgegen, gehen zusammen mit ihm zur Grube und beugen sich vor am Rand, recken allesamt die Hälse. Was ihre Augen da sehen, ist der gräßliche Tod eines Menschen — und den Tod selber sehen sie auch! Aus dem Halbdunkel blinzeln sie zwei gelbe Augenschlitze an, ein riesiger Wolf zieht böse und dunkel knurrend die Lefzen hoch, die spitzen Eckzähne blitzen auf. Zu seinen Füßen ausgestreckt liegt ein menschlicher Körper auf dem Bauch. Cornelius legt die Armbrust an auf den Wolf und erschießt ihn. Er stellt die Leiter hinein, und langsam, Sprosse für Sprosse, steigt er hinab, nähert sich den übereinanderliegenden Leibern. „Wenthin!", durchfährt es ihn heiß plötzlich — „da liegt ja der Wenthin drunter!" Die Schwertspitze läßt er prüfend einige Male gegen den mächtig daliegenden Wolfsleib stoßen. Als der sich nicht mehr rührt, greift er ihm ins Nackenfell und zieht ihn beiseite. Da liegt der Vogt! Er

dreht ihn auf den Rücken und wendet sich gleich wieder ab. Die
Bestie hat ihm Hals und Brust zerfleischt.

Die Sonne steht schon fast im Zenit, da sitzen sie dann endlich alle
wieder auf den Pferden und ziehen langsam ihrem Ziel, dem Vorwerk, entgegen. Beide Leichen haben sie auf ein Astgestell festge-
bunden. Das Pferd am Ende des Zuges schleift es mit sich. So kommen sie auf dem Hof des Vorwerks an, ohne irgendwelche Vor- und
Rücksichten kommen sie, als wie von einer Jagd. Noch am gleichen
Tag, nachdem die erste Aufregung unter den Bediensteten sich gelegt hat, wird der Vogt unter die Erde gebracht, gleich neben Lenas
frischem Grab, auf dem kleinen Hügel hinter den Häusern. Dem
Wolf zieht man das Fell ab und spannt es, sichtbar für alle, mitten
im Hof zum Trocknen auf.

18

Was sich nun im Folgenden abspielte, mag wohl so manchem ehemals leibeigenen Bauern wie ein sonderbarer und eigenwillig schöner Traum erschienen sein..., aus dem es dann ein unbarmherziges Erwachen gab. Nur — eine wichtige Frage blieb unbeantwortet zunächst: wie eigentlich der Vogt in die Grube hineingeraten war? Das beschäftigte anfangs alle. Natürlich fragte man auch Zaches. „Betrunken wird er gewesen sein, was sonst? Vormittags sah ich ihn zum Kloster reiten, vielleicht war er da noch bezecht von der Nacht zuvor. Was während des Tages dann geschah — ich weiß es nicht, wir waren ja alle auf der Jagd. Als wir zurückkamen abends, war der Vogt nicht da. In der Nacht vermutlich kam sein Pferd zurück, ohne ihn. Am Morgen nämlich stand es auf dem Hof, voll im Zaum."

Harders blickt den Zaches scharf an, fragt: „Und warum gingst du dann nicht auf die Suche nach ihm?"

„Weil ich glaubte, er wäre im Kloster geblieben. Vielleicht hatten sie sich versöhnt miteinander, führten lange Gespräche — wer weiß? —, so daß er dageblieben war über Nacht. So ungefähr dachte ich. Dazu schien er mir tags zuvor auch merkwürdig schweigsam geworden zu sein — noch nachdenklicher als sonst, jawohl... das war er. Und das Pferd? Es wird ausgerissen sein, erklärte ich mir, er wird es wohl vergessen haben."

„Und als er dann immer noch nicht kam, da dachtest du wohl, er wäre zu den Mönchen übergelaufen", spottete Harders.

„Ich bin dann nachmittags aufgebrochen, ihn zu suchen!" Zaches zog verärgert die Stirn kraus. „Bei den Gruben zu schauen... wer denkt denn an sowas? Wie sollt ich denn..."

„Und abends im Goosekroog hast du kein Wort gesprochen darüber", fuhr Hinrich Harders dazwischen, „warum nicht?"

„Weil ichs nicht so wichtig nahm, Harders! Nicht so wichtig wie du jedenfalls — was sollen deine Reden? Was willst du von mir? Ich könnt dich ja auch was fragen, Harders... hörst du? Wann eigentlich du die Gans beigebracht hast, sie war doch von dir, oder? Aber ich frage dich nicht... ich frage dich ja nicht."

Diesen Disput hatten einige mitbekommen, und es war bald allen klar, daß es da etwas Rätselhaftes, Unausgesprochenes noch gab. Mißtrauen kam auf..., gegen Zaches, diese windige Seele..., blieb liegen wie trüber Schlamm unter einer glänzend bewegten Oberfläche.

Was zuallererst aber vorherrschte, war natürlich blanke Freude — offen konnte man sie zeigen und seine neu entdeckte Lust am Leben und an der Arbeit auch! Das war nicht übertrieben, denn was sonst bedeutete es für die Bauern, ungehindert jagen und fischen zu können, nach eigenem Gutdünken einen Vorrat an Holz zu schlagen für den Winter, die Freiheit zu haben nun, wann immer man wollte, wie ein Landjunker auf Urlaub in der Gegend umherzufahren, andere Dörfer und Städte aufzusuchen, ohne gleich der Flucht verdächtigt zu werden? Die Erntezeit rückte heran, und alle waren sich einig: Sie sollte gleichmäßig und gerecht geteilt werden, diese Ernte, wie überhaupt alles in der Zukunft, nichts auf Nimmerwiedersehen verkauft werden! Aber wie denn war alles dies neu zu ordnen? Wer übernahm welche Aufgaben? Die Arbeit mußte ja auch weiterhin aufgeteilt und die Abläufe geregelt sein. Und die Spießgesellen des Cornelius mußten auch bedacht sein — was wurde aus ihnen, würden sie bleiben? Ihre neue Lage schien ihnen jedenfalls zu gefallen: Sie stellten ihre Spieße und Hellebarden in die Ecke, blickten umher, spuckten in die Hände und waren von Anfang an auf der Seite der Arbeit, wo immer es danach roch, richteten sich ein auf dem Vorwerk, in Turm und Scheune.

Wer aber behielt nun das Ganze im Blick, gab auch die Hinweise, was wann und wo zu tun war? Nun — Zaches hatte das ja übernommen in den vergangenen Wochen, und er dachte wohl auch, daß das so weiterginge jetzt. Wann immer sich Gelegenheit bot, gab er Anweisungen, kurz und knapp, wie er es gewohnt war, doch was

geschah? Keiner blieb stehen und hörte ihm zu, sie liefen alle auseinander, schon bevor er zu Ende gesprochen hatte. Zuerst verdutzt, dann zunehmend verärgert schaute er ihnen nach, und noch schlimmer kam es: Sie wählten den Johann Straater zum Bauernvogt! Der zog mit seiner Marie, nach einigem Zögern, tatsächlich ins Vogthaus ein — ein Fest und eine Freude für alle! — nur eben für Zaches nicht. Etwas ungläubig noch blickten sie dem Johann jeden Morgen neu wieder entgegen, wenn die Tür des Hauses sich öffnete, er auf den Hof hinauskam zu ihnen. Er traf nämlich mit den Bauern täglich für kurze Absprachen zusammen. Gemeinsam legten sie alles Nötige fest. Besonders achtete er darauf, daß jedem genügend Zeit noch für die Bewirtschaftung des eigenen Ackers blieb. Abgaben, wie vordem, brauchten natürlich keine mehr geleistet werden — wem auch? Sollte man dem Herzog etwa hinterherlaufen, ihn um gnädigen Einzug der Abgaben bitten? Jeder aber auch wußte, ahnte, spürte, daß dieses neue Leben nicht von Dauer sein konnte. Aber keiner sprach darüber, als ob es da eine geheime Absprache gab zwischen ihnen. Sie lebten frei wie die Gänse im Stroh, froh schnatternd in den Tag hinein und stellten keine Fragen. An ihren eigentlichen Herrn, den Herzog, dachten sie nur anfangs, als sie noch ein wenig ängstlich dastanden auf dem Hof, wie die Kinder vor einem fremden Spielzeug. Zaches — zu Beginn hatte er es noch vermocht, ihre Ängste zu zerstreuen; nun aber wurde seine Stellung immer unhaltbarer. Er spürte offenes Mißtrauen jetzt, zog sich zurück wie ein Dachs in seinen Bau und überlegte lange, bis er wußte, was zu tun war für ihn.
Und der Falke Cornelius — wie erging es ihm? Seine Falknerin Sophia hielt ihn auf ihrem Arm, sie brauchte sich nicht mehr zu sorgen um ihn. Zärtlich sprach sie mit ihm, streichelte ihm das wohlig aufsträubende Gefieder. Er blieb ganz ruhig bei ihr sitzen, hob nicht etwa ungeduldig die Flügel, um wieder fortzufliegen, fühlte die Wärme ihrer Hand und ihre weichen Lippen, zwickte ihr aber manchmal neckisch ins Ohrläppchen.
Verliebt waren die beiden wie aufs Neue, liefen verwandelt fröhlich wie früher im Klostergelände umher..., und Hieronymus sah ihnen

von weitem zu, verschwand im Labyrinth, und kurz darauf hörte man, gleichmäßig wie den Takt der Zeit, Hammerschläge auf einen Meißel klingen. Sophia ließ die Beziehung zu Hieronymus nicht abbrechen. Nach wie vor half sie bei den Karpfen, auch zum Markt fuhren sie wie gewohnt — und Cornelius kam jetzt mit. Anfänglich hatte er Hieronymus fassungslos angeschaut, als er ihn so verändert wieder vorfand. Schon bald freundeten sie sich an, führten viele Gespräche miteinander, und oft sah man sie zusammen mit Sophia bei den Teichen wirtschaften.

Wenn die Mönche gekonnt hätten, so würden sie ein Feuerwerk abgebrannt haben für Cornelius — vor lauter Wiedersehensfreude! So aber blieb es bei Umarmungen und Freudengesang: „Ubi sunt gaudia...!"

Cornelius lebte zunächst sein gewohntes, altes Klosterleben weiter, spürte dann aber, daß es nicht so recht passen wollte zu dem Zusammensein mit Sophia. Oft war er bei ihr im Gästehaus, mehr und mehr gab er ihr den Vorrang, war schließlich nur noch zum Vespergebet in der Kirche zu finden. Auf dem Vorwerk zu leben kam nicht in Frage für sie beide Sie fühlten sich einfach zu wohl, zu heimisch im Kloster. Über ihr Vorhaben, gemeinsam fortzugehen, irgendwo neu zu beginnen, sprachen sie oft miteinander und malten sich ihre Zukunft, so wie es alle Verliebten tun, in den buntesten Farben aus, aber vom Kloster konnten sie trotzdem noch nicht lassen. Sie fühlten beide das Besondere, Ausgesparte dieser Zeit, eine wirkliche Hoch-Zeit war das für sie! Daß sie jeden Tag enden könne, das wußten sie wohl auch..., dann würden sie eben gemeinsam aufbrechen.

Regelmäßig ritten sie zum Vorwerk, halfen ein wenig mit im Getriebe dort. Aber oft ließ seine Mutter ihnen die nötige Freiheit dazu nicht; mit allerhand Herrlichkeiten aus der Speisekammer des Vogts wurden sie traktiert. Die aber, so protestierte Cornelius, sollten doch wohl allen zugute kommen — ja, beim Erntefest zum Beispiel, das bevorstand, das sie gerade vorbereiten halfen. O sicher — ein rauschendes Fest sollte das werden, und die Mönche waren auch geladen! —

Heißa — die Bauern drehten ihre Weiber da umher, hielten keck ihre Fäuste in die Hüften gestemmt und schwangen die Beine so behende wie der flotte Kiebitz in der Ackerfurche! Es wurde geschmaust und getrunken dazu, die ganze Nacht war der Hof von Lachen und Stimmengewirr erfüllt, keiner sprach von der Vergangenheit. Die Mönche saßen da, eng aneinandergedrückt auf einer Bank und schauten dem Treiben zu; Bruder Philippus nur rülpste ab und zu ganz ungeniert, wegen der allzu fetten Schweinekruste. Sophia kam zu Bruder Clemens gelaufen, zog ihn zu den Tanzenden hin, und gleich wurden beide von rhythmisch klatschendem Volk umringt. Clemens rafft seine Kutte zu den Knien auf, begann zur Musik den Oberkörper hin und her zu schwingen, stieß jauchzend frohlockende Laute aus. Sophia faßte ihn bei den Schultern, wirbelte ihn herum und nochmals herum und immer nochmal, bis Clemens prustend innehalten mußte und mit hochroten Backen zurückwankte zur Bank. Dort setzte er sich im Versehen dem Philippus auf den Schoß. Er war so außer Atem, daß ein lateinischer Spruch ihm nicht mehr recht von der Zunge wollte..., also ließ er es lieber.

Irgendwann, spät am Abend, wurde bemerkt, daß Zaches fehlte. Als sie sich fragend anblickten, fiel dem einen, dann dem anderen ein, daß nur ganz zu Beginn sie ihn auf der Treppe hatten sitzen sehen. Keiner wußte sonst etwas von ihm. Er war verschwunden, und er blieb es, auch am nächsten und allen folgenden Tagen.

Das Leben, unbeschwert wie vorher nahm es seinen Lauf. Doch alle hatten sie gespürt an dem Abend, als er verschwand, daß dies nicht nur Gutes bedeuten konnte.

Dem Kloster bescherte dies neue Leben doch noch sein Wunder! Abgesehen davon, daß bei den Mönchen die Hoffnung auf ein Weiterbestehen neu und stärker wieder aufkeimte — als eigentliches Wunder erlebten sie, daß die Bauernfamilien auf ihren Karren wieder ins Kloster gefahren kamen zur Meßfeier. Zunächst nur an zwei Sonntagen hintereinander war das so, dann aber hielt Abt Lambertus sogar täglich die Messe. Er dachte nicht mehr an die Zukunft — niemand dachte an die Zukunft. Wozu auch? Wem half das?

Insgesamt verbrachten diese Menschen, die vor kurzem noch gelitten hatten unter der Knute der Leibeigenschaft, eine glückliche Spanne von nur etwas über fünf Wochen, in der für sie die Zeit stillzustehen schien, in der sie eine Ahnung bekamen von dem Leben, wie es eigentlich gemeint gewesen sein könnte vom Anfang der Schöpfung an.

Dann brach über sie neues Schicksal herein..., aber alle konnten es nun auf eine neue Art tragen.

19

Wie eine Insektenplage fielen sie ein in diesen kleinen bedeutungs-
losen Landstrich, in diese winzigen armseligen Dörfer und Hütten,
ins ehrwürdige Kloster, ins trutzige Vorwerk. Sie kamen mit Lanzen
und Schwertern, glänzende Schilde vor der bewehrten Brust, auf
dem grimmig dreinschauenden Schädel einen hübschen Helm mit
spitzig über der Stirn emporgeschwungenem Rand. Ihre Beine
steckten allesamt in engen roten Beinkleidern, in denen sie weit-
ausgreifend umherrannten auf der Suche nach aufständischen Bauern. Töten durften sie bei Strafe niemanden, so war ihnen vom Herzog gesagt worden — alle sollten gefangengesetzt werden, alle miteinander, auch die Frauen, Kinder und Alten, und nicht zu vergessen: die Mönche vom Kloster Reynveld ebenso! In den Turm
beim Vorwerk sollten sie alle gezwängt werden — die arbeitsfähigen
Männer unten zu ebener Erde, der Rest in das erste Stockwerk. So
hatte dieser kleine Bucklige zu ihnen gesprochen, der neben dem
Herzog Johann stand, als sie aufgebrochen waren vom Schloß
Glücksburg vor drei Tagen.
Und so war es dann auch geschehen — da war kein Entkommen
gewesen für die Bauern und ihre Familien, die sich gerade zum
Tagewerk rüsteten, und wohl auch für die Mönche nicht, die fast
alle in der Kirche zu Beginn des Frühgebets überrascht wurden.
Gleichzeitig auf dem Vorwerk, im Kloster und auf den Dörfern
griffen sie zu. Sie waren anscheinend gut beraten und hatten sich
vorher aufgeteilt. Cornelius war einer der ersten, den sie gefangen-
nahmen und fortführten. Seit dem vorangehenden Tage war er bei
den Eltern — Sophia war im Kloster geblieben —, hatte ihnen von
seinem und Sophias Vorhaben gesprochen, zusammen fortzugehen.
Und gerade an dem Morgen, als die Soldaten des Herzogs kamen,
hatten sie aufbrechen wollen! Auf Drängen seiner Mutter war er

den Abend und die Nacht noch geblieben, lang hatten sie noch zusammengesessen — wer weiß auch, ob er seine Eltern je wiedersehen würde? Eigentlich also wollte er schon zurück sein, als sie ins Haus gestürmt kamen. Er, seine Eltern, die Knechte und Mägde des Vorwerks waren die ersten, die in den Turm gestoßen wurden. Die ehemaligen Gesellen des Cornelius, die sich ja im Turm eingerichtet hatten und noch schliefen, als die Bewaffneten kamen, fuhren aber nun von ihren Lagern hoch und erschraken nicht schlecht, was da zur Tür hereinflog, begriffen aber gleich ihre Lage, als sich zwei Soldaten als Wache breitbeinig vor die Tür stellten.

Kurze Zeit später schon kommen die ersten Bauern mit ihren Familien, auf Karren zusammengepfercht, den Männern haben sie die Hände auf dem Rücken gefesselt. Die Bauern fluchen wüst, spukken den Soldaten vor die Füße. Von denen hat mancher schon die Hand am Schwert, wird im letzten Augenblick noch gehindert, loszugehen auf die Gefangenen. Der Schmied Jasper Brüggen schimpft und brüllt über den Hof, daß die Vögel erschreckt forflattern. „Ihr Wanzen, ihr armseligen Blechnäpfe — fühlt euch groß mit euren Zahnstochern, wie! Laßt mich los, ihr Blechlaternen, werd euch gleich das Licht drin ausblasen! Laßt mich los, sag ich... kann allein durch die Tür!"

Grete Thienappel, mit dem Kindchen auf dem Arm, ist auch dabei. Sie weint, hält den Kleinen ganz eng an sich gedrückt, den Kopf an ihre nassen Wangen. Gleich danach Lisbeth, die Wirtin: „Jaja, ich weiß schon, wo's langgeht... faß mich nicht an, du Schmutzfink!", faucht sie einen alten, schmalbrüstigen Soldaten an, der kaum unter seinem Helm hervorschauen kann. Dann geht sie ein Stück auf einen Schnauzbärtigen zu — ein Bild von einem Soldaten —, der sich lässig ans Scheunentor lehnt und dem Zug der Gefangenen zuschaut. „Was ist mit dir, du Held?", ruft sie ihm spöttisch zu, „du langweilst dich doch nicht etwa? Komm — hilf einer armen Witwe hinein, du prachtvoller Bursche, erster Stock, fünfte Tür links! Ich mache dich zu meinem Gänsehüter!"

Wie das? Sogar der Prediger ist unter den Aufständischen! Man hat es wohl nicht nötig gehalten, ihm die Hände zu binden. Verwundert blickt er umher, teilt ab und zu, fast erschreckt, den Segen aus und hält die Bibel fest umklammert an die Brust gedrückt.

Im Turm werden jetzt ungefähr sechzig bis siebzig Menschen sein. Die Gasse der Soldaten, durch welche die Gefangenen getrieben werden, löst sich auf, die Wachsoldaten stellen sich wieder breitbeinig vor die offene Tür. Banges Weinen von Kindern und hysterisches Schluchzen dringt heraus, Fluchen und ängstliche Rufe der Menschen, die im Dunkel jemanden verloren haben.

Einige Zeit später werden die Mönche gebracht. Auf einem kleinen Fuhrwerk zusammengedrängt, halten sie die Hände gefaltet und singen ohne Unterbrechung ihre Hymnen. Dann gehen sie über den Hof, fünf Mönche... Aber wo sind die restlichen drei? Abt Lambertus, Stephanus und Bruder Hieronymus fehlen... und Sophia auch! Was ist mit ihnen?

Im Kloster war Folgendes geschehen: Als die Soldaten früh morgens mit einem Rammbock die Pforte zertrümmerten, rief gerade die Glocke zum ersten Morgengebet. Die Soldaten schwärmten aus. Sophia war, als sie den ersten Lärm, die donnernden Stöße an der Pforte hörte, in den Garten gelaufen. Es gelang ihr, auf einen Apfelbaum zu klettern, der dicht an der Klostermauer stand. Im Augenblick, da sie sich hinüberschwingen will zur Mauer, sieht sie Hieronymus zum Garten hereinhasten, verzweifelt blickt er umher. Er ist allein. Sein erster Gedanke, als er die Soldaten vom Labyrinth aus mit jubelndem Aufschrei durchs Tor brechen hörte, war gewesen, Sophia zu helfen. Sie ruft zu ihm herüber und winkt. Als beide auf der Mauer sitzen, kurz vor ihrem Absprung, werden sie von zwei Bewaffneten entdeckt, die in diesem Moment mit gezogenen Schwertern in den Garten gestürzt kommen. Sophia und Hieronymus lassen sich fallen und laufen nach hinten weg, außen an der Mauer entlang. Die Soldaten werden von vorne, vom Tor her gelaufen kommen, vermuten sie. Doch die sind, als sie niemanden mehr sahen, zur entgegengesetzten Seite gelaufen und sehen die beiden, als sie gerade das Labyrinth erreichen und darin verschwinden. „Da sind sie! Ihnen nach!" Was aber geschieht den Verfolgern da, als sie, nach kurzer Verunsicherung am Eingang, den Flüchtigen ins Labyrinth hinein weiter nachstellen? Das Gleiche geschieht ihnen wie ehemals dem Vogt Wenthin! Nach kurzer Zeit schon rufen sie irritiert und verunsichert um Hilfe. Es kommt ein Kumpan von ihnen gelaufen. Der schreckt kurz zurück, als er vor der Hecke steht, nimmt dann aber sein Schwert, zerhaut die Hecke vor ihm und bahnt sich seinen Weg durchs Gestrüpp den Rufen entgegen und findet in der Tat auch seine Leute. In diesem Moment aber ereignet sich etwas völlig Überraschendes:

„Kommt! Fort mit euch — schnell! Das Wasser kommt!", hört man aufschreien. „Zetermordio!" Ein Trupp von Soldaten brüllt so von oberhalb der Pforte und winkt heftig zum Labyrinth hinüber. Gefangene Mönche stehen neben ihnen. Aber da müssen sie auch schon davonrennen, treiben die Gefangenen, die nur stolpernd in ihren Kutten vorankommen, vor sich her. Die drei, die im Labyrinth steckten, schaffen es gerade noch, auf die Erhöhung im Gelände zuzulaufen. Schon kommt die Flutwelle angebraust, schäumend und aufgurgelnd nimmt sie alles unter sich in Besitz, staut sich zunächst an der Mauer, ergießt sich dann in Klosterhof, Garten, Gebäude und Kreuzgang, bricht sich an Säulen und Kapitellen, schwillt weiter an. Was war geschehen?
Ein Stauwehr war geöffnet worden, droben bei der Mühle am größten der Teiche. Die Soldaten hatten vor ihrer Unternehmung abgesprochen, einer Idee ihres Anführers folgend, zum Abschluß ihrer Aktion das Kloster unter Wasser zu setzen. Einige von ihnen waren nun der Meinung gewesen, ihre Arbeit wäre schon getan. Sie hatten ihre Gefangenen, konnten es nicht mehr erwarten in ihrer übermütigen Siegerlaune, das Wehr gewaltsam zu öffnen. Als es schon kein Zurück mehr gab, sahen sie plötzlich am Labyrinth den Befreiungsversuch ihres Kameraden, der sich mit dem Schwert durch die Hekken kämpfte.
Bald danach machten sie sich dann alle mit den Mönchen auf den Weg zum Vorwerk. Die beiden Flüchtigen überließen sie im Labyrinth ihrem Schicksal, dem sicheren Tod, wie sie meinten.
Sophia und Hieronymus, als das Wasser höher und höher stieg — es

konnte zwischen den Hecken schlecht abfluten — waren auf die Vogelskulptur gestiegen, jeder auf einen Flügel. Das Wasser strömte ganz leicht unter ihnen hindurch, es stieg und stieg noch, aber gottlob nicht höher als bis zur Brust des Vogels. Sie konnten nichts tun als ausharren — das Wasser mußte ja irgendwann ablaufen, das Gelände fiel zur Trave hin ab. Eine Stunde ungefähr saßen sie sich auf den Vogelschwingen gegenüber. Als sie es wagen konnten, höheres Gelände zu erreichen, was ihnen auch gelang, weinte Sophia nur immer, konnte keinen klaren Gedanken fassen. Hieronymus versuchte sie mit unendlicher Geduld zu beruhigen..., daß sie nur noch darauf warten brauchen, bis das Wasser vollständig abgelaufen ist, daß sie dann nachschauen würden, ob das Boot unten noch festliege, mit ein wenig Glück habe es die Strömung nicht fortgerissen. Alles weitere würde sich finden.

Was sie dann aber zunächst fanden, nachmittags noch, als alles Wasser abgelaufen war und sie wie zum Abschied nochmals ins Kloster gingen, war etwas Entsetzliches. Im Kapitelsaal, in dem noch knöcheltief das Wasser stand, lagen die Leichen von Abt Lambertus und Stephanus. Sie waren nicht ertrunken — durchstochen waren sie, und dem Stephanus war dazu noch der Schädel gespalten worden. Vielleicht hatte sich Lambertus gesträubt, als Gefangener das Kloster zu verlassen, Stephanus hatte ihn schützen wollen bis zum Schluß... Warum sonst lagen die Leichen ausgerechnet im Kapitelsaal? Lambertus hatte sicherlich auf seinem Abtstuhl gesessen, vielleicht sich dorthin gerettet zunächst, und sich nicht von der Stelle bewegt...

Die Soldaten dachten wohl, die Leichen würden vom Wasser fortgespült werden, es gäbe so nichts mehr zu entdecken von ihrer Mordtat, die den Befehlen ihres Herzogs ja widersprach. Hieronymus bestattete seine beiden Brüder, dicht beim Labyrinth, und sprach laut ein Gebet. Sophia war in die Kirche gegangen und wartete dort. Sie weinte noch immer, ganz ungehemmt und klagend, und es hallte im hohen Gewölbe wider wie das Leid eines einsamen Gottes, der bald nun verlassen und auf immer allein war in seiner Kirche.

Schließlich kam Hieronymus, nahm sie bei der Hand — so gingen sie zur Trave hinunter. Das Boot war zwar vollgelaufen und untergegangen, aber das Seil war nicht gerissen. Sie konnten das Boot herausziehen und sich bald auf die Fahrt flußabwärts machen.

Bald nachdem die gefangenen Mönche ebenfalls im Turm verschwunden sind, öffnet sich die Tür des Vogthauses, und es treten heraus der Herzog und Zaches. Sie bleiben auf der Treppe nebeneinander stehen, der Fürst in kriegerischem Aufzug mit Beinpanzer, rotem Waffenrock und gepanzerter Brust, mit einer metallisch aufblinkenden Kappe auf dem Kopf, den Helm unter dem Arm. Zaches sieht aus wie ein Jagdknecht in seinen engen hochgezogenen Stiefeln, dem grünen Wams mit stramm zugezogenem Gürtel unter dem vorspringenden Bauch, der braunen Schulterauflage aus Leder und gleichfarbigem, in die Stirn gezogenem Hut mit keck hochschwingender Feder an der Seite. Der Herzog macht seinen Soldaten eine herrische Armbewegung, befiehlt durch dies Zeichen, die Gefangenen im Hof sich versammeln zu lassen.

„Rauskommen!", dröhnt einer der Wachsoldaten zur Türöffnung hinein, und da kommen sie dann bald in einer langen Reihe, mit gesenktem Kopf zumeist, den Männern nimmt man die Handfesseln ab. Cornelius, sieht man, hat den Arm um seine Mutter gelegt. Er schaut sich suchend um nach Sophia — niemand hat ihm bisher Auskunft geben können über sie. Wie Schlafwandler kommen sie heraus, die meisten stumm, schlurfen mit hängenden Schultern und starren Gesichtszügen im Kreise, einige weinen auch, rufen laut Gott und die Heiligen um Hilfe an, halten die ängstlichen Kinder an sich gedrückt, viele blinzeln ins Tageslicht, wie Blinde halten sie sich gegenseitig bei den Schultern und Armen. Was wird geschehen mit ihnen? Ohnmächtige Trauer, lähmende Furcht hat die meisten ergriffen, wie im Vorhof der Hölle ist ihnen.

„Als euer Herr spreche ich zu euch", beginnt der Herzog mit betont lauter Stimme und sieht zu den Baumkronen hinauf, die er auch weiterhin nicht aus den Augen lassen wird, „und als euer Herr bin ich gezwungen, euch zu züchtigen. Schwer ist euer Vergehen!

Die Prinzipien meiner Herrschaft und Menschenliebe habt ihr mit Füßen getreten! Die gottgewollte Ordnung habt ihr mißachtet, euch an eine Stelle gesetzt, die anderen gebührt. Nach welchem Gebot denn handeltet ihr, als ihr selber jemanden aus eurer Mitte zum Verwalter bestimmtet? Wer hieß euch, ihn hierher zu bestellen? Wer hieß euch, die fürstlichen Jagdrechte zu mißachten? In diesem außerordentlichen Fall bin ich nicht gewillt, es bei einer einmalig auferlegten Buße zu belassen! Hofft nicht, daß so schnell euer Vergehen abgetan sein wird! Doch anerkennt auch meine wohlwollende Milde, die es verhindert, eure Anführer hinrichten zu lassen. Sie, die euch verführt und vom rechten Weg abgebracht haben, sollen Gelegenheit erhalten, ein besseres Vorbild euch zu werden und ihre Schuldigkeit euch und mir gegenüber durch andere Art als durch den Tod zu büßen."

An dieser Stelle hält der Herzog inne, senkt den Blick und schaut nieder auf den Menschenhaufen vor ihm. Seine Augen scheinen aufzuseufzen, als sie die Schar dieser bejammernswerten Gestalten einen Atemzug lang wie mitleidig umfassen. Entschlossen aber, als müßte er sich einen innerlichen Ruck geben, spricht er dann weiter: „Ihr alle werdet, so befehle ich, als Gefangene hier auf diesem Vorwerk bleiben und unter wachsamerem Auge als bisher werdet ihr eure Arbeit tun! Dafür bürgen meine Soldaten! Mönche stehen unter euch — ihr Kloster ging schon vor langer Zeit in meinen Besitz über. Nun aber soll der Tag kommen, da ich es auch voll und ganz in Empfang nehmen will, nur: In ganz und gar veränderter Gestalt will ich es in Empfang nehmen! Ihr alle werdet mit euren Händen das Kloster Reynveld abreißen und mir aus seinen Steinen ein Schloß an gleichem Orte errichten! Dies sei die Buße für eure Untreue — und sie soll ohne Aufschub vonstatten gehn. Als den Verwalter meines Vorhabens und auch fernerer Anliegen bestimme ich den, den ihr hier neben mir seht. Ihr kennt ihn alle — er hat mein Vertrauen und meine Anerkennung, er war es, der sich mir ausgewiesen hat durch seine Treue, indem er mich herbeirief, um die gottgewollte Ordnung wiederherzustellen. Nehmt ihn an als euren Gebieter!"

Die Andeutung eines Lächelns umspielt den Mund von Zaches bei diesen Worten. Nun erhebt er selbst seine Stimme, die anfänglich leicht zittert. Blaß und starr steht er wie ein Denkmal. „Ihr habt gehört, wie die Dinge stehen nun. Ihr wißt, welche Aufgabe auf euch wartet. Morgen wird mit der Arbeit begonnen — alle Männer, auch die vom Kloster, werden jeden Tag nach Reynveld fahren und ihre Arbeit dort tun; Frauen, Kinder und die Alten bleiben hier und tun ihre Arbeit hier und auf den Feldern. Die Soldaten des Herzogs werden ebenfalls bleiben, doch falls es jemandem trotzdem in den Sinn kommt, zu fliehen..., ich hoffe nicht, daß wir hier auf dem Hof einen Galgen aufrichten müssen. Für die Schlafplätze im Turm werdet ihr Stroh bekommen, Decken und Felle auch für die Kinder. Einige von euch Frauen werden für das Essen sorgen, für alle, die hierbleiben und für die Männer, die abends zurückkommen. Hinter dem Turm werden umzäunte Gruben sein, wo ihr eure Notdurft verrichten könnt. Mehr gibt es nicht zu sagen jetzt. Holt das Stroh, drüben beim Scheunentor, und geht zurück in den Turm. Morgen früh beim Hornsignal wird aufgestanden! Und noch eins: Vogt Zacharias werdet ihr mich nennen ab heute — Vogt Zacharias!"

Nach dieser kurzen Ansprache stehen zunächst alle regungslos da. Dies ist nicht wahr, was sie da hörten... und ansehen mußten! Hilflos schauen sie einander an... dann wieder zu Zaches hin, und warten darauf, daß der sich endlich doch noch auf die Schenkel haut, sie lauthals auslacht und alles augenblicklich für eine dumme Narretei erklärt. Stattdessen winkt der Herzog den Wachen zu, die den Hof umsäumen, und die stoßen die Gefangenen dann in Richtung Scheunentor, wo sie ihr Bündel Stroh empfangen. Kinder hängen sich weinend an die Röcke der Mütter, und einer der weißhaarigen Greise denkt, er habe nun genug zugehört, will zum Hof hinaus und heimgehen, doch im Nu hindert ihn eine Schwertspitze vor seinem Bauch am Weitergehen. „Alter — zurück mit dir!", wird er angepöbelt, und da weicht er erschreckt zurück und schüttelt lange noch verständnislos den Kopf, bis er von einer Frau an die Hand genommen und zu den Seinigen geführt wird. Als alle wieder im

Turm sind, gibt der Herzog dem Zaches noch letzte Anweisungen für die Arbeiten in Reynveld und reitet dann mit schrecklich gelangweiltem Gesichtsausdruck, einem kleinen Troß seiner Leute und wippendem Federbusch am Helm fort. Spätestens zum Ende des Herbstes müßte er dann wieder nach dem Rechten hier schauen, denkt er, nun ja... man wird sehen, was draus wird.

20

Ein Gefangenenlager also war aus dem Vorwerk geworden! — Von einem Tag auf den anderen! Rundum war von der Wachmannschaft ein hoher Zaun gezogen worden, aus dünnen Baumstämmen, Flechtwerk aus Ästen und Dornengestrüpp dazwischen. Und Zaches führte ein fürchterliches Regiment — noch schlimmer als einstmals Vogt Wenthin trieb er es! Der war ein sanfter Hirtenknabe gewesen gegen ihn. Wann und wo immer er auftauchte, verbreitete er Angst und Schrecken. Drei Jahre dauerte es, bis sein dunkler Stern erlosch...

Er verhängte Prügelstrafen, sprach man ihn nicht bei Begegnungen auf dem Hof mit „Vogt Zacharias" an und neigte huldvoll sein Haupt dabei! Mit großer Vorliebe stellte er Menschen tagelang an den Pranger, waren sie bei kleineren Vergehen erwischt worden, beim Greifen nach einer herumliegenden verfaulten Birne etwa, oder beim Hineinlangen in den Schweinetrog nach einem Stückchen Rübe. Er strich den Männern gleichsam hämisch und ohne mit der Wimper zu zucken den arbeitsfreien Sonntag, wenn sie seiner Meinung nach eine zu geringe Arbeitsleistung erbracht hatten, und dieser Meinung war er fast immer. Urplötzlich konnte er an der Klosterruine auf seinem Schimmel erscheinen, sprach dann nichts, schaute nur, merkte sich aber genau denjenigen, der zufällig etwa in der Gegend herumblinzelte, nur wenige Augenblicke lang, und nicht den Buckel krumm machte. Mit diesem veranstaltete er dann später vor allen ein besonders abartiges Schauspiel: Er scheuchte ihn auf einen Baum hinauf und band den bissigsten der Hunde unten an den Stamm. Der Arme mußte die ganze Nacht oben auf einem Ast hocken bleiben, um „nun endlich den Genuß einer guten Aussicht zu erlangen", und wenn er nicht herunterfallen wollte, durfte er auf keinen Fall einschlafen...

Hörte Zaches jemanden fluchen, über die Zustände im Turm zum Beispiel, und sogar ihn, den Vogt Zacharias, anklagen dabei, wurde er ausgesprochen böse, erzürnte sich vor aller Augen dermaßen, daß der Speichel ihm ausfloß. Was machte er dann? Er flößte höchstpersönlich dem hilflos Gefesselten mittels eines Trichters Unmengen von Wasser ein, um „das Feuer der Wut und der Leidenschaft zu löschen", wie er sagte.

Die Arbeiten in Reynveld gingen nichtsdestotrotz voran. Ende September war das Gästehaus, das Spital und der größte Teil der Außenmauer verschwunden. Die Arbeiten waren gefährlich, besonders wenn Dachbalken heruntergezogen wurden und die Giebelwände mitabzukippen drohten. Einer der Gefangenen war von so einem Deckenbalken erschlagen worden, der sich zusammen mit einem größeren Mauerteil gelöst hatte. Eigentlich sollte jeder Stein einzeln abgetragen werden und so sich abwärts durchgearbeitet werden, nur konnte es jederzeit geschehen, daß einzelne Mauerteile abbrachen. Die Verletzungsgefahr war jederzeit groß. Die Balkenkonstruktionen schwankten auch ganz bedenklich oftmals, und beim Spital war es so gewesen, daß der hintere Teil knarrend in sich zusammenbrach und restliche Mauerteile mit sich riß. Jacob Nissen war fast ganz verschüttet worden dabei. Er brach sich beide Beine. Johann Straater schiente sie mit Ästen, als sie zurück waren, umwickelte sie fest mit zerschnittenem Sacktuch, doch das konnte nicht verhindern, daß sie schief wieder zusammenwuchsen. Jacob blieb ein Krüppel, nur mit verkrümmten, durchstreckten Beinen konnte er sich voranbewegen.

Eine langwierige und mühsame Arbeit war es, die genäßten Steine vom Gipsmörtel zu befreien; mit Schubkarren mußten sie dann zum Standort des Schlosses gefahren werden. Ebenso wurden dorthin auch wuchtige Fundamentblöcke von bis zu zehn Männern fortgezogen, die sich wie Pferde davorspannten. Die Zugpferde vom Vorwerk wurden dagegen geschont, nur zu leichteren Arbeiten brauchte man sie, wie zum Fortziehen der Dachbalken zum Beispiel. Wenn die Männer gegen Abend sich erschöpft in die Fuhrwerke fallen ließen und zurückgefahren wurden, mußten sie nach kurzer Fahrt zunächst noch ein Heckentor passieren, um auf den eigentlichen Fahrweg zum Vorwerk zu gelangen. Der Herzog hatte auch das Klostergebiet in weiträumigem Bogen mit einer Einzäunung umgeben lassen. Noch höher als am Vorwerk war sie — gewaltige Eichenpfähle waren in den Boden gerammt und von Reisig und Buschwerk durchflochten worden. Wozu er gut sein sollte, der Zaun? Nun — das war den Arbeitern bald klar. Wenn sie nämlich auf ihrem Rücktransport die ungewöhnlich vielen Hirsche und Rehe in kleinen Rudeln beieinander sahen, nahezu so dicht zusammengedrängt wie sie selber auf dem Vorwerk, dann konnten sie daraus nur auf des Herzogs Vorliebe für Hirschbraten und gespickten Rehrücken schließen. Ob nun Wildgehege oder Menschengehege — das ließ sich beides auf gleich nützliche Weise herrichten, da gab es für den Herzog keine Unterschiede. Und der Zaun in Reynveld — der konnte ja nebenher auch noch vor neugierigen Blicken schützen! Waren sie dann angelangt auf dem Vorwerk, gab es zu essen für sie — einen ziemlich wäßrigen Haferbrei zumeist und den Rest von Brot, wenn sie vom Tag noch etwas übrig hatten. Jeder erhielt morgens, wenn es zur Arbeit ging, einen Kanten dunkles Brot zugesteckt, mit dem er haushalten mußte. Um diese Vesperzeit der Zwangsarbeiter waren dann alle Gefangenen im Hof versammelt. „Abendbrot mit Hofausgang" nannte Zaches das. Der Ausgang dauerte bis zum Einsetzen der Dämmerung. Wenn das Hornsignal ertönte, hatte jeder sein Lager im Turm aufzusuchen. Welch entsetzlicher Gestank herrschte da! Es gab kein Fenster, nur winzige Schlitze oben. Gelüftet wurde tagsüber durch den Türeingang. Jeder mußte sich seinen Schlafplatz im Dunkel ahnend ertasten, und lag man dann erst auf irgendeinem Strohlager, dann stand man nur in der allergrößten Not wieder auf. Diesem Schimpfen und Fluchen derjenigen, über deren Körper man hinstolperte, mochte man sich nicht aussetzen. Doch was blieb übrig in solchem Fall, wenn es kniff und zwickte in den Eingeweiden, man nicht mehr warten konnte bis zum Morgen? Nur, als so vorsichtig wie möglich und mit angehaltenem Atem sich voranzutasten und von der Wache die verschlossene Tür öffnen zu lassen — wenn dann überhaupt eine solche draußen davorstand! Was waren dies aber doch für winzige Probleme im Vergleich zu dem, was sonst noch alles auszuhalten war in diesen Jahren des Elends, der Schande und Erniedrigung. Krankheiten brachen aus. Die Alten blieben auf ihrem Stroh liegen, fieberten vor sich hin und mußten von den Frauen versorgt werden, die noch Kräfte hatten dazu. Sie halfen ihnen, ihre Notdurft zu verrichten, indem sie Töpfe unterschoben, die für diesen Zweck neben der Tür bereitstanden, sie wuschen sie, wenn sie erbrachen, und versuchten ansonsten, den Anweisungen von Johann Straater zu folgen, der abends kam und Medizin reichte. Manchmal ließ er auch zur Ader. Cornelius war oft bei ihm und half. Im Winter von 1600 auf 1601 war es am schlimmsten. Da starben sechs Alte, Männer und Frauen, und auch zwei Kinder. Alle starben sie völlig entkräftet an Lungenfieber. Man begrub sie im Wald, da die Erde dort nicht ganz so fest gefroren war. Sie mußten unter die Erde, denn sonst kamen die Ratten... Ungeziefer wie Läuse und Flöhe, Käfer aller Arten, Spinnen und Mäuse waren leicht zu ertragen — das kannte man von daheim —, aber diese elenden Ratten waren fast schlimmer als der Tod. Hatten sie es erst geschafft, zur Tür hereinzuschleichen, fanden sie im Stroh reichlich Unterschlupf. Die Alten und Kranken hatten besonders zu leiden. Es geschah, daß die Ratten am Leder der Bundschuhe zunächst sich versuchten, ganze Löcher hineinfraßen, dann sich auch weiter noch vorwagten... Hörte man nachts jemanden aufschreien und ein Auffiepen danach, tastete man unwillkürlich um sich herum, hieb ins Stroh und strampelte mit den Beinen umher. Nur vorne zur Tür konnten sie herein, die Viecher! Darum war es so wichtig, daß tagsüber, wenn gelüftet wurde, jemand vor der Tür stand und die Biester forttrieb, wenn sie auftauchten. Man brachte die Kinder dazu, Türhüter zu spielen. Eifrig waren sie zunächst bei der Sache, mit dicken Knüppeln und Knuten bewachten sie den Eingang. Doch der Tag war zu lang für sie..., oft mußten die größeren auch ihren Müttern bei der Arbeit helfen. Zweimal täglich gingen daraufhin einige der Frauen zum Turm, klopften und stocherten im Stroh herum, um die Ratten zu vertreiben. Von den Soldaten war nichts zu erhoffen — die hatten

Besseres zu tun. Sie begannen sich schon bald zu langweilen, stellten den Mägden des Vorwerks nach, die dem Koch hauptsächlich helfen mußten, und auch so manchem jungen Ding unter den Gefangenen folgten sie mit lüsternen Blicken.

Meistens half kein Zuspruch mehr, wenn Menschen von einem Moment zum anderen in eine fassungslose Verzweiflung gerieten und hilflos und hysterisch zu schreien begannen. Man mußte sich schikken und sie schreien und wehklagen lassen — meist erleichterte das ihre Lage. Die Mönche taten auch, was sie konnten. Bruder Clemens war unablässig um Trost und Zuspruch bemüht, stets mit heiterem Gesicht und offen zugewandten Augen. Seine Sprüche hatte er natürlich aufgegeben. Was sollten die Menschen auch beginnen damit? Besonders die Kinder mochten ihn. Kam er abends heim, rannten sie um ihn her, zupften an seiner Kutte und ließen sich von ihm aufschreiend verfolgen.

Wie ging es den Mönchen bei ihrem Frondienst? „Man wird nur nachdenklich dabei, nicht wütend... nein nein, viele neue Gedanken...", sinnierte Bruder Sebastian, der ehemalige Bibliothekar, und lächelte müde, „jeden Morgen kommt mir die Vorstellung in den Sinn, wenn ich unterwegs bin, daß die so säuberlich abgetragenen, aufgestapelten Steine über Nacht, einem inneren Antrieb gehorchend, sich wieder auf magische Weise zusammengefügt haben könnten." So unsinnig diese Worte auch sind, es sprach aus ihnen deutlich diese ohnmächtige Schwäche, eine Auflösung des Klosters, der man mit eigenen Händen dazuhalf, so schnell hinnehmen zu können. Auch war es wohl einfach eine tief menschliche Trauer und Melancholie, die aus diesen Worten und den Gesichtern aller Klosterbrüder sprach.

Philippus blieb an einem Tag in der Woche auf dem Vorwerk, um einen Vorrat an Brot zu backen. Das war dann natürlich für die Kinderschar — ungefähr zehn waren es — ein Fest, denn sie durften helfen!

Bruder Andreas sprach abends, wenn alle ausgestreckt lagen, ein Gebet und stimmte danach ein Lied an, in das im Laufe der Zeit, zunächst zögerlich, mehr und mehr Stimmen einfielen. Nach zwei

Monaten ungefähr sangen alle mit, im oberen Stock voll innerer Wehmut und Zuversicht die Frauen, verhalten brummend unten die Männer.

Der Prediger ergriff anfangs vorsichtig einige Male das Wort..., von der babylonischen Gefangenschaft wollte er jedesmal sprechen..., doch immer wenn seine Stimme sich aufschwingen wollte zu einem heiligen Beben, dem Donnergrollen eines gerechten göttlichen Zornes ähnlich, wurde er gnadenlos niedergeschrien. Aus seiner Bibel aber durfte er vorlesen, alles was er wollte, und in wohlgesetztem und gesittetem Ton. Dies tat er abends auf dem Hof, im Wechsel mit Bruder Andreas. Diese Bibelecke wurde nach und nach zu einer festen abendlichen Einrichtung.

Cornelius war mit seinen Gedanken oft in der Vergangenheit. Wie im Traum nur schien er den Forderungen des Alltags zu folgen. Öfters schon war er von Zaches bestraft worden zu zusätzlichen Arbeitsdiensten, auch auf einen Baum hatte er ihn schon gejagt. Zaches ließ ihn nicht aus den Augen, sein höhnischer Blick folgte ihm wie ein Raubtier seinem erwählten Opfer. An Sophia dachte Cornelius anfangs Tag und Nacht, ihr Bild ließ ihn nicht los. Er hatte gehofft, auf dem Klostergelände irgendeinen Hinweis, eine Spur von ihr zu finden. Von der Überflutung hatten seine Mönche ihm natürlich berichtet..., als fast ein Jahr vorüber war, dachte er nur noch an sie wie an eine Tote.

Zu seinem Vater kamen die Leute mit all ihren Sorgen. Johann war zu ihrem Fürsprecher geworden. Er hatte schon manches bei Zaches vorbringen und bessern können. So brachte er zustande, daß es jeden zweiten Monat frisches Stroh gab, daß die Frauen einen Waschtrog bekamen, daß im Winter Schaffelle an alle verteilt wurden und einige Verbesserungen mehr noch, die den Alltag erleichtern halfen.

Hierzu half auch Lisbeth — aber auf ihre eigene Weise! Die schwachen Stellen der Männer kannte sie zur Genüge..., auch die der Soldaten, aber daß Soldaten nun eine besondere Sorte von Männern seien, konnte man nun wahrlich nicht behaupten, sprach sie. In der Tat — sie trieb es fast mit jedem, meistens im Heuschober, und erhandelte dadurch so manchen Vorteil. Doch nicht für sich ergatterte sie diese Pfründe, sie schaute immer, wer es am nötigsten hatte. Im Vorbeigehen steckte sie dem Krüppel eine Rebhuhnkeule zu, die sie im Rock versteckt hatte, oder für die Kranken gab es Wein, eine frische Frucht oder helles Brot, für die Kinder erhaschte sie eine Schweineblase zum Ballspielen und Näschereien. Was am meisten aber zählte, war, daß die Soldaten ihr zuliebe begannen, im Turm eine Feuerstelle zu bauen für den Winter. Sie schmuggelten Ziegelsteine und Mörtel aus Reynveld heran, bauten so, daß vom Feuerraum ein Rauchabzug zu einem der Schlitze im Mauerwerk führte, den sie noch ein wenig vergrößern konnten.

Als Zaches die Sache herausbekam, wedelte er zwar mächtig mit einem Stab gegen die Soldaten, drohte und schimpfte, wie es sich für einen Herrn gehörte, aber ließ dann doch die Sache laufen, wie sie wollte. Durch ein Extrafaß Wein, ein wenig Schmaus und Völlerei, bekam er die balzenden Soldaten wieder leicht und vollständig auf seine Seite. Im übrigen war Lisbeth morgens beim Wecken immer auf ihrem Lager bei den Mitgefangenen zu finden. Sicherlich wäre ihr auch anderes möglich gewesen. Eine große Erleichterung war es für alle, daß sie für Laternen sorgte. In jeder Ecke beider Räume hing seit dem zweiten Herbst eine runde eiserne Laterne an einem Wandhaken! Ein mattes Licht breitete sich von dort am Abend aus über das raschelnde Gewühl und Seufzen der vielen menschlichen Leiber am strohbedeckten Boden. Man mußte sparsam umgehen mit den Kerzen, denn man wußte nicht, wie lange noch Lisbeth für Nachschub sorgen konnte. Denn manchmal blieb er aus, immer dann, wenn sie schlechte Laune bekam, von ihren Gänsen und dem Goosekroog lamentierte, den ganzen Tag nur herumkeifte — und schimpfte wie eine ihrer schnatternden Gänse. Auch das gab es bei ihr, o ja!

Abends beim „Abendbrot mit Hofgang" pflegte Zaches auf den Stufen vor seinem Haus zu sitzen. Eine Goldkette, die er um den Hals trug, schwang er mit den Fingerspitzen hin und her. Er hatte sein Aussehen im übrigen verändert. In einem roten Umhang erschien er jetzt immer, mit gelbem hochgestelltem Kragen. Wie ein

Regent trat er auch äußerlich auf, und wenn er in Begleitung zweier Soldaten mit schaukelndem Schritt in die Menschenmenge sich begab, um sich huldigen zu lassen, schien sein Aufzug, die gesamte Szenerie, so aberwitzig, daß man fast applaudieren hätte mögen wie im Theater.

Eines Abends im Oktober, im zweiten Monat der Gefangennahme, gab es eine Überraschung: Neben ihm auf den Stufen stand Geesche! Er mit seinem roten Umhang, sie mit dem knallrot krähenden Federbusch am Hut! „Was schaut ihr?", spricht Zaches und tut verwundert, „die Geesche kennt ihr doch wohl, oder? Erkennt sie an als eure Herrin!"

Es gibt Getuschel auf dem Hof, und sogar manchem Wachsoldaten fällt beinahe der Spieß aus der Hand. „Sie wird eure Krankheiten heilen, kommt her zu ihr, sagt, was euch quält! Magendrücken oder Kopfweh, Auswurf oder Schwären — munter wie die quiekenden Ferkelchen im Stroh werdet ihr euch wieder fühlen! Vertraut ihr nur!"

Verdutzte Mienen auf dem Hof. Aber sie haben doch ihren Johann Straater — der die Erlaubnis sogar hat, seine Kräuterapotheke durch Gänge in die Umgebung zu ergänzen, natürlich nur unter Bewachung! In irgendeiner Stallecke liegt sein Kräuterwirrwar zum Trocknen aus.

„Ihr sollt wissen", kräht Zaches da wieder lauthals, „daß ohne Geesche es nicht gelungen wäre, euch vom Vogt Wenthin zu befreien, von dieser Kanaille. Wie das — wollt ihr wissen? Ich werde es euch sagen. Ich will euch jetzt sagen, wie er umkam, der Höllenhund!" Zaches hält inne, Gemurmel unter den Leuten. Er wartet, bis es stiller wird, und spricht dann weiter: „Ihr wißt so gut wie ich, daß ich euer Freund war. Ein besseres Leben wollte ich euch schenken, wollte den Vogt erledigen! Ihr hattet aber kein Vertrauen zu mir, wolltet mich nicht, wolltet euer eigener Führer sein. Nun hört, was ich trotz allem zu euren Gunsten in die Wege leitete, um Vogt Wenthin seinem göttlichen Richter zuzuführen: Es begann am Abend nach unserer Treibjagd — ihr erinnert euch sicher, reiche Beute hatten wir. Ich kam zurück, und er war nicht da. Ich wußte nicht — was war los mit ihm, war er doch geflüchtet, wie ich ihm geraten hatte? Gehofft hab ich es den ganzen Tag. Ich ahnte jetzt aber nur, daß etwas nicht stimmte mit ihm. In Richtung Kloster war er geritten, das hatte ich gesehen. Die ganzen Tage und Wochen vorher hatte ich versucht, durch Unmengen Wein, den ich herbeischaffte für ihn, und durch richtig gesetzte Worte ihn zu verwirren und zu beängstigen. Ich wußte an diesem Abend: Er war jetzt so weit, wie ich ihn haben wollte. Und jetzt ritt ich zu Geesche als erstes — ja, wundert euch nur, zu Geesche! Dies nämlich war eines meiner Geheimnisse, daß ich mir oft Rat holte bei ihr. Ihr wißt es doch... oder nicht? Sie hat das zweite Gesicht, blickt rundum wie eine Eule und sieht alles. Ich ritt mit Geesche dann zum Kloster, spät in der Nacht. Da seh ich gleich seinen Schimmel angebunden vor dem Tor. Und was höre ich da noch? Rufen und klagen höre ich ihn — jämmerlich klagen! In diesem wunderlichen Labyrinth sitzt er fest wie eine Schraube im Gewinde und findet den Weg nicht wieder hinaus. Ich überlege kurz, bespreche mich mit Geesche — sie geht, läßt mir einen langesponnenen Faden da, den sie mitgebracht hat."

Als Zaches hier angelangt ist, macht er eine Pause und horcht auf die gespannte Stille vor ihm.

„Ja — mitgebracht hat sie ihn, ich sagte doch: Sie sieht alles, die Geesche!", spricht er weiter und tut ganz durchtrieben nun: „Den Faden befestige ich beim Eingang, gehe rein, wickle ihn ab dabei, um den Ausgang später wiederfinden zu können. ‚Vogt Wenthin!', ruf ich immer... Er antwortet, und so finde ich ihn irgendwann. Was glaubt ihr... um den Hals fällt er mir, weint wie ein Kind. Am Faden entlang sind wir bald draußen, machen uns auf den Weg zum Vorwerk. Doch dann unterwegs, im Morgengrauen, sieht Wenthin etwas vor sich, was ihn erschrickt. Er ist erschöpft, übermüdet, und weiß nicht mehr, ob er wacht oder träumt. Er steigt vom Pferd und geht auf die Gestalt zu, die er vor sich sieht — den Umriß einer Gestalt — dunkel hebt sich ihre Kontur ab vor dem heller werdenden Morgenhimmel.

„Elvira... bist du's?", ruft er da, denn das müßt ihr wissen: Seine

Frau Elvira, die er selber ja vergiftet hat vor Jahren, die trug immer den gleichen Hut, den Geesche jetzt hier auch trägt, und diesen Hut sieht er nun vor sich, den trägt diese Gestalt da auf dem Kopfe. Er denkt, Elvira sei ihm erschienen, läuft auf sie zu, stammelt mit ausgebreiteten Armen von Vergebung und ist im Augenblick, direkt vor ihr, in der Grube drin! Geesche klettert über die Leiter vom Wagenrad, nimmt seinen Schimmel, und wir machen uns davon... und lassen ihn zurück. Natürlich lassen wir ihn zurück! Was sagt ihr? Ja, so war das, so brachten wir ihn in die Grube. War es so, Geesche?"

Er schaut sie an — verzückt verzieht sie ihr Gesicht. „Wie es dann weiterging — da fragt ihr am besten euren Harders danach. Und jetzt, es ist spät — blast zur Nacht, Trompeter!"

Man kann nicht sagen, daß die Zuhörer überrascht, verwundert waren. Die Art nur, wie Zaches sich aufspielte, machte wütend! Und überhaupt... wundern — was war das? Das hatten sie verlernt. Sie nahmen alles gleichförmig auf, wie das Vieh auf der Weide Regen und Wind und Kälte und Hitze und alles andere aufnimmt und nicht aufhört zu grasen dabei. Stunden und Tage, Wochen und Jahre glitten vorüber wie eine Welt, die sich langsam auflöste in spielendes Geflacker von Licht und Schatten, und nur die Schatten nahm man noch wahr anfangs, das Gaukelspiel ihrer Bewegungen noch, sah schließlich aber dann nur noch dieses Dunkle selber, das anschwoll und bis in die eigene Seele ragte wie ein ständiger dumpfer Schmerz, wie ein Pfahl im Fleische.

Dies war das einzige Mal gewesen, daß Geesche erschien neben ihm. „Erkennt sie an als eure Herrin", hatte Zaches gesagt. Aber warum sah man sie dann nicht mehr? Jedermann vermutete sie danach aber trotzdem in der Nähe, und keiner hätte sich gewundert, wenn man sie nun öfters mal über dem Vorwerk durch die Luft hätte reiten sehen.

Was alle hingegen weit neugieriger machte, war die Andeutung, die Zaches in Richtung Hinrich Harders gemacht hatte. Was hatte der nun eigentlich damit zu tun? Schon früher mal hatte Zaches ihn kurz ins Spiel gebracht, als es um Wenthins Tod gegangen war.

Aber damals hatten sie Harders nicht weiter bedrängt. Natürlich war er von einigen angesprochen worden, doch Harders hatte nur ärgerlich abgewunken und war seines Weges gegangen. Jetzt aber — warum sollte er denn nicht mit seiner Geschichte herausrücken? dachte er bei sich. Hatte er denn nicht auch in ihrem Sinne gehandelt damals? Was konnte er denn dafür, daß sich die Dinge dann so weiterentwickelt hatten, wie sie eben standen nun?

Als er dann in der Dunkelheit zu erzählen begann, unvermittelt, ohne gedrängt worden zu sein, wurde es so still wie noch nie. Sie lagen alle auf ihrem Stroh und lauschten, und sogar von obenher kamen viele Frauen, stellten sich hintereinander auf die steinerne Wendeltreppe bis unten hin.

„Was ich tat? Jeder von euch hätte das Gleiche getan, bin ich mir sicher. Ich übergab ihn dem Tod — warum auch nicht? Hatte er denn etwas anderes verdient? Was soll ich sagen... mir war so merkwürdig ruhig zumute... fast fromm..., nicht, daß ich mich gefreut hätte dabei oder meinen Haß ihm zugeschrien — nein, mir war so, als wäre dies das Selbstverständlichste auf der Welt, was ich tat, oder besser: nicht tat. Als hätte ich eine Angel ausgeworfen etwa, nichts Böses schien dabei..., ich ließ ihn in der Grube sitzen, deckte sie zu und ging. Nur später dann, zu Hause, gings mir immer im Kopf herum, was er alles gesprochen hatte in seiner Angst, ich überlegte mir, vielleicht doch nochmal zurückzugehn und mit ihm reden..., dann wieder dachte ich an all das Schändliche, was war in der Vergangenheit, hin und her sann ich, es ließ mir keine Ruhe. Dieses eine Wort, das Wenthin gesprochen hatte, klang mir immer wieder in den Ohren — Vergebung — um Vergebung bat der Vogt! Könnt ihr euch das vorstellen? Wenthin fragt mich, seinen Leibeigenen, um Vergebung! Spät in der Nacht ging ich zurück — aber da war es schon zu spät. Voller Schrecken rannte ich zurück. Unterwegs kam Zaches noch, wohl vom Goosekroog kam er. Er ritt an mir vorbei — ich hatte mich vor lauter Angst im Gebüsch versteckt, als ich einen Reiter kommen hörte."

Harders schwieg, man hörte Gemurmel und Geraschel von Stroh. Einige setzten sich auf. — „So wars, mehr hab ich nicht zu erzählen", sprach er dann noch ins Dunkel, „sagt mir jetzt, was hättet ihr gemacht an meiner Stelle? Ach... ist auch egal..."

„Genauso hätt ichs gemacht, Harders!", hörte man rufen, es war Jasper Brüggen, der Schmied. „Ich auch, ich auch... ich auch... richtig wars...", kam es von überall her, und bald danach, als es wieder stille geworden war, hörte man von draußen, durch die schmalen Schlitze hindurch, einige Male ein Käuzchen rufen — ganz nah... und doch so unerhört fern, so befremdlich...

Was alle Gefangenen nur noch mit müden Blicken quittierten, war Zaches' Gefasel vom Kalkbergschatz und der Höhle, die es noch zu finden galt, und von dieser wunderlichen Schwarzen Grete, von der er sich wohl auf irgendeine Weise noch Auskunft erhoffte. Wenn er umherging auf dem Hof, fragte er unwillkürlich mal den einen, mal den anderen danach. Was eigentlich sagte Geesche dazu? Soll er die doch fragen! Kann sie ihm denn nicht weiterhelfen? „Sie sieht alles", hatte er doch von ihr gesagt! Jedenfalls: „Wenn das Schloß vom Herzog erst steht, gehts am Kalkberg weiter..." So sprach er oft, wenn er gedankenvoll seine Stirn kraus zog, wie ein Gefangener im Käfig unablässig den Hof mit seinen kleinen schaukelnden Schritten in die Kreuz und Quer durchmaß. Er war verrückt — das stand fest!

Im Spätsommer 1601 gab es einen Fluchtversuch. Grete Thienappel war mit ihrem Kind an der Hand während der Getreideernte durchs Kornfeld davongeschlichen, in Richtung ihres alten Dorfes. Die zwei Wachsoldaten waren eingedöst, an eine Garbenhocke angelehnt; das tat noch der Rausch der letzten Nacht. Nach einer Stunde ungefähr, als sie den Blick schweifen ließen übers Feld und den Frauen zusahen, wie sie die Sicheln gegen die Halme schwingen ließen, vermißte einer der beiden plötzlich die helle Stimme des Kindes, das immer umhergerannt war und sich aufjuchzend gegen die Hocken geworfen hatte. Sie fragten die Frauen, drohten ihnen, rissen die aufgestellten Garben alle wieder auseinander, und als das alles nicht weiterhalf, ging schließlich einer auf die Suche nach ihr, fand schon bald die niedergetretene Spur im

Kornfeld. Grete war mit ihrem Sohn zur Mühle gelaufen — auf dem freien Feld würde man sie sicher gleich entdecken —, sie wollte dann im Dunkeln weiter. Als sie den Wachsoldaten von der obersten Mühlenluke aus im Dorf von Hütte zu Hütte laufen sah, kroch sie mit dem Kind zusammen in eine leere Mehlkiste und ließ den Deckel zuklappen. Im entscheidenden Moment aber, als sie die Schritte auf der Treppe näherkommen hörten, weinte der Kleine vor Angst auf...

Die Sache ließ sich nicht verheimlichen, obwohl natürlich niemand daran interessiert sein konnte, daß Zaches davon erfuhr — die Soldaten nicht und die Frauen in Gretes Interesse auch nicht. Dennoch meldeten die beiden Wachleute den Vorfall dann doch nach einigem Zögern, da sie auf längere Sicht ungünstiges Gerede befürchteten, und es ihnen klüger erschien, von vornherein die Geschichte nur recht drastisch, und zu ihren Gunsten verdreht, dem Vogt Zacharias zu schildern. Mochten die Frauen auch dagegen reden — wer, außer ihren eigenen Leuten, glaubte ihnen schon?

Zaches hielt Gericht am nächsten Abend. Angetan mit seinem roten Mantel, umrahmt vom Schutzschild seiner Soldaten, stand er auf einem großen, eigens hergefahrenen vierrädrigen Karren. In der rechten Hand hielt er etwas erstaunlich Neues: Die Mönche erkannten es gleich als den Abtstab ihres alten lieben Bruders Lambertus. Zaches war sehr aufgeregt. Er nestelte ständig an seinem Kragen herum, seine Wangen und großen Ohren glühten.

„Ich habe euch gewarnt!", rief er schrill hinaus, und seine Stimme überschlug sich, „Fluchtversuch wird mit dem Galgen bestraft, sagte ich! Dies gilt natürlich auch noch heute! Doch ich, der Vogt Zacharias, habe die Macht, jederzeit neu zu verfügen und zu bestimmen, habe die Möglichkeit also auch, Milde walten zu lassen. Jawohl — Milde... die Macht habe ich, das zu tun! Und weil diese Frau hier, Grete heißt sie mit Namen, Grete... heißt sie, weil sie mein Herz auf seltene Weise anrührt, will ich ihr das Leben schenken! Sie soll und muß aber auf andere Weise büßen. Da sie solch deutlichen Drang zur Mühle verspürte, soll sie, sobald der Wind ausreicht, für längstens eine Stunde an eine der Mühlenflügel gebunden werden und umherschwirren damit wie eine brummende Libelle. Und ihr — ihr schaut zu dabei!"

So fand es statt, dieses traurige Schauspiel, welches dem Gehirn eines Wahnsinnigen entsprang. Fast alle weinten und schrien vor Kummer, wendeten sich ab, als sie die Flügel mit der armen herumsausenden Grete anschauen sollten. Dem Söhnchen hatte Zaches, auf Bitten von Johann Straater, den Anblick ersparen lassen. Grete Thienappel und ihrem Kind aber galt von diesem Tag an die besondere Zuneigung und Fürsorge aller Gefangenen.

Nach zwei Jahren stand vom ehemaligen Kloster Reynveld nur noch die Kirche. Der Herzog war nun sehr beschäftigt mit den Bauplänen für sein Schloß, war oft vor Ort. Aufgeregt rannte er auf dem Hügel zwischen den zwei Teichen herum, zeigte hierhin und dorthin, stach mit dem Finger in die Luft, besprach sich häufig mit einem vornehm gekleideten Herrn, dem Baumeister seines Schlosses wahrscheinlich. Der schüttelte bedenklich aber den Kopf, als Herzog Johann auf seine Arbeiter deutete, die mit den letzten Aufräumarbeiten beschäftigt waren. Nach diesem beiläufigem Ereignis aber kamen die Vorwerkgefangenen in den Genuß zweier Wochen, in denen die Arbeit ruhte, bevor sie dann an den Aufbau des Schlosses gingen. Sie wunderten sich allerdings nicht wenig, als sie sahen, daß der Anfang schon ohne sie gemacht worden war. Auch diese Arbeit ging voran — alles ging voran! Draußen in der Welt war das so — keine Frage! „Es war eine Lust zu leben...", hieß es, und alle nickten dazu. Auf dem Vorwerk verschwanden die Tage gleichsam wieder in der Versenkung, kaum daß das Licht der Sonne sie hervorbrachte. Kein einziger Tag schien wert, gelebt zu werden. Drum zählte sie auch niemand. Auch Cornelius, der ja ein Mann der aufblühenden Wissenschaften gewesen war, tauchte unter in diesem dumpfen Takt von Mühsal, Erschöpfung und dunkler Sinnlosigkeit, der alles ertötete in ihm, was an wunderbaren Gedanken in ihm gewesen war. Er begann dafür aber mehr und mehr, für die Menschen um ihn herum zu erwachen, ihre Nöte, ihre Sorgen wahrzunehmen, aber auch ihre Gedanken, ihre wirklich eigenen Gedanken und Fragen über Gott und die Welt.

„Warum hilft Gott uns nicht?", fragten sie ganz einfach, „warum läßt er Menschen wie Wenthin und den Zaches herrschen über uns? Warum gewinnt das Böse, nicht das Gute? Warum werden Klöster zerstört?"

Cornelius war sprachlos geworden, vollständig sprachlos. Was sollte er sagen zu ihnen, wenn sie so fragten? Wie klug hatte er noch im Kloster dahergeredet! Wie heroisch und selbstgerecht kam er sich seinerzeit vor mit seinem Bauernhaufen! Um Sophia für sich zu gewinnen, war er gekommen — aus keinem anderen Grund, wenn er ehrlich war ... und hatte dabei alle diese Menschen ins Verderben gestürzt. Er allein war schuld an ihrem Schicksal! Diese Erkenntnis traf ihn wie ein winzig aufblitzender Speer, glashart und mitten ins Herz. Wie ständen die Dinge, wenn er damals nicht mit seinem wüsten Haufen angerückt wäre? Wenthin würde genauso tot sein wie jetzt auch — sicher! Und Zaches? Was hätte der gemacht? Hätte er nicht doch den Bauern zu einem besseren Leben verholfen? Oder würde er sie fallengelassen und sich auch dann zum Despoten aufgeschwungen haben? Worum war es ihm gegangen, welches Ziel hatte er gehabt? Nachfolger Wenthins zu werden etwa?

Cornelius wurde nicht fertig mit diesen Fragen. Er sprach mit seinen Klosterbrüdern darüber. Keiner konnte ihm helfen. Niemand konnte das tun, was er ja eigentlich erhoffte von ihnen: daß sie ihn freisprachen von Schuld. Er wurde immer schweigsamer, bedrückter, kam sogar nicht los von der Vorstellung, daß er allein durch sein Sprechen schon schuldig wurde, immer wieder und jeden Tag neu. Alles, was man tat — auch und gerade dann vielleicht, wenn man meinte, es aus den edelsten Motiven zu tun —, erzeugte Schuld, unausweichlich. War es nicht so? Wie frei davon werden? Es wurde ein Schweiger aus ihm, so wie Hieronymus einer gewesen war. Jedoch zog er sich nicht zurück dabei, versuchte zumindest, Anteilnahme für seine Mitgefangenen zu bewahren und zu entwickeln. Er half und tat, wo er nur konnte, doch er spürte: Auch hier und gerade hier lauerte wieder der Pharisäer in ihm — er wurde eben erst recht schuldig, wenn er sich verweigerte, mit den Menschen zu sprechen. Finessen, spitzfindige Gedanken, dies alles —

nichts weiter — hatte doch nur den alleinigen Zweck, ihn über das einzig Gewisse hinwegzutäuschen: Er allein war und blieb schuldig am Unglück all dieser Unschuldigen!

Es war nicht zum Aushalten für ihn — er wurde schwermütiger mit jedem Tag, tat alle Arbeiten nur noch mit einer bedeckten Stille, wurde langsam und bedächtig in allem, schaute auf dem Hof am liebsten den lärmenden Krähen zu, die so viel Aufwand machten um dies bißchen Geschehen in ihren Nestern.

21

So gingen die Tage und Monate dahin... Jahre wurden daraus, drei volle Jahre. Sophia und Hieronymus verbrachten diese Zeit in Lübeck. Ohne lang zu überlegen, waren sie damals dorthin geflüchtet. Wo auch sonst hätten sie hin sollen? Herumvagabundieren, von Dorf zu Dorf ziehen, wie so viele? Den Gefahren dabei ausgeliefert sein? Gerade sie als so kurioses Paar in ihren Gewändern erregten doch überall Aufsehen! Nein — Hieronymus wußte seine Wege, er zögerte keinen Augenblick mit seinen Entscheidungen. Lübeck war ihnen beiden ja schon vertraut durch die Markttage, aber merkwürdig war ihnen dann doch zumute, als sie wieder vor dem bunten Gewühl standen, umklungen vom Durcheinander dröhnender Glockengeläute. Sophia wandte sich ab, suchte die engen und ruhigeren Gassen auf. Beklommen und elend fühlte sie sich, unendlich erschöpft und traurig dazu, Schüttelfröste überjagten sie, glasig blickten ihre Augen an den Türmen von St. Marien empor. Kurzentschlossen ging Hieronymus mit ihr zum ehemaligen St. Johanniskloster im Osten der Stadt. Dank einer rührigen Äbtissin, der Schwester eines ehemaligen Lübecker Bürgermeisters, hatte dieses Zisterzienserinnen-Kloster seinerzeit die ärgsten Reformationsfolgen überstehen können, und erst vor kurzem waren große Änderungen eingetreten. „St. Johannis-Stift" hieß es nun, und statt einer Äbtissin stand ihm ein Ratsmitglied der Stadt vor. Als Hieronymus dort ihrer beider Schicksal ausführlich erzählen konnte, die sehr geschwächte Sophia händeringendes Mitleid auslöste, fand man sich dennoch erst nach einigem Zögern bereit, die Kranke aufzunehmen. Als man nämlich hörte, daß sie die Tochter von diesem nur zu gut bekannten Wenthin sei, war man zunächst ablehnend, doch als man vom Tod Konrad von Wenthins und den gesamten Umständen erfuhr, in denen Sophia sich befunden hatte, wurde allen deutlich, wie

sehr sie Opfer gewesen war. Mit großer Hingabe wurde sie gesund-
gepflegt, durfte bleiben nach ihrer Genesung. Sie hatte mittlerweile
eine Fürsprecherin gefunden, eine reiche Kaufmannsfrau, der Sophias Schicksal nahegegangen war. Dem St. Johannis-Stift stand sie
als Förderin nahe und kam nun im besonderen für die Kosten von
Sophias Unterbringung auf.

Das Leben im Stift gab Sophia zunächst ein neues Gleichmaß zurück. Nachdem sie anfangs sehr verschlossen und schweigsam gewesen war, erwachten im Laufe weniger Wochen ihre Lebensregun-
gen zu ihrer alten selbstbewußten Offenheit. Sie wandte sich ihren
Mitbewohnerinnen mehr und mehr zu, begann sich für ihre Schicksale zu interessieren. Bürgertöchter waren darunter, die von ihren
Familien aus den verschiedensten Gründen fallengelassen worden
waren. Nur ganz selten noch wurde sie überwältigt von dieser
lähmenden Traurigkeit, die sie so häufig erlebt hatte zu Beginn ihrer Lübecker Zeit. Wie eine Nebelwand war das, die dann auf sie
zuwehte, sie verschluckte und sie erstarrend mit allerhand undeut-
lichen Schemen und Gestalten umgab. Dann hörte sie nur noch
Stimmen, all diese Stimmen der Vergangenheit, nichts wie Stimmen
um sie herum... ferne Choräle frommer Mönche, wahnwitziges
Lachen, wüstes Gefluche, Peitschengeknall und Jagdrufe dazwischen, und die sanfte beruhigende Stimme ihrer Mutter immer
wieder...

Nachrichten vom Vorwerk erhielt sie nicht in den Jahren. Sie wollte
auch nichts mehr hören... Cornelius war sicherlich tot... Anführer eines Aufstandes ließ man normalerweise köpfen, Lambertus
und Stephanus hatten sie auch umgebracht... Diese wüste sinnlose
Vergangenheit, all diese Trübheiten — nein, nichts mehr wollte sie
wissen davon!

Hieronymus mußte seinen Weg völlig allein weiterfinden. Anfangs
trieb er wochenlang umher, versuchte, sich verschiedenen Töpfern
und einem Steinmetzen anzudienen, fragte beim Rat der Stadt an
wegen einer Stelle als Kanzleischreiber und auch beim ehemaligen
St. Katharinenkloster um die Stelle eines Bibliothekars. Überall lächelte man ihn nur mitleidig an und maß seine verdreckte Mönchs-

kleidung mit verachtendem Blick. Durch Zufall geriet er an einen reisenden Scholar, der von Stadt zu Stadt reiste, Schreiberdienste tat und, wo er konnte, Bürgerkinder unterrichtete, Gedichte verfertigte und dergleichen Dinge mehr. Der gab ihm den Ratschlag, in der Stadtschule St. Jacob es zu versuchen, einer höheren Lateinschule für Bürgersöhne — ein Mann mit seinem Wissen, seiner Bildung ..., da müßte es doch mit dem Teufel zugehen, wenn..., und er lachte ihn an und wollte ihn mit fortziehen in eine der Schenken, aber Hieronymus war es leid, daß die Leute dort, wie üblich, sich nur lustig machen würden über ihn, und ging seiner Wege.

Er hatte Glück: Der Leiter der Lateinschule, ein angesehener Mann, erspürte sofort die Fähigkeiten, die in diesem abgerissenen Klosterbruder steckten. Latein und philosophische Wissenschaften lehrte Hieronymus seine Schüler fortan. Er war beliebt, wurde geachtet von ihnen wegen seines vielseitigen Wissens und seines geduldigen, niemals aufbrausenden Charakters. Sein Aussehen veränderte sich nun völlig. Er trug jetzt vornehme dunkle Kleidung, mit Schnallen an den Schuhen, einem weißen Kragen und einer schwarzen Samtkappe. Er gewann auch die achtungsvolle Zuneigung des Schulleiters, war des öfteren in seinem Hause zum Essen eingeladen, und manchmal, wenn keine Gäste mit am Tisch saßen, unterhielten sie sich auf Lateinisch. Hieronymus hatte es wahrlich gut getroffen! Sonntags ging er regelmäßig zum St. Johannis-Stift, um Sophia zu treffen. Sie hatte mittlerweile ihre Aufgabe in einem Armenhospital gefunden, half dort mit großem Einsatz. Bei ihren Treffen waren sie beide froher Dinge, besprachen allerhand Neuigkeiten — an die alten Zeiten rührten sie nie.

Da ergab es sich eines Tages, sie waren jetzt fast drei Jahre in Lübeck, daß Hieronymus beim Mittagstisch seines Schulleiters Zeuge eines Gespräches wird zwischen einem Verordneten des städtischen Gerichtshofes und dem Baumeister der Stadt. Es ging um eine Beschwerde, die man führte gegen Herzog Johann von Plön-Sonderburg wegen eines Zaunes, den er in Reynveld gezogen hatte — hindurchführende Straßen waren nur noch durch Tore passierbar, das kaiserliche Wegeregal wurde verletzt durch diesen Sonderling,

und schon lange plagte man sich ab mit dieser Angelegenheit. Der
Herzog hatte einfach kein Einsehen. Beim Reichskammergericht in
Speyer war ein Prozeß angestrengt worden gegen ihn.
Der Baumeister macht große Augen, platzt beinahe vor Aufregung,
als er das hört, denn nun ist es an ihm, von einer enormen Merk-
würdigkeit zu berichten. Derselbe Herzog nämlich, erzählt er, halte
anscheinend Gefangene irgendwo in einem Lager, die ihm sein
Schloß erbauen müßten, die auch davor schon den Abriß des Klosters dort zu besorgen hatten. Diese bemitleidenswerten Geschöpfe
habe er mit eigenen Augen gesehen, man sehe ihnen ihre Lebens-
umstände an, die nicht andere als die schlimmsten sein könnten...
ihren Augen und Gesichtern besonders sähe man es an... soviel
Kummer in ihnen..., die Kleidung so zerlumpt, verdreckt und
verwahrlost wie sonst nur bei Bettlern und anderem Gesindel, auch
Mönchskutten habe er gesehen unter ihnen. Erschüttert sei er gewesen, habe den Herzog zur Rede gestellt...
Hieronymus durchfährt es heiß. Er schweigt erschrocken. Ist es
Freude, die sich ausbreitet in ihm, oder Schmerz... Trauer? Alles
zusammen ist es, alles ist aufgerührt in ihm..., als ob etwas erstan-
den wäre in ihm, etwas schon Totgeglaubtes... Erst als man sich an
ihn wendet, ihn fragt, was mit ihm sei, kann er die Worte wiederfinden, die er benötigt, um seine Frage auszusprechen: „Ist das die
Wahrheit?", sagt er unbegreifbar ruhig, und nochmals: „Ist das die
Wahrheit?"
Als ihm dies der Baumeister eindrücklich bestätigt, sehr verwundert
ist im übrigen, wieso man seine Worte anzweifeln könne, ist Hieronymus plötzlich von einer unsagbaren Freude erfüllt. Nun erzählt
er voller Eifer seine Geschichte... alles... auch von Ruth spricht
er, nichts läßt er aus. Während er redet, sieht er sie wieder, jeden
einzelnen... die Gesichter der Mönche, die Gestalten der Bauern
..., und er weiß: Sie alle gehören zu ihm, immer noch zu ihm...
nichts vergeht, nichts wird jemals vergangen sein.
Als die Tischgesellschaft alles angehört hat, ist die Teilnahme groß.
Und jetzt, am Tisch noch, spricht Hieronymus davon, es sei ihm
ganz gewiß, daß er die Gefangenen befreien werde.

Was bleibt zu berichten? Hieronymus machte sich umgehend daran, eine Eingabe an den Rat der Stadt zu schreiben, ein langes Gesuch mit der Schilderung aller Umstände. Es endete mit der Bitte um Bereitstellung eines Trupps von etwa zwanzig Soldaten, die er selber anführen und befehligen wolle. Er wisse, daß sein Verlangen ein sehr ungewöhnliches sei, aber was bleibe zu tun, wenn die Würde des Menschen so frech offenbar mit Füßen getreten werde? Möge die Freie Hansestadt Lübeck ein Zeichen setzen und sich, auch zu ihrer eigenen Ehre, zum beispielhaften Vorreiter einer humanistischen Gesinnung machen. — So ungefähr lautete der Inhalt des Schreibens.

Klar war, daß Hieronymus im städtischen Baumeister und dem Gerichtsverordneten schon eifrige Befürworter gefunden hatte. Er hoffte sehr auf ihren Einfluß. Es dauerte drei Wochen, bis der Rat der Stadt entschied: Ja, es seien ihm zwanzig Soldaten der Stadtwache bewilligt, nur hafte er mit Leib und Leben für deren Unversehrtheit. Falls nur einem von ihnen etwas zustoße, oder, schlimmer noch, das Vorhaben gänzlich mißlinge, werde gnadenlos Rechenschaft gefordert von ihm. Er hafte mit seinem Leben!

Hieronymus zögerte keinen Moment, die Sache in Angriff zu nehmen. In voller Rüstung übte er nun Tag für Tag beim Hauptquartier der Stadtwache, mit Schwert und Armbrust umzugehen. Sein Vorhaben sprach sich herum, man hörte von seiner Geschichte. Sie wurde zum Stadtgespräch, nicht nur in den Schenken und Gassen, auch in den wohlhabenden Bürgerhäusern. Wohl hundert Soldaten wären mit ihm gegangen, wenn sie gekonnt hätten!

Natürlich erfuhr auch Sophia davon. Hieronymus hatte es für besser gehalten, ihr nichts zu sagen, weil er um ihre Gesundheit fürchtete. Nun schimpfte sie ihn aber aus: „Hieronymus, schäme dich, ich dachte, die Zeit des Schweigens wäre vorüber. Warum mißachtest du mich, redest kein Wort zu mir? Denkst du, dies alles ginge mich nichts mehr an? Und Cornelius im besonderen — kannst du nicht verstehen, wie sehr ich wieder hoffe für ihn und für uns?" Es gab kein Ausweichen — sie wollte und würde mitreiten zum Vorwerk!

Als die Soldaten davon erfuhren, brüllten sie zur Überraschung von Hieronymus alle ein lautes „Hurraa!" und freuten sich. Wie das? Als sie Sophia das erste Mal sahen, in ihrem einfachen blauen Kleid, den offenen Haaren, erkoren sie sie fast zur Schutzheiligen. Sie ritt ohne Waffen, ohne Rüstung, sie sang mit klarer Stimme unterwegs, und alle folgten ihr und wußten, es würde gelingen!

Hieronymus wollte kurz nach der Mittagszeit ins Vorwerk einfallen, wenn wahrscheinlich die meisten der Wachsoldaten mit den Zwangsarbeitern in Reynveld waren, die restlichen Kriegsknechte vielleicht vom Mittagsmahl behäbig und müde in den Ecken lagen. Und so war es dann auch, sie dösten blödsinnig vor sich hin. Ehe sie verstanden was geschah, rannten Frauen und Kinder schon schreiend zum Turm hin, als der Trupp fremder Reiter angestürmt kam ... fremde Uniformen... was war da schon zu erwarten? Aber dann sahen sie plötzlich diese Frau, die absprang vom Pferd! Sie lugten hinter Ecken und Bäumen hervor, und es gab nur eine, die Sophia gleich erkannte: Marie — Marie Straater. Es war dann ein Leichtes für die Angreifer, die wenigen Bewaffneten zu greifen und der Reihe nach in den Turm zu schieben.

Die heimkehrende Wachmannschaft überraschte man unterwegs; auf den Kutschböcken der Gefangenenkarren saßen sie. Hieronymus mit seinen Leuten war ihnen entgegengeritten. Sie versteckten sich im Wald zu beiden Seiten des Fahrweges und griffen zu, als die Wagen vorüberrollten. Die Mannen des Herzogs waren so verdutzt, daß sie alle beinahe ihren Kriegerstand vergaßen und erst dann zu ihren Schwertern greifen wollten, als die schon nicht mehr steckten, vom Angeifer schon herausgezogen worden waren. Die Gefangenen — sie brauchten ebenso ihre Zeit, bis sie etwas begriffen: daß dies so gut wie eine Befreiung war... Befreiung, frei waren sie! Sie sprangen von den Wagen, umarmten sich und ihre Befreier. Die meisten weinten. Niemand erkannte zunächst Hieronymus, der vom Pferd gestiegen war und sich um die Fesselung der Festgenommenen kümmerte. Als er aber Bruder Clemens mit „Salve, amicus!" anrief, schaute dieser völlig verdattert zwischen dem Rufer und seinen beisammenstehenden Mönchsbrüdern hin und her. Da wiederholte Hieronymus: „Salve, Clemens!" Jetzt kamen die alten Klostergesellen näher heran an ihn, blickten ihm unverwandt ins Angesicht dabei. „Das ist doch... nicht möglich", raunte Clemens, „die Augen... diese Wangen... Hieronymus... Salve, Hieronymus!", rief er dann aus, und nun erkannten alle ihn, umringten und umarmten ihn, den Krieger Hieronymus, und schüttelten lachend ihre Köpfe.

Ganz unbemerkt von allen vollzog sich das Wiedersehen zwischen Sophia und Cornelius. Sie mußte lange, lange schauen, wurde schon traurig, bis sie ihm plötzlich in die Augen blickte. Einen schwarzen Bart trug er — einen wirren langen Bart! Sie schwiegen, als sie sich lange, lange umfangen hielten. Dann hob er sie hoch, seine Sophia — das Sonnenlicht funkelte in den Kronen der Bäume und in ihrem Haar —, fing sie wieder auf und lachte und lachte..., etwas, was er schon lange, wie lange nicht mehr getan hatte.

Jubelnd zogen sie ins Vorwerk ein, und jubelnd wurden sie empfangen! Doch als sie sich in den Armen lagen und tanzten vor Freude, fragte plötzlich jemand: „Und Zaches...? Ist er im Turm?" Da schwirrte es umher, und alle fragten jetzt nach ihm und blickten auf Hieronymus. Der schaute im Turm nach, weil er hoffte, seine Soldaten hätten den Zaches mittags ohne sein Zusehn geschnappt, denn in den Häusern war er nicht gewesen, da hatte er als allererstes mit zweien seiner Leute nachgeschaut.

Nun kam Hieronymus wieder heraus aus dem Turm — ohne Erfolg. Alle hielten kurz inne, sahen einander an, überlegten..., doch dann wurde ihnen dieser Zaches auf einmal so unendlich gleichgültig..., so unbedeutend wurde er für sie wie der allerletzte Floh in der hintersten Ecke des Schweinekobens! Zaches... Zaches..., lächerlich, einfach lächerlich dieser Name!

Die Soldaten des Herzogs wurden als Gefangene am nächsten Tag von Hieronymus mit fortgeführt nach Lübeck. Der Herzog Johann erhielt vom Rat der Stadt in einer Depesche die spöttische Aufforderung, sie schleunigst von dort abzuholen — er könne mit ihnen ja leicht den Bau seines Schlosses fortsetzen! Beim Reichskammergericht sei nochmals Klage erhoben worden gegen ihn: wegen seiner unglaublich menschenverachtenden Handlungsweise. Wenn er keinen Krieg mit Lübeck wolle, tue er gut daran, die Dinge auf dem Vorwerk so fortlaufen zu lassen, wie es jetzt eingerichtet sei. König Christian von Dänemark wäre sicherlich nicht begeistert, wenn die Stadt Lübeck dort einen Stützpunkt, direkt in der Nähe von Segeberg, errichten würde, und wenn er dieses dann dem unklugen und unmenschlichen Verhalten seines unmittelbaren Verwandten zu danken habe. Ein Bauernvogt sei eingesetzt mit Namen Johann Straater, und wenn er Frieden wolle im Land, solle er ihn und die Bauern wirtschaften lassen. Wenn er das Seinige dazu tue, würden diese es ihm schon danken und ihn als Herrn schließlich auch anerkennen. Im übrigen bleibe noch abzuwarten, wie das Reichskammergericht sich zur Klage stellen werde.

Das erste, was der Herzog tat, als er diese Depesche in Plön erhielt, war, zum Aufbruch nach Glücksburg zu rüsten, um den Winter dort zu verbringen. Nichts weiter von dieser dummen, dummen Angelegenheit wollte er hören und sehen! Im nächsten Frühjahr dann würde man schauen, wie der Bau des Reynvelder Schlosses weiter vorangetrieben werden könne. Das Vorwerk? Nur Spatzendreck — nichts weiter! Sollte er sich denn immer und ewig von Wichtigerem abhalten lassen von diesen Rübenfressern? Ansonsten — nichts anderes wie kleine Fische waren diese Drohungen für ihn. Die Lübecker brauchten ab und zu Gelegenheit, sich aufzuspielen, nichts weiter!

So handelten die Großen dieser Welt. Und die anderen, die Kleinen? Das Leben auf dem Vorwerk baute sich wieder neu auf; fast von ganz allein ging das, denn man hatte ja schon einmal unter einem Bauernvogt Johann Straater gewirtschaftet.

Hieronymus nahm sein Leben in Lübeck wieder auf, die anderen Mönche gingen auf die Wanderschaft, bis auf Bruder Clemens. Der blieb als Gärtner auf dem Vorwerk und richtete dazu noch im Turm nach und nach ein Spital für die Bauern ein. Bruder Philippus kam nicht weit. Er blieb hängen im Goosekroog, dazu noch an Lisbeth, baute eine Backstube ans Haus an und wurde Dorfbäcker.

Sophia und Cornelius gerieten nach Marburg, und es wurde so, wie

Abt Lambertus gesagt hatte. Sie heirateten, hatten eine Familie miteinander. Cornelius war zunächst Bibliothekar an der Universität, schrieb selber einige Bücher, bekam zu guter Letzt einen Lehrstuhl für Philosophie. Sophia tat es ihm nach: Sie schrieb auch zwei Bücher voll, nur etwas dünnere als Cornelius. Epen und Gedichte waren es, die sie schrieb, meist religiös-mystischen Inhalts.

Was aber war nun mit Zaches? Hatte ihn damals jemand gewarnt? In welche Höhle hatte er sich verkrochen, dieser lumpige Dachs? Oder war er etwa auch in eine Grube gefallen? Geesche kam eines Abends in den Goosekroog und erzählte, Zaches sei schon des öfteren in der Nähe des Kalkberges gesehen worden..., er sei umhergestrichen dort. Die Höhle — hat er sie gefunden? Das weiß keiner.

Nachtrag

Der Bau des Schlosses wurde 1604 abgeschlossen. Im Jahre 1775 begann man mit seinem Abbruch; aus seinen Steinen wurde ein neues Amtshaus errichtet. Sechzehn Jahre zuvor, 1759, hatte es einen Aufstand der Bauern gegeben. Auch die Bauern aus Steinrade waren beteiligt.

Im Jahr 1913 wurde im Kalkberg eine Höhle entdeckt. Im Labyrinth seiner Gänge fand sich zwar kein Schatz, aber was sagt das schon? Vielleicht war er schon fortgetragen worden. Und das Vorwerk? Wer weiß Genaues? Es wird wohl auch noch stehen, irgendwo... in irgendeiner Form.

Verlag Ch. Möllmann

Michael Brose: Gobao
Ein Atlantis-Roman

In kühnen und packenden Bildern wird der Untergang von Atlantis geschildert. Bertram Curio, ein Mensch unserer Zeit, schafft es vermittels einer Reinkarnationstherapie, sich zu erinnern an die Jahre, da er noch als Sänger Ve-Dan den Auftrag bekommen hatte, den Untergang des sagenumwobenen Kontinents vor über zehntausend Jahren, den er in einem früheren Leben als Augenzeuge miterlebte, aufzuzeichnen. Die von ihm damals verfaßten Papyri tauchen in der heutigen Zeit wieder auf, verborgen in geheimnisvollen Amphoren. Es gelingt Curio, sie zu entschlüsseln. So trifft er in Ve-Dan auf sein früheres Ich, auf sich selbst. Und je mehr er entziffert, desto plastischer treten die damaligen Geschehnisse wieder vor seine Seele. Wir erleben den gewaltigen Exodus, der schließlich ins Innerste Asiens, ins "Ferne Tal" führt, das sich dort befindet, wo drei Gebirge es schützend umschließen, am Ufer jenes Meeres, das heute die Wüste Gobi ist. Hier machen sich die von hohen Eingeweihten Geführten und Geretteten daran, eine neue, die ganze spätere Menschheit impulsierende Kultur aufzubauen.

Friedrich Balcke: Kinderwege
eine Erzählung mit Bildern von Christian Balcke

Friedrich Balcke wurde 1943 in Kassel geboren. Seine jahrelange Tätigkeit als Gründer und Klassenlehrer der Jean-Paul-Schule in Kassel (Waldorfsonderschule für Erziehungshilfe) schlug sich in seinen Büchern nieder: "Oghambuch der biblischen Geschichten", Dornach 1997, einer Nacherzählung des gesamten alten Testamentes und "Kalevipoeg", Wedemark-Elze 1997, einer Nacherzählung des estnischen Nationalepos, einer Fortsetzung der Kalevala. Die vorliegende Erzählung handelt von zwei Kindern, die tief in die Geschichte hineingeraten. Die Zeit des Kinderkreuzzuges wird wieder lebendig ...

Verlag Ch.Möllmann

Brigitte Meder: Sie lehren das leblose Leben
Kriminalroman

Constanze Harnack gibt nicht auf. Fast täglich muss sie Schikanen ihrer Kollegen ertragen – und das schon jahrelang. Sie hat die Probleme ihrer Zeit erkannt und die Unfähigkeit einer rückwärts gerichteten Pädagogik, diese Probleme erfolgversprechend zu behandeln. In ihren Vorlesungen und Seminaren zu Pädagogik und Psychologie als Dozentin an einer kleinen Universität in der Provinz macht sie ihren Studentinnen und Studenten Mut, nach kreativen Lösungen der Probleme zu suchen, und sie gibt ihnen die Kraft, ihren eigenen Weg zu finden und zu gehen – auch und gerade als Pädagoginnen und Pädagogen der Zukunft. Dadurch ist sie beliebt und geschätzt bei ihren Studierenden. Ihre Kollegen und Kolleginnen sehen in ihr einen Störfaktor, der Unruhe stiftet und den es zu bekämpfen gilt. Im Gegensatz zu Constanze Harnack beherrscht den beruflichen Alltag ihrer Kollegen egomanes Karrieredenken, und ihre Kämpfe um Macht und Geld, um Positionen und Funktionen lassen oft ihre Seminare und Vorlesungen zu Pflichtübungen verkümmern; die Studierenden beklagen sich darüber bei Constanze Harnack, über Oberflächlichkeit und Unbrauchbarkeit der Inhalte und den Drill zu Anpassung und Gehorsam.

Nach einer akademischen Feier in der Universität werden zwei Tote gefunden. Als Hauptverdächtige kommt Constanze Harnack jetzt in – wie es scheint – unüberwindbare Schwierigkeiten.

Thomas Maurenbrecher: Im Freundeskreis. Außer sich
Roman

Eine Gruppe von Freunden wird durch Imogens psychotischen Anfall bei einer Party durcheinandergewirbelt. Während sie in der Psychiatrie ist, fragt man sich, wen es als nächsten trifft, denn Imogen hatte doch ein ganz normales Leben geführt. Man will sich abschotten gegen das Durchhängen, es geht nicht. Karl-Eugen, ein Psychotherapeut aus dem Kreis, begegnet im SOS-Feriendorf Caldonazzo der Künstlerin Rachel, einer aufreizend idealistischen Frau. Der Lektor Torsten aus dem Kreis wirft sich in einer depressiven Lebenskrise vor den ICE. Jewgeni, ehemals Patient von Karl-Eugen, wird mit seiner tiefgründigen Veranlagung zu einer wichtigen Figur. Der Kreis beschließt in seiner Verunsicherung, sich bei weiteren Treffen markante Persönlichkeiten einzuladen: zuerst Rachel, dann Jewgeni. Der trägt ihnen die ungewöhnlichen Ansätze Rudolf Steiners für eine spirituell erweiterte Psychotherapie vor.